ELISABETH HOBBES

L'honneur de Lucy

Traduction française de
HÉLÈNE ARNAUD

Les Historiques

HARLEQUIN

Collection : LES HISTORIQUES

Titre original :
REDEEMING THE ROGUE KNIGHT

HARPERCOLLINS FRANCE
83-85, boulevard Vincent-Auriol, 75646 PARIS CEDEX 13
Service Lectrices — Tél. : 01 45 82 47 47

www.harlequin.fr

ISBN 978-2-2803-8195-6 — ISSN 1159-5981

À Mark, cambrioleur et manieur de scies à métaux pour damoiselles en détresse ! Je te dois une pinte !

Chapitre 1

— Réveillez-vous, mon seigneur ! Nous devons partir !

Les cris pressants se glissèrent dans le rêve de Roger Danby, lequel le transportait de sa maison natale entourée de bruyères aux champs de bataille français. Bizarrement, le carnage qui y sévissait jour après jour était presque un soulagement pour lui…

Voilà qu'il rêvait de nouveau du Yorkshire, comme il l'avait fait toutes les nuits depuis son retour en Angleterre. Son sommeil était hanté par des visions récurrentes des landes mauves et des vallées profondes qu'il n'avait pas vues depuis près de quatre ans. Tous ceux qu'il avait connus par le passé étaient là, eux aussi, projetant leurs ombres lourdes de souvenirs dans ses songes. Même si une part de lui savait plus ou moins qu'il rêvait, la douleur de la perte lui brisait encore le cœur. Pensaient-ils à lui aussi souvent qu'il pensait à eux ? Son nom était-il encore prononcé dans la demeure aux murs de pierre rose de son père ?

Quelqu'un l'appelait toujours de manière insistante et un archer mourant s'agrippait au col de sa cape. Il tenta encore une fois de le chasser d'un geste agacé, mais l'homme ne le lâchait pas. Soudain, Roger prit conscience que les cris étaient bien réels et, quand il ouvrit les yeux, il reconnut son écuyer, Thomas. Celui-ci était penché sur le lit, les mains posées sur les épaules nues de Roger.

Le jeune homme avait les yeux écarquillés et les cheveux

ébouriffés. Thomas avait combattu aux côtés de Roger, en France ; donc, sa présence sur le champ de bataille français de son cauchemar n'avait rien de surprenant. Roger eut néanmoins besoin de quelques instants pour se réveiller complètement et se rappeler qu'il était allongé dans un lit confortable, au cœur du manoir d'un noble du Derbyshire. C'était tellement étrange, de retrouver un matelas de plumes après avoir dormi si longtemps sur des paillasses sèches — quand ce n'était pas à même le sol…

— Mon seigneur, je vous en prie. Nous devons partir, répéta Thomas.

À chaque fois que Roger rêvait de sa maison, il se réveillait tendu et oppressé. Confus et un peu agacé, il dévisagea Thomas en silence. Un rai de lumière filtrait à travers la tapisserie tendue devant la fenêtre et la respiration des deux hommes formait de petits nuages de buée dans l'air froid de la chambre.

— Est-ce que j'ai dormi longtemps ?

— Non, il est encore tôt.

Roger se retourna alors dans un grognement. Cela faisait trois nuits qu'ils logeaient chez Lord Harpur, à Bukestone, et ils avaient prévu de partir dans la matinée ; mais Roger n'avait pas eu l'intention de quitter la maison de si bonne heure. La jeune servante qui avait partagé son lit, et qui, enfouie sous la couverture, était encore profondément endormie, bougea dans son sommeil. Ses fesses nues effleurèrent la hanche de Roger, éveillant une étincelle de plaisir sous sa peau. Il tendit vaguement le bras pour attraper la cruche de vin posée par terre près de lui. Hélas, elle était vide.

— Le jour est à peine levé, grommela-t-il. Pourquoi es-tu si pressé ?

Thomas papillonnait déjà dans la petite chambre pour rassembler les affaires de Roger et les fourrer dans sa sacoche de selle. Il lui lança ses bottes et sa cape au pied du lit.

— Lady Harpur a décidé d'aller voir sa fille dès l'aube,

murmura-t-il, les lèvres pincées et les joues pâles sous sa barbe peu fournie. Elle a découvert que Katherine n'était pas seule dans sa chambre… Qu'elle n'avait pas été seule de toute la nuit.

Roger lâcha un juron. Katherine Harpur était une jeune fille de seize ans, parée de la peau fine et diaphane de sa mère sous les cheveux sombres et bouclés de son père. C'était un fruit mûr, prêt à être cueilli, mais Roger ne s'était pas inquiété de son petit manège avec Thomas, pensant que cela ne le concernait pas. Apparemment, il avait eu tort…

Il s'extirpa des couvertures, bien vite réveillé par l'air froid qui fouetta sa peau. De toute manière, même si la chambre avait été bien chauffée, ses instincts de guerrier l'auraient tiré des brumes du sommeil à l'annonce du danger soudain dans lequel ils se trouvaient tous les deux.

— Espèce d'idiot ! s'écria-t-il. Tu as conscience que Lord Harpur pourrait très bien te couper en deux pour cela ? Je serais presque tenté de le laisser faire, d'ailleurs !

Le visage rond de Thomas se déforma sous la panique et cela rappela à Roger à quel point son compagnon était jeune. Il avait peut-être survécu aux champs de bataille d'Europe, mais la peur de la mort le tétanisait toujours. Thomas n'avait pas encore atteint sa dix-neuvième année — et, s'il continuait à se montrer si imprudent, il risquait de ne jamais l'atteindre, songea Roger avec le dédain qu'il pouvait se permettre, étant de dix ans son aîné. Après tout, si Thomas était assez âgé pour planter son bâton dans le corps d'une femme charmeuse, il était de même assez âgé pour subir les conséquences de son étourderie !

— Cela fait combien de temps que l'on t'a surpris là-bas ?

— Je suis venu vous voir immédiatement, répondit Thomas d'un air misérable. Katherine a essayé de convaincre sa mère de ne pas aller réveiller Lord Harpur tout de suite, mais je ne sais pas si elle a réussi.

Au moins, cela leur avait fait gagner un peu de temps. Avec un peu de chance, ils pourraient avoir quitté le manoir avant même que le père insulté ne soit venu les chercher pour demander réparation.

— J'étais caché derrière la porte et je me suis faufilé dans le couloir avant qu'on puisse voir mon visage. Lady Harpur ne sait peut-être pas que c'était moi…

Thomas paraissait plein d'espoir et Roger dut se détourner pour ne pas trahir son exaspération. Combien d'invités aux cheveux foncés résidaient chez Lord Harpur ?

Deux, se dit Roger en se frottant nerveusement la barbe. Il ne restait plus qu'à espérer que Katherine Harpur dise clairement avec lequel elle avait passé la nuit pour que Roger ne soit pas accusé à la place de son écuyer. Il eut soudain envie d'apprendre le bon sens à Thomas en martelant son crâne, mais les récriminations et les réprimandes allaient devoir attendre. Le plus urgent était de partir — et vite ! Leur mission ne pouvait pas être mise en danger par quelque chose d'aussi trivial, d'autant plus que c'était la seule chance que Roger aurait sans doute jamais de faire fortune comme il en avait tant rêvé.

Il enfila donc son pantalon de lin, ses chausses de laine et sa tunique avant de jeter un coup d'œil empli de regrets à sa propre compagne de la nuit. Il avait espéré une autre partie de jambes en l'air avec elle avant de devoir partir. Au moins pour cela, Thomas méritait bien un coup sur la tête.

Peu importait, ils trouveraient d'autres lits sous peu et sans doute d'autres femmes pour les réchauffer. Leur départ précipité avait l'avantage de lui épargner les adieux larmoyants de la jeune femme qui avait espéré le voir prolonger son séjour. Roger lança une piécette sur l'oreiller pour que la fille la voie en se réveillant, avant de glisser ses derniers sous dans la pochette accrochée à sa ceinture.

Pendant ce temps, Thomas avait rassemblé les sacs de cuir qui contenaient leurs maigres possessions (dont la bourse plus remplie que Roger avait roulée dans ses vêtements de rechange pour la cacher). Roger acheva rapidement de s'habiller, passant son épais gilet rembourré et sa cape de voyage avant d'attraper son épée. Il examina la chambre une dernière fois à la recherche de ce qu'ils auraient pu oublier, puis guida son écuyer jusqu'aux cuisines où il savait qu'il trouverait une porte sans surveillance. Finalement, le fait de s'être lié d'amitié avec la servante lui apportait des bénéfices inattendus : cela leur permit de se faufiler hors de la maison sans être vus et de rejoindre discrètement les écuries.

Sans un bruit, ils sellèrent leurs chevaux et attachèrent leurs sacs sur les bêtes. Les deux animaux rechignèrent à devoir se mettre en route de si bon matin et Roger apaisa rapidement le sien d'une caresse sur son épais pelage alezan. Ils conduisirent leurs montures à la longe jusqu'au bout de la cour. La chance leur sourit de nouveau : ils purent passer la porte sans croiser personne.

Une fois dehors, ils se mirent en selle. Leurs expirations flottaient en brumes fines dans l'air glacé du matin, mais les nuages qui s'accumulaient dans le ciel promettaient une journée plus chaude et plus humide. Cependant, les chevaux devaient encore avoir froid et il n'aurait pas été prudent de les pousser au-delà d'un petit trot.

Lorsqu'ils furent parvenus à la première patte d'oie, Roger prit la route de droite.

— Vous n'allez pas dans la bonne direction, mon seigneur, remarqua Thomas. Nous sommes arrivés par l'autre côté.

De nouveau, Roger dut faire l'effort d'étouffer son agacement.

— Lord Harpur sait que nous allons dans le Cheshire. S'il décide de nous poursuivre, c'est par là-bas qu'il ira, donc nous partons dans l'autre sens. Maintenant, avance !

Ils ne s'arrêtèrent que quand l'estomac de Roger se mit à gargouiller et abritèrent leurs chevaux sous un bouquet d'arbres. La pluie commençait à tomber dru et les deux hommes s'enveloppèrent dans leurs capes de laine huilée pour se tenir au chaud.

Quand ils se furent installés, Roger gifla Thomas sur

l'oreille, arrachant au jeune homme un cri de surprise et de douleur.

— À quoi est-ce que tu jouais ? lança Roger. Je sais que nous n'avons pas connu de compagnie civilisée ces derniers mois — peut-être même que tu n'en as *jamais* connu — mais la règle est simple : si tu décides de coucher avec une femme de la maison où tu es reçu, ne choisis pas le joyau le plus précieux du coffre de ton hôte !

— Nous n'avons pas… fait l'amour, balbutia Thomas, les joues en feu. Nous n'avons rien fait de mal. Nous nous sommes juste allongés côte à côte pour parler toute la nuit.

Roger éclata de rire.

— Quoi ? Tu as perdu ton temps et tu nous as causé tous ces ennuis pour rien ? À quoi donc penses-tu que sert une femme, sinon à la bagatelle ? Si tu dois risquer de te faire trancher la gorge ou couper les boules par un père en colère, assure-toi au moins d'avoir eu ta récompense d'abord.

Thomas fit la moue, boudeur.

— Katherine et moi sommes amoureux.

Roger lâcha un nouveau gloussement méprisant.

— Après avoir à peine passé trois jours ensemble ! Ne sois pas idiot, gamin. Tu peux toujours te dire — ou mieux, dire à la fille — que c'est de l'amour ; mais ne confonds pas cette étincelle dans ton pantalon avec les élans de ton cœur.

Les joues de Thomas s'empourprèrent. Roger s'adossa tranquillement à un arbre et se mit à mordiller son ongle. À présent qu'ils étaient à l'abri, loin des terres de Lord Harpur, sa colère commençait à s'apaiser… Après tout, il connaissait mieux que personne la flamme du désir qui embrasait les chairs et ne s'éteignait jamais seule. Il se montra donc un peu plus doux :

— Tu dois trouver l'équilibre entre le plaisir que tu obtiens et les soucis que tu te crées. Je ne t'en veux pas d'avoir écouté tes désirs, mais ne te laisse pas guider par eux.

Hypocrite ! cria une petite voix au fond de lui. Lui-même

s'était déjà souvent retrouvé dans des situations bien pires que celle-là en laissant trop parler ses propres désirs…

— Je veux dire que nous avons un travail à accomplir pour le moment, précisa-t-il. Une fois que nous aurons transmis notre message, tu pourras t'offrir toutes les femmes que tu veux — tu seras assez riche pour te payer les meilleures !

— Et si je ne veux pas payer ? marmonna Thomas. Si je veux me marier ?

Roger serra les dents.

— Dans ce cas, prie pour que le père de cette fille soit convaincu que tu as ce qu'il faut pour s'occuper de son trésor et ne prends pas trop de temps avant de décider quelle femme épouser.

— Est-ce ce que vous comptez faire, vous aussi ?

Roger pensa soudain à Jane de Monsort, à qui il avait été fiancé avant que le père de la demoiselle ne juge qu'il n'avait pas les poches assez pleines pour épouser sa fille. À présent, grâce à son passage dans la Compagnie du Nord en tant que mercenaire, il n'avait plus de problèmes d'argent…

— Je me marierai, un jour ou l'autre, bien sûr. J'essaierai de trouver une bonne fille, simple et loyale, de bonne famille mais sans fortune pour me donner un héritier et satisfaire mon père.

Il s'interrompit un instant et soupira.

— Je dois t'avouer que cette idée ne me séduit pas vraiment.

Thomas ne répondit pas. Sans doute songeait-il à Katherine Harpur. Roger, lui, revit un autre visage ; un visage qui, malgré les années qui étaient passées, éveillait toujours autant ses regrets. Il avait adoré Joanna, l'épouse de son frère, mais n'avait compris que trop tard à quel point il l'aimait. Chassant les souvenirs de toutes les erreurs qu'il avait commises par le passé, il préféra se concentrer sur les flaques que la pluie formait peu à peu.

— Il vaut mieux en rester aux filles de taverne qui te

donnent ce que tu désires en échange d'un ruban ou de quelques mots gentils, reprit-il sans vraiment s'adresser à son écuyer.

— Est-ce que vous croyez que Lord Harpur va envoyer des hommes combattre en France ? demanda soudain Thomas.

Heureux de pouvoir passer à un autre sujet, Roger s'étira et déboucha une flasque de vin pour boire une longue gorgée.

— Nous ne recevrons pas notre argent s'il ne le fait pas, mais je ne vois pas pourquoi il renoncerait. En tout cas j'espère que cet épisode malheureux entre sa fille et toi ne le fera pas changer d'avis, car je pense qu'il était intéressé à l'idée d'arrondir son magot. La paix ne durera pas éternellement, nous le savons tous, et un homme prêt au combat sera demain un homme riche…

Un homme tel que Roger lui-même.

Il s'enveloppa un peu plus dans sa cape et se tassa contre le tronc de l'arbre.

— Nous allons rester ici jusqu'à cet après-midi, puis nous rebrousserons chemin, dit-il.

— Vous voulez passer près de la maison de Lord Harpur au lieu de prendre la grande route de Mattonfield ?

Les routes qui longeaient le domaine de Lord Harpur formaient un triangle aux côtés inégaux. Celle que suggérait Thomas leur ferait remonter le plus long de ces côtés, en passant sur la face la plus abrupte de la colline.

— Oui, répondit donc Roger. La route de Mattonfield rallongerait notre voyage de plus d'un jour.

— Mais elle nous rapprocherait de chez moi ! insista Thomas d'une voix pleine d'espoir. Ma maison est une bonne auberge, la meilleure de la route, et mon père nous accueillerait à bras ouverts.

Roger réfléchit quelques instants, comparant les deux options. Thomas avait clairement envie de voir sa famille, mais Roger n'avait aucune intention de laisser le garçon retourner chez lui — même si une nuit à l'auberge le tentait vraiment.

— Non, je veux en finir le plus vite possible, conclut-il au bout de quelques minutes, les yeux rivés au sol.

Soudain, à force de penser à la maison familiale de Thomas, il songea à autre chose — qui lui fit bien moins plaisir…

— Je devrais rendre visite à mon père, avant de repartir en France.

Thomas parut surpris par l'amertume de sa voix.

— Vous ne voulez pas voir votre famille ?

Roger but une autre gorgée de vin, retardant sa réponse. La réponse à une question qui le hantait depuis qu'il avait de nouveau posé le pied sur le sol anglais. Finalement, il expliqua :

— Je n'y suis pas retourné depuis très longtemps. Je me suis disputé avec mon frère à mon départ et j'ai fait vœu de ne pas rentrer chez moi tant que je ne serais pas riche et que je n'aurais pas fait mes preuves. Maintenant, je vais enfin pouvoir tenir cette promesse. Allons, reposons-nous un peu.

Il ferma les yeux et se laissa emporter par une douce somnolence. La journée avait commencé bien trop brutalement à son goût…

Quand l'après-midi arriva, le temps empira et la pluie se fit plus cinglante. De lourds nuages noirs s'amoncelaient dans le ciel gris acier, tandis que Roger et Thomas s'engageaient dans les premières collines du Cheshire. Le début du printemps était toujours dramatique, en Angleterre, et Thomas paraissait plus malheureux à chaque pas, jetant sans cesse des regards en arrière et maintenant sa cape autour de lui pour se protéger des gouttes.

— De toutes les raisons qui me poussent à retourner en France, le temps est bien la plus importante, lança Roger.

Thomas se contenta de frissonner ostensiblement et jeta

un coup d'œil autour de lui d'un air boudeur. Ils passèrent le coude qui conduisait au manoir de Lord Harpur sans rencontrer âme qui vive et poursuivirent leur route vers l'épaisse forêt qui couvrait les collines voisines. Roger commença à penser que son plan avait fonctionné ; une tension dont il n'était pas conscient jusque-là le quittait peu à peu et il fit ralentir son cheval, roulant des épaules pour détendre ses muscles.

Ce fut sans doute ce ralentissement de rythme qui leur sauva la vie. En effet, lorsqu'ils atteignirent le sommet de la colline, Thomas poussa un cri d'alarme. Devant eux, la route descendait jusqu'à un virage sec, autour d'un étang. Juste au-delà de la courbe, trois cavaliers attendaient. Si Roger et Thomas étaient arrivés rapidement et s'étaient avancés de quelques pas de plus, les hommes auraient été cachés à leurs yeux et auraient pu leur tendre une embuscade lors de leur descente.

Peut-être s'agissait-il de simples voyageurs, mais la manière dont ils s'attardaient au bord de la route suggérait que leurs intentions n'étaient pas innocentes…

— Je crois qu'on nous a trouvés, murmura Roger.

Thomas lâcha un gémissement.

— Ce sont les hommes de Lord Harpur ?

— Probablement.

Cela constituait la réponse la plus simple — et la mieux venue. En effet, une ou deux fois, déjà, Roger avait eu peur qu'on l'ait suivi depuis la France pour l'empêcher d'accomplir la mission que lui avait confiée le roi. En silence, il effleura la garde de son épée du bout des doigts. Si seulement il avait eu une lance… C'était son arme préférée et elle lui avait permis de tuer plus d'hommes qu'il ne pouvait en compter.

— Nous ne pouvons pas nous battre contre eux, souffla Thomas.

Il avait raison : trois hommes contre deux, ce n'était pas un combat égal. Roger examina rapidement les alentours. La route atteignait son plus haut point à la lisière de la forêt puis redescendait en longeant les arbres. La nuit tomberait bientôt. Finalement, prendre la route la plus simple avait été une erreur, songea-t-il. Au loin, au-delà de la forêt, il apercevait les faibles lumières de plusieurs villages et un groupe de torches plus dense, sans doute la ville où les deux routes se croisaient.

— Nous allons couper à travers bois et essayer d'atteindre l'autre route, décida-t-il en se maudissant de n'avoir pas opté pour le second chemin dès le début.

Chevaucher en pleine campagne à la tombée de la nuit était risqué, mais il valait mieux cela que foncer tête baissée face au danger.

— Si nous arrivons à atteindre l'un de ces hameaux, nous pourrons sans doute nous y cacher.

Soudain, un cri résonna dans le silence des collines. L'un des cavaliers en embuscade les montra du doigt. Roger lâcha un juron. Comment avait-il pu être aussi stupide ? Trop occupé à examiner les hommes qui les attendaient, il n'avait pas songé un instant qu'il était à découvert, lui aussi ; il était d'ailleurs surprenant que les autres aient mis autant de temps à les apercevoir, perchés comme ils l'étaient au sommet de la colline. En un éclair, les cavaliers se lancèrent à leur poursuite.

Roger éperonna son cheval et plongea dans l'ombre des arbres, le plus loin possible du chemin, suivi par Thomas. Ils galopèrent dans l'obscurité montante, aussi vite que les enchevêtrements de branches et de racines le leur permettaient. Pour la première fois depuis son retour en Angleterre, Roger fut heureux que le printemps ne se soit pas encore pleinement installé. Quelques mois plus tard, le sol de la forêt aurait été recouvert de plantes, de fougères, qui les auraient empêchés de progresser aussi rapidement.

Un rapide regard en arrière rassura Roger : ils n'avaient pas été suivis. Hélas, il n'avait pas pensé être intercepté par-devant et vit avec stupeur un cavalier jaillir de nulle part à quelques pas de lui, sur sa droite. La tête baissée, l'homme fonçait sur eux à bride abattue, le visage dissimulé par l'ombre de sa cape.

Roger fit volte-face, voulut tirer son épée, mais quelque chose le frappa brutalement dans le dos, sous son épaule droite. Quelque chose d'aigu et de froid qui lui coupa le souffle. On l'avait déjà poignardé à la cuisse, un jour, pendant une bagarre causée par une prostituée, dans une taverne française, et il se souvenait bien de cette sensation. Pendant quelques secondes, il ne sentit pas de véritable douleur mais il savait qu'elle ne tarderait pas à le déchirer. Il baissa les yeux et découvrit que la pointe d'une flèche dépassait de sa tunique, entre sa clavicule et son aisselle.

Des flèches ! Il ne s'était pas préparé à cela ! Sous le choc, Roger ne put réprimer un petit rire qui se mua en grognement sous les premières vagues de douleur qui s'étendaient sous sa peau, de plus en plus fortes.

Thomas et lui étaient vraiment en danger, à présent… Derrière eux, l'archer fouillait dans son carquois. Il était à cheval lui aussi et les branches gênaient ses mouvements.

— Donne-moi ton épée, aboya Roger en se tournant vers Thomas.

Le garçon lui tendit son arme, mais le bras de Roger commençait déjà à perdre sa force. Il prit l'épée dans la main gauche et la fit tourner, frappant derrière lui à l'aveuglette. Il sentit la lame rencontrer un obstacle. L'archer poussa un gargouillement inarticulé. Roger risqua un nouveau coup d'œil par-dessus son épaule et vit avec dégoût qu'il avait atteint l'homme à la gorge. Son assaillant s'écroula sur l'encolure de son cheval.

Réprimant une nausée brutale, Roger frappa les flancs du cheval avec le plat de l'épée. La pauvre bête hennit de terreur et partit au galop, entraînant avec elle son cavalier à l'agonie.

Roger ne perdit pas un instant et éperonna sa monture.

— Viens ! cria-t-il à Thomas avant de partir dans la direction opposée.

Ce n'était pas le moment de réfléchir au chemin qu'ils

prenaient. Il ne lui restait plus qu'à espérer que son sens de l'orientation ne l'avait pas trompé et qu'ils se dirigeaient bien vers le plus petit des hameaux. Les deux autres cavaliers n'étaient sans doute pas bien loin derrière eux… *Pourvu qu'ils choisissent de suivre les traces de leur camarade sans voir leur proie s'échapper,* songea Roger.

Il eut bientôt des vertiges et, quand ils s'enfoncèrent au plus profond de la forêt, son bras était devenu glacé. Ses doigts refusaient de serrer les rênes. Bientôt, il sombrerait dans la somnolence, alourdi par la pulsation qui émanait de sa blessure. Il se mordit la lèvre, réveillé par cette petite douleur. Instinctivement, il voulut attraper la flèche mais s'en empêcha. Sans lumière pour examiner la pointe, il ne savait pas s'il valait mieux la tirer ou la pousser pour l'extraire de son épaule. Pour le moment, peu de sang coulait sur sa tunique, cependant il avait déjà vu ce qui arrivait quand on traitait ce genre de blessure et ce n'était pas le moment de faire n'importe quoi. Les hommes de Lord Harpur ne semblaient pas les avoir suivis. Trouver un refuge était à présent leur priorité.

Roger entendit un bruit d'eau et se rendit compte que les chevaux s'étaient engagés dans une petite rivière. Sur la rive d'en face, les arbres commençaient à se faire plus rares. Une faible lumière brilla entre les branches basses, si furtive que Roger crut l'avoir imaginée.

— Est-ce que tu saurais trouver ta maison ? Est-ce que nous y serions en sécurité ?

— Je crois… Je l'espère, répondit Thomas.

— Alors, conduis-moi là-bas, ordonna Roger avant de s'écrouler, à bout de forces, sur sa selle.

Il vit vaguement Thomas mettre pied à terre pour prendre les rênes des deux chevaux et les guider dans la nuit. Puis, étourdi par la douleur, il ferma les yeux. Il eut encore le temps de penser que, s'il mourait ce soir, cela lui épargnerait au moins une chose : il n'aurait pas à décider s'il rentrait ou non dans le Yorkshire pour affronter sa famille.

*
* *

Les poulets étaient bien enfermés pour la nuit et si un renard venait rôder dans l'espoir de trouver à manger, il n'aurait pas la moindre chance. Une fois ses tâches du soir accomplies, Lucy Carew prit la lanterne qu'elle avait posée par terre et contourna la cabane de distillation pour retourner à l'auberge, tout en balançant son bras d'avant en arrière pour éclairer son chemin.

Elle ferma la porte derrière elle, plaça la solide barre en travers et se débarrassa de sa cape qu'elle accrocha près de l'entrée. Un courant d'air froid passa par la déchirure du morceau de lin qui couvrait l'ouverture de la fenêtre et la fit frissonner. Le feu était presque éteint. Elle donna à la dernière bûche rougeoyante un bon coup de tisonnier et s'affala sur le tabouret, près de l'âtre. La pluie s'était calmée, mais l'averse qui avait détrempé la terre avait chassé de la route tous les clients potentiels depuis le milieu de l'après-midi… Lucy ôta sa coiffe et défit sa longue tresse pour laisser ses cheveux s'étaler sur ses épaules.

Soudain, une violente série de coups à la porte la fit sursauter. Elle était déjà debout quand elle se ravisa et se rassit. Elle avait désespérément besoin d'argent et de clients, mais une douleur sourde tambourinait sous ses tempes et elle avait encore beaucoup à faire avant de pouvoir se coucher.

À l'exception des lueurs de sa lanterne et des dernières braises du feu, l'auberge était plongée dans l'obscurité. Si elle ne faisait pas de bruit, l'inconnu finirait certainement par s'en aller. Elle fut envahie par un élan de pitié pour ce pauvre voyageur surpris par le mauvais temps, mais ce ne fut pas suffisant pour qu'elle aille lui ouvrir.

On frappa de nouveau, plus fort, avec insistance. La personne ne semblait pas prête à renoncer.

Ce fut alors qu'une voix d'homme cria :

— Je sais qu'il y a quelqu'un ! J'ai vu de la lumière.

À contrecœur, Lucy s'arracha à son tabouret. Tenant

fermement le tisonnier dans son dos, elle déverrouilla la porte et l'entrouvrit. Le battant fut ouvert à la volée par quelqu'un d'étonnamment brutal et Lucy recula d'un bond, terrifiée.

Deux hommes entrèrent sans attendre d'invitation. L'un d'eux avait le bras passé autour des épaules du second et marchait péniblement. À chacun de ses pas mal assurés, il poussait un petit gémissement. Ses cheveux noirs, emmêlés, dissimulaient son visage.

Le deuxième homme avait la tête baissée, semblant fatigué de porter son compagnon, bien plus grand et plus musclé que lui.

Lucy serra les dents.

— Je ne veux pas d'ivrognes à cette heure-ci, lança-t-elle froidement.

— Il n'est pas soûl, il est blessé, répliqua l'homme valide.

Il redressa alors la tête et Lucy lâcha un cri de surprise. Elle n'avait pas revu ce visage depuis que le jeune homme avait décidé de partir combattre dans l'armée du roi Edward, en France.

— Thomas ? C'est vraiment toi ?

Lucy voulut l'enlacer, mais son frère tira une courte épée de sous sa cape et la pointa dans sa direction. Lucy s'immobilisa, incapable de réprimer un nouveau hoquet de peur. Le doux visage de son frère affichait une détermination farouche qu'elle ne lui avait jamais connue auparavant… Thomas avait toujours été un bon garçon et ce comportement nouveau était plus que troublant. Lucy resserra les doigts sur le manche du tisonnier et recula jusqu'au bas de l'escalier.

L'autre homme, qu'elle avait cru ivre mort, releva la tête à son tour, le visage déformé par la douleur après ce simple effort. Il parvint néanmoins à lui lancer un sourire féroce, à travers sa barbe épaisse ; mais ce furent surtout ses yeux qui fascinèrent Lucy. Marrons, brillants comme des châtaignes lustrées, ils l'étudiaient sans ciller et éveillèrent en elle une sensation qu'elle n'avait pas connue depuis bien longtemps. Elle sentit sa peau s'échauffer mais comprit bien vite que son admirateur la regardait ainsi uniquement parce qu'il avait du mal à la voir clairement.

— Que s'est-il passé ? balbutia-t-elle.

— Embuscade, répondit l'homme blessé d'une voix faible. N'aie pas peur, petite colombe. Nous ne te ferons pas de mal… *si* tu fais ce qu'on te dit.

— Es-tu seule ? demanda Thomas en levant une nouvelle fois son épée avant de s'avancer vers Lucy, son compagnon toujours agrippé à son épaule. Est-ce que quelqu'un d'autre est venu, ce soir ?

— Non, personne, répondit précipitamment Lucy, toujours terrifiée par cette arme pointée sur elle. Je suis seule dans la maison.

Seule avec Robbie… Soudain, une vague de panique la traversa. Son pauvre fils était allongé dans la chambre juste au-dessus, paisiblement endormi dans son berceau. Un fils dont son frère ignorait l'existence.

— Thomas, que se passe-t-il ? reprit-elle dans un souffle. Tu es parti il y a quatre ans. Pourquoi es-tu revenu et qui est cet homme ?

— J'étais en France, j'ai combattu pour la Compagnie du Nord.

Lucy n'en crut pas ses oreilles.

— Toi ? Un mercenaire ?

— Et toi, pourquoi es-tu là ? reprit Thomas. Où est père et pourquoi l'auberge est-elle fermée si tôt ?

Lucy baissa la tête, le cœur lourd. Lorsque Thomas vivait encore ici, l'auberge était toujours ouverte tard et remplie de monde. Mais ce n'était pas le moment de lui expliquer pourquoi les choses avaient tant changé.

— Je suis revenue… pour soigner père. Thomas, il est mort il y a près d'un an, murmura-t-elle. Je ne savais pas comment te joindre pour te l'apprendre.

Thomas parut choqué par la nouvelle et son regard s'emplit de peine.

— Oh non… Quelle mauvaise nouvelle, ma sœur…

Lucy sentit les larmes lui monter aux yeux. Ce n'était pas ainsi qu'un fils devait apprendre une telle nouvelle et Thomas regretterait sans doute plus qu'elle le départ de leur père. Il était vrai que Thomas n'avait jamais dû subir les conséquences de sa déception — elle, oui.

Le blessé poussa un nouveau gémissement et Thomas le regarda d'un air inquiet.

— Tu me raconteras tout cela plus tard, Lucy. Pour le moment, le plus urgent est de l'allonger dans un lit, en haut.

Mais Lucy résista, bloquant l'accès à l'escalier. Il était hors de question d'installer cet homme à l'étage où Robbie dormait paisiblement, ignorant le drame qui avait lieu si près de lui. Montrant enfin son tisonnier et le brandissant comme une arme, elle garda farouchement le bas des marches.

— Allons, petite colombe, marmonna le blessé avec un nouveau sourire tordu. Sois raisonnable et nous survivrons peut-être tous à ce jour.

Il s'élança alors vers elle avec une vitesse déconcertante et lui arracha des mains son arme de fortune. Cet effort dut épuiser ses dernières forces, car il tituba ensuite un instant et tomba sur elle. Instinctivement, Lucy tenta de le rattraper en passant les bras sous ses aisselles. Elle recula d'un pas sous le poids de l'homme et se retrouva coincée entre le mur et lui, écrasée par ce corps si lourd. Quelque chose d'acéré griffa son épaule, à travers son épaisse robe de laine, et elle poussa un cri de douleur. Baissant les yeux, elle aperçut la pointe d'une flèche qui dépassait sous l'épaule droite de l'homme.

— Il est vraiment blessé ! s'écria-t-elle.

— Ne me laisse pas mourir sans personne pour me pleurer, ma colombe, lâcha l'homme d'une voix grave et rauque.

Avant même que Lucy ait pu réagir, il passa sa main indemne dans sa nuque, tira sa tête en arrière et plaqua sa bouche sur la sienne.

Chapitre 2

Ce baiser prit Lucy par surprise et, l'espace d'un instant, elle ne sentit que la barbe rude de l'inconnu qui irritait sa joue ainsi que ses lèvres gourmandes qui éveillaient une pluie de frissons sous sa peau. La bouche de l'homme se referma sur la sienne et elle sentit sa langue, insistante, contre ses lèvres. Perdant tous ses moyens, elle fut emplie par un désir soudain, brûlant, et presque sans s'en apercevoir, elle lui rendit son baiser. Si cet étranger était capable d'embrasser de cette manière alors qu'il était à l'article de la mort, à quoi ses avances devaient-elles donc ressembler quand il était en bonne santé ?

Quelques secondes à peine plus tard, elle parvint enfin à reprendre ses esprits et s'écarta violemment. L'homme, glouton, se pencha un peu plus sur elle, cherchant un second baiser, et sa main valide lâcha la nuque de Lucy pour empoigner sa poitrine.

Un baiser, Lucy pouvait encore le tolérer, mais ces caresses possessives allaient trop loin ! Envahie par une vague de révolte, elle retrouva toute sa rage. Cet homme n'était pas le premier, parmi ses clients, à essayer de la posséder en dépit de ses protestations et il ne serait malheureusement pas le dernier… Qu'il soit blessé ou non ne changeait rien pour elle : elle glissa un pied entre ceux de l'inconnu et lui donna un grand coup de genou dans l'entrejambe.

L'homme lâcha un gémissement de douleur et se pencha dangereusement vers elle, les yeux fermés. Il titubait et Lucy se rendit compte qu'il était sur le point de s'évanouir. Elle passa instinctivement une main dans son dos pour le rattraper et ses doigts effleurèrent un toupet de plumes. La flèche pointait encore de son épaule. Étouffée par la culpabilité, elle réalisa qu'elle venait de frapper un homme gravement blessé…

Reprenant le contrôle de ses émotions, elle ravala ses remords. Après tout, elle n'avait jamais demandé à ces deux-là de venir envahir sa maison, tout comme elle n'avait jamais demandé à être embrassée ! Cet étranger avait bien cherché ce qui venait de lui arriver.

Elle le soutint de son mieux mais il était grand et musclé, beaucoup trop lourd pour elle qui était toujours coincée contre le mur. Le feu mourant éclairait à peine la salle mais cela suffisit pour voir que l'homme était pâle comme un fantôme et que son front était constellé de gouttes de sueur. Il avait la peau si humide que ses cheveux étaient collés en grosses mèches sombres sur ses joues. Sa blessure avait dû le faire saigner, cependant sa cape était trop sombre pour que Lucy puisse voir à quel point.

— Je suis désolée, murmura-t-elle en chassant les cheveux qui étaient retombés sur le visage du blessé.

Son front était frais — une bonne nouvelle — mais elle eut les doigts mouillés par sa sueur. L'inconnu rouvrit faiblement les yeux.

— Est-ce que vous avez du vin ? Ou quelque chose de plus fort ? marmonna-t-il.

— Bon, cela suffit ! s'écria Thomas, le visage déformé par une moue de dégoût.

Lucy se souvint alors qu'avant son départ, son frère avait toujours été aussi prude qu'un moine vis-à-vis des démonstrations d'affection.

— Fais-le monter avant de lui faire plus de mal, ordonna-t-il. Nous n'avons peut-être pas beaucoup de temps.

Il attrapa son compagnon, libérant Lucy du poids de

ce corps qui lui coupait le souffle. Elle en profita pour courir récupérer sa lanterne, rejetant son tisonnier dans les braises, là où elle pourrait facilement le récupérer plus tard, si elle en avait besoin.

— Apporte du vin, grogna encore l'homme.

Lucy courut à son comptoir, sous lequel elle entreposait bouteilles et gobelets, pour y trouver ce qu'il avait demandé. Une bouteille dans chaque main et sa lanterne passée à son bras, elle suivit son frère qui traînait déjà l'inconnu dans l'escalier étroit.

L'étage était sombre, avec un plafond bas. La chambre de Lucy occupait la moitié de l'espace mais elle était remplie de coffres et de piles de vieux objets inutilisables qu'elle n'avait pas le cœur de jeter. Dans la seconde chambre se trouvaient des paillasses pour les voyageurs qui voulaient passer la nuit à l'auberge ; mais, en attendant le retour du beau temps, les lits étaient entassés et les matelas de paille roulés dans des toiles huilées pour les protéger de la vermine. Lucy avait l'intention de conduire les deux hommes jusqu'à cette pièce, mais Thomas entra immédiatement dans la chambre qui avait appartenu à leur père et dans laquelle Lucy s'était installée. Elle voulut protester, mais préféra ne rien dire dans l'espoir que son frère lui explique rapidement ce qui s'était passé.

Le berceau de Robbie était placé dans le coin le plus éloigné de la pièce et le petit dormait en silence. Heureusement, il ne se réveilla pas à leur arrivée… Lucy n'osa même pas jeter un coup d'œil dans sa direction de peur d'alerter les deux visiteurs. La chance était de son côté : ils n'examinèrent pas la pièce, trop pressés d'atteindre le lit de Lucy, sous la petite fenêtre.

— Allonge-moi et donne-moi à boire, marmonna le blessé.

Il semblait perdre puis reprendre conscience à chaque instant. Combien de sang avait-il perdu ?

Thomas et elle l'installèrent sur le matelas, repoussant les couvertures. Ils le placèrent au bord du lit de manière à ce que son épaule et la flèche qui en dépassait soient au-dessus du vide. Thomas ôta les bottes du blessé et les déposa au sol, près de lui. Lucy tint la bouteille de vin près des lèvres de l'inconnu. Il but goulûment, la vidant presque de moitié avant de l'abandonner par terre et de tenter de défaire, de sa main valide, la boucle qui maintenait sa cape. Ses gestes maladroits provoquèrent une bordée de jurons.

— Aide-moi à enlever cela, ordonna-t-il.

Obéissant, Thomas se précipita pour le débarrasser du vêtement, mais son compagnon le repoussa violemment.

— Pas toi, Thomas ! Va t'occuper des chevaux. Viens, petite colombe, tu vas m'aider.

Lucy s'agenouilla près du lit et tenta de déshabiller l'étranger, mais quand elle voulut tirer la cape, la hampe de la flèche se prit dans le tissu. Elle tira, d'un geste mal assuré, et l'homme poussa un petit cri de douleur. Comprenant que la flèche avait traversé tous ses vêtements, Lucy lâcha la cape. Soudain, un mouvement attira son attention. Thomas était presque derrière elle, pointant une dague sur elle. Sa main tremblait et l'angoisse qu'elle lut dans ses yeux le rendait presque méconnaissable.

— Découpe le tissu, dit-il en plaçant la dague dans la main de Lucy. Enlève tous les vêtements que tu pourras. Nous retirerons la flèche à mon retour.

— Où vas-tu ? demanda-t-elle, terrifiée à l'idée de se retrouver seule avec cet homme qui, même blessé, avait clairement essayé de l'agresser.

D'ailleurs, ce « nous » ne fit rien pour la rassurer non plus…

— Tu as entendu ce qu'il a dit, non ? Je dois cacher les chevaux. Nous sommes pourchassés. Je te promets de tout t'expliquer plus tard.

Thomas jeta un regard paniqué autour de lui, presque comme s'il s'attendait à voir des assaillants jaillir du coffre de bois, du pied du lit ou de la porte restée ouverte.

Sans un mot, il sortit ensuite de la chambre et referma la porte derrière lui.

— Comment s'appelle cet endroit ?

C'était le blessé qui venait de parler, d'une voix rauque et à peine audible. Lucy sursauta, surprise. Elle l'examina plus en détail. Ses joues étaient rosées, sous son épaisse barbe, et ses yeux brillaient un peu plus qu'à son arrivée. Le lit et le vin lui avaient manifestement redonné des forces ; il semblait retrouver un peu d'énergie.

— Personne ne lui a donné de nom, répondit Lucy.

L'inconnu eut un petit rire essoufflé.

— Une auberge sans nom. La cachette parfaite pour un voyageur anonyme tel que moi… Et la maîtresse de maison a-t-elle été baptisée, au moins, ma colombe ?

— Je m'appelle Lucy Carew, lâcha-t-elle à contrecœur.

— Carew ? Sœur de Thomas ou épouse ?

— Sœur.

Quel genre d'homme embrassait une femme en la croyant épouse d'un de ses amis ?

— Donne-moi plus de vin, Lucy Carew, dit encore l'étranger en tendant le bras vers la bouteille.

Lucy l'attrapa et hésita un instant avant de la lui tendre. Elle but une gorgée, dans l'espoir que cela suffirait à la calmer. Le blessé vida le reste de la bouteille — en en renversant copieusement sur son visage et son cou. Dégoûtée, Lucy ne put réprimer une grimace. Son matelas allait puer le vin… Mais, s'il survivait au sang qui imprégnait les draps, ce serait déjà un miracle. Elle prit la dague et se pencha vers l'étranger pour le déshabiller, comme son frère le lui avait demandé. Ses mains tremblaient tellement qu'elle n'osa pas s'attaquer à l'étoffe de la tunique du blessé.

— Tu n'as donc jamais déshabillé d'homme ? demanda l'individu en la couvant d'un regard lubrique.

— Jamais avec un couteau, répondit froidement Lucy.

L'homme éclata de rire.

— Je me disais bien qu'une jolie colombe comme

toi, qui embrasse comme tu l'as fait, devait savoir se débrouiller dans un lit.

Son ton était moqueur et Lucy sentit ses joues s'enflammer sous le coup de la colère. Une petite voix l'accusa intérieurement, murmurant des mots qui réveillèrent ses anciennes hontes. La voix avait raison, après tout… Si elle avait été convenable, son corps aurait-il réagi si vivement quand cet inconnu l'avait embrassée contre son gré ?

En voulant le fixer droit dans les yeux, elle vit que le regard de l'homme devenait de plus en plus vague, éteint. Une nouvelle fois, ses joues pâlirent. Il était visiblement sur le point de s'évanouir de nouveau — soit à cause de sa blessure, soit à cause du vin qu'il venait de boire. Lucy se pencha prestement sur lui pour agrandir le trou fait par la flèche dans ses vêtements, devant et derrière. La pointe, agressive, était poisseuse de sang, tout comme les vêtements du blessé. Lucy dut réprimer une montée de nausée avant de continuer.

La cape était épaisse, mais la lame de la dague était bien aiguisée et le tissu céda facilement. Elle put enfin tirer la cape de sous l'homme et la jeter par terre, entre le lit et le mur. L'inconnu portait un pourpoint sans manches rembourré, lacé sur le devant. Par chance, la flèche l'avait évité de peu, traversant les chairs à la jointure entre le bras et le corps, et le pourpoint était resté intact. Elle palpa le gilet couleur écorce. Comme la cape, il était d'excellente qualité. Pour la première fois, Lucy se demanda qui était cet homme. Elle délaça le pourpoint du blessé, consciente du poids de son regard sur elle.

— Vous allez devoir vous redresser, si nous voulons vous enlever cela.

— Alors, tu vas devoir m'aider, Lucy Carew, bafouilla-t-il d'une voix qu'il voulait sans doute sensuelle.

Il lui sourit de nouveau — de ce sourire qui envoyait une nuée de papillons dans l'estomac de Lucy. Seule sur son lit avec cet homme, elle commençait à avoir peur. Cela faisait bien longtemps qu'aucun homme n'avait partagé sa couche et, même si cet inconnu n'était pas là pour cela, le simple fait de le savoir si près d'elle la troublait. Risquait-il de vouloir l'embrasser encore une fois, comme il l'avait fait dans la salle du bas ? Non, il semblait trop mal en point pour cela…

Elle s'assit donc au bord du lit et passa les mains sous les bras du blessé pour le tirer jusqu'à ce qu'il soit assis en face d'elle — son visage tout près du sien. Il glissa son bras gauche, celui qui n'avait rien, autour de la taille de Lucy et la tint fermement pour ne pas s'écrouler. Il tenta de faire pareil avec son bras droit, mais n'avait visiblement plus aucune force de ce côté.

Lucy passa ses mains sous le pourpoint, péniblement consciente de devoir caresser le torse de l'homme pour le déshabiller. Ses doigts effleurèrent la peau nue du cou viril et il eut un sursaut. Il la couvait d'un regard affamé, la tête penchée sur le côté et les lèvres entrouvertes comme s'il s'apprêtait à l'embrasser une seconde fois. Lucy baissa vivement la tête pour se concentrer sur ce qu'elle faisait, sentant ses joues s'enflammer de nouveau.

— Tu ne m'as pas demandé mon nom, Lucy Carew, murmura l'homme tandis qu'elle le débarrassait de son pourpoint.

— Je n'ai aucune envie de le connaître, répondit-elle.

À eux deux, ils parvinrent à enlever le pourpoint, un bras après l'autre, en tirant sur le tissu pour qu'il contourne la flèche. L'étoffe se prit une ou deux fois dans la hampe, la faisant bouger un peu. Quand cela se produisait, l'homme poussait un gémissement grave et sa main gauche se crispait sur la taille de Lucy. Quand ce fut fait, il ne fut plus vêtu que d'une tunique de laine.

— Coupe-la, chuchota-t-il en fermant les yeux. J'en ai d'autres et j'ai peur de ne pas pouvoir rester assis comme cela plus longtemps.

Sa main retomba de la taille de Lucy et elle l'aida à s'allonger. Elle coupa ensuite la tunique, du col à la flèche, puis jusqu'à l'ourlet. Elle fit de même pour les manches et retira le tissu déchiqueté. L'homme était à présent torse nu.

Lucy se concentra sur la plaie entourée de sang coagulé. Elle préférait ne pas penser à ce qui arriverait quand Thomas retirerait la flèche car la simple idée de devoir participer à cette opération lui soulevait le cœur.

En dépit de la transpiration qui constellait son visage de gouttelettes, l'homme tremblait violemment et chacune de ses respirations inégales soulevait sa poitrine. Retirer son pourpoint avait dû lui faire souffrir le martyre et, pourtant, il ne s'était pas plaint une seule fois…

Lucy remonta doucement la couverture jusqu'à son cou, en prenant soin de ne pas toucher la flèche. Les paupières du blessé frémirent mais il n'ouvrit pas les yeux. Au contraire, il sourit — et pour la première fois, ce n'était ni pour déshabiller Lucy des yeux ni pour se moquer. Elle ne put s'empêcher de lui rendre son sourire, même s'il ne pouvait la voir. Elle attrapa la seconde bouteille, celle qui contenait l'alcool fort qu'il avait demandé, et la porta aux lèvres de l'homme.

Cette fois, il ouvrit les yeux et grimaça, comme s'il avait du mal à la voir clairement.

— Non, quand Thomas reviendra…

Il soupira sans achever sa phrase et se tut. Sans doute avait-il sombré de nouveau dans un état de demi-conscience ; à moins que le vin qu'il avait bu n'ait fini par lui monter à la tête.

Lucy resta debout près du lit, le cœur battant, guettant les pas de son frère dans l'escalier. Où allait-il cacher les chevaux ? La petite grange dans laquelle elle brassait sa bière serait trop étroite. Pourvu qu'il n'ait pas tenté de forcer la porte…

La pièce était profondément silencieuse. Quand Robbie bougea dans son berceau et lâcha un petit murmure ensommeillé, Lucy eut l'impression que sa voix était aussi bruyante que le chant d'un coq à l'aube. Elle jeta un regard anxieux à l'inconnu, sur le lit, mais il ne semblait pas avoir entendu. En fait, il ne semblait pas remarquer du tout ce qui se passait dans la chambre.

Lucy en profita donc pour rejoindre le berceau sur la pointe des pieds et caresser les cheveux de son fils, lissant les boucles noires et posant sa main froide sur sa joue rougie, là où sa dernière dent poussait. Robbie ouvrit un œil, bâilla, referma l'œil et roula sur le ventre, la bouche ouverte. Lucy s'agenouilla en douceur à ses côtés et le regarda se rendormir, envahie par une profonde vague d'amour et de tendresse. Robbie ne se rendrait jamais compte de la crise qui se jouait là, pendant son sommeil…

Soudain, elle se sentit profondément exaspérée par Thomas. Il était parti pendant quatre ans, sans autre projet que faire fortune dans l'armée. Pas une seule fois il n'avait envoyé de nouvelles à la maison ; il n'avait même pas dit à sa famille comment le contacter. Et voilà qu'il rentrait, sans la moindre explication, apportant le chaos avec lui ! Il ne restait plus qu'à espérer qu'il reparte le plus vite possible.

Soudain, comme si elle l'avait appelé en pensée, Thomas entra en trombe dans la chambre, claquant la porte contre le mur.

— Me revoilà, Sir Roger ! lança-t-il.

Abasourdie, Lucy dévisagea l'homme allongé sur le lit. Il portait des vêtements luxueux et, même à l'article de la mort, se montrait impérieux, comme un homme habitué à donner des ordres. Soudain, elle comprit et fut terrifiée au souvenir du coup qu'elle lui avait donné, en bas de l'escalier. Une chape glacée tomba sur ses épaules : comment se vengerait-il de cette femme sans nom ni pouvoir qui avait osé s'opposer à ses avances ?

Elle n'eut cependant pas le temps d'y réfléchir plus avant. Le bruit que Thomas avait fait en entrant avait réveillé Robbie qui poussa un long cri aigu. Il se redressa comme il put, attrapant le bord du berceau de ses petites mains pour tenter d'en descendre, comme il avait récemment appris à le faire. Encore à moitié endormi, il voulait sans doute s'allonger dans le lit de Lucy — c'était ce qu'il faisait en général quand quelque chose le réveillait en pleine nuit.

— Un enfant ? s'écria Sir Roger, réveillé lui aussi, et le cou tendu pour essayer de voir d'où venait le bruit.

— C'est mon fils.

— Tu as un fils ? Où est son père ? demanda Thomas d'un air à la fois surpris et révolté. Tu as dit que tu étais seule ici !

Lucy se redressa, dévisageant les hommes avec froideur. Elle avait passé assez de temps à s'expliquer et à s'excuser depuis la naissance de Robbie, presque deux ans plus tôt, et avec le temps sa honte s'était apaisée pour n'être plus qu'un poids léger qui pesait par moments sur son cœur. Que l'étranger soit noble ou non ne changeait rien. Elle n'avait aucune intention de se justifier d'être mère auprès d'un homme qu'elle ne connaissait pas ! D'ailleurs, Thomas pourrait bien attendre aussi.

— Mon fils n'a pas de père, dit-elle simplement. Je *suis* seule.

— Parfait, je ne veux pas être dérangé, grommela Sir Roger depuis le fond du lit.

Thomas, lui, se contenta de jeter un regard scandalisé à Lucy, mais elle n'y prêta pas attention. Elle prit Robbie dans ses bras et le serra contre elle en lui murmurant une berceuse.

— Repose ce marmot et viens ici, ordonna brutalement Sir Roger. Tu dois aider Thomas avant que je finisse de cuver mon vin.

Lucy déposa un petit baiser sur le front de Robbie. L'enfant battit des poings contre son épaule et se mit à crier encore plus fort, bien décidé à montrer à tout le monde qu'il n'aimait pas être réveillé.

— Laissez-moi d'abord le calmer, reprit Lucy en le berçant doucement.

— Ma blessure est plus importante que ses humeurs ! répliqua Sir Roger. J'ai une flèche qui me traverse l'épaule et chaque moment perdu me rapproche de la tombe !

Certes, il avait raison, mais Lucy n'aimait pas ce ton impérieux quand son bébé avait besoin d'elle.

— Il n'a pas d'*humeurs*. Il vient d'être réveillé, sa chambre est pleine d'inconnus qui crient ; il est perdu et sans doute effrayé. En plus de cela, il est en train de faire ses dents.

Elle serra son fils plus fort encore contre elle et se rendit soudain compte que ses mains tremblaient. Robbie avait peut-être peur, mais il n'était pas le seul… À présent que son quotidien si familier s'invitait dans les événements improbables de cette soirée, elle sentait la panique l'envahir.

— Plus vite tu le reposeras, plus vite il se calmera, insista encore Sir Roger.

Lucy s'approcha du lit, berçant toujours Robbie contre son cœur, et dévisagea l'homme.

— De toute évidence, vous ne savez rien des enfants.

— Non, et je n'ai pas envie d'en savoir plus, répliqua-t-il avec un regard dégoûté vers le petit visage rouge de Robbie.

— Ce sera plus simple de le recoucher s'il est calme et fatigué. Sans cela, il risque de crier pendant des heures et de monter sur le lit avec vous une douzaine de fois dans la nuit.

Cette idée parut horrifier Sir Roger et Lucy soutint son regard froidement jusqu'à ce qu'il cède.

— Qui l'aurait cru ? La colombe devient corbeau ! Ou un aigle qui défend son nid. Très bien, fais ce que tu as à faire, mais vite. Et redonne-moi cette bouteille : je dois endormir la douleur. Thomas, tu es prêt ?

Lucy tendit la bouteille à Sir Roger. Cependant, au lieu de boire comme elle s'y attendait, il renversa l'alcool sur son épaule, pâlissant sous la douleur et lâchant une nouvelle série de jurons. Son souffle se fit plus rapide. Lucy frémit, partageant sa douleur. Cet homme était peut-être malpoli et vulgaire, et sa blessure était sans doute bien méritée, mais elle était désolée de le voir endurer de telles souffrances.

Pendant ce temps, Thomas fouillait dans le grand sac de cuir qu'il avait rapporté avec lui. Il en tira une petite fiole qu'il donna à Sir Roger. Celui-ci en but une gorgée. Thomas ramassa alors la dague dont Lucy s'était servie pour couper les vêtements de l'homme et s'agenouilla au bord du lit. Il fit rouler Sir Roger sur le côté gauche, l'enjamba et entreprit de tailler la flèche pour la débarrasser de son empennage.

— L'enfant ne dort pas encore ? grogna Sir Roger.

Lucy retourna près du berceau pour installer Robbie sous ses couvertures. Elle lui chanta à mi-voix la berceuse qui le calmait le mieux et l'enfant bâilla. Surprise, Lucy entendit quelqu'un reprendre la berceuse en sifflant, de l'autre côté de la chambre et se retourna. Sir Roger lui faisait signe de sa main valide, les lèvres tendues.

— Tu peux chanter pour m'endormir, moi aussi, si tu veux, ma colombe, dit-il avant de plaquer la main sur son torse. Juste là, contre mon cœur — ou ailleurs, si tes lèvres sont plus gourmandes…

Lucy l'ignora mais ne put empêcher ses joues de s'enflammer. À moitié endormi et blessé, cet homme restait obnubilé par l'amour. À quoi pouvait-il bien ressembler quand il était en pleine forme ? Pourvu qu'il parte avant qu'elle ne puisse le découvrir, songea-t-elle en bordant Robbie d'une main tremblante.

Thomas laissa tomber l'empennage de la flèche par terre.

— Nous allons pouvoir la retirer maintenant, murmura-t-il en mimant le geste. La plaie va saigner et devra être cautérisée. Va donc récupérer ton tisonnier dans le feu.

Sir Roger grommela quelque chose d'incompréhensible et serra son poing gauche. Pour la première fois, il avait l'air d'avoir peur — sincèrement peur — et semblait oublier sa douleur ou ses grossières tentatives de séduction.

— Fais ce qu'il dit. Et apporte plus de vin, tant que tu y es.

Lucy jeta un rapide coup d'œil au berceau de Robbie. L'enfant dormait profondément et ne dérangerait sans doute pas les deux hommes. Elle courut donc au rez-de-chaussée, le cœur battant, espérant que le tisonnier soit encore assez chaud. La simple idée de devoir brûler les chairs de l'homme pour cautériser la plaie lui donnait envie de vomir.

Roger ferma les yeux en écoutant le pas rapide de la jeune femme dans l'escalier. Elle reviendrait vite. Elle lui avait déjà prouvé qu'elle était fiable quand il y avait quelque chose d'urgent à faire. Il serra de nouveau les poings. Sa main gauche avait encore toute sa force, mais la droite obéissait à peine, molle et sans énergie. Il palpa doucement sa plaie du bout des doigts. Le sang avait coagulé et une croûte commençait à se former sur son torse, là où cela avait coulé. Il avait moins saigné qu'il ne le craignait, mais cela changerait vite quand Thomas retirerait la flèche. Il explora un peu plus son épaule et découvrit avec soulagement que la flèche avait évité les os, passant au travers du muscle qui reliait le bras à la clavicule.

Il avait la tête lourde d'épuisement et de froid. Il attrapa la couverture et la remonta une nouvelle fois jusqu'à son menton. Il ne pouvait tout de même pas rester éternellement ici, à attendre que la jeune femme revienne jusqu'à son lit — même si elle était charmante, avec ses lèvres gourmandes et ses grands yeux bleu-gris, si semblables aux yeux d'une autre femme qu'il avait bien connue… Non, il avait une tâche importante à accomplir. Une tâche urgente.

— Elle a l'air d'avoir peur de moi, murmura-t-il pour lui-même.

— Vous avez dit quelque chose, Sir Roger ?

Roger ouvrit péniblement un œil. Thomas était là, le couvant d'un regard anxieux. Thomas, qui avait provoqué toutes ces catastrophes à cause d'une simple amourette irréfléchie. Qu'il soit maudit, ainsi que les hommes d'Harpur qu'il avait lancés à leurs trousses !

— Tout cela est ta faute : c'est toi qu'ils voulaient.

Était-ce vraiment lui qui parlait ? Sa voix était faible, chuintante. Rien à voir avec les tonalités graves et autoritaires dont il avait l'habitude.

À côté du lit, Thomas tomba à genoux.

— Pardonnez-moi. C'était de la faiblesse. De la folie ! Mais je vous promets de me racheter. Je paierai pour mon erreur, dites-moi seulement comment m'amender pour le tort que je vous ai causé.

Quel tort ? Qu'avait-il fait, en fin de compte ? Roger avait de plus en plus de mal à réfléchir. Il s'humecta les lèvres ; elles avaient un goût étrange, amer. Il avait bu quelque chose pour endormir sa douleur, mais à présent l'alcool l'empêchait de se concentrer. Ah oui, bien sûr : c'était une femme qui avait causé tout cela. C'étaient toujours les femmes ! Était-ce la jolie colombe aux grands yeux dans sa robe grise ? La colombe qui avait appliqué ses doigts frais sur ses muscles endoloris ? Non, elle n'était pas liée à leur fuite désespérée dans les bois. Elle était d'ici.

— Elle tarde trop, maugréa-t-il, perdu dans ses pensées.

Il avait vu suffisamment de champs de bataille en France pour savoir ce qui l'attendait quand la jeune femme reviendrait avec un fer chaud et, plus elle s'attarderait, moins ses nerfs supporteraient l'épreuve du feu.

— Je vais voir ce qu'elle fait, répondit Thomas.

— Pouvons-nous vraiment lui faire confiance ?

Roger palpa son bras qui ne lui répondait presque plus.

— Je pense que oui. Elle ne trahirait tout de même pas son frère ! Elle est ma seule famille, maintenant…

Thomas soupira.

— Pauvre Lucy, elle avait l'air terrifiée quand nous sommes arrivés.

Soudain, Roger reprit ses esprits et il agrippa le bras de Thomas :

— Le message du roi est-il en sécurité ?

— Il est dans votre sacoche de selle, sur votre cheval, répondit calmement Thomas.

— Bien. Hugh Calveley doit à tout prix recevoir les ordres du roi et envoyer des troupes en France, reprit Roger, le cœur battant.

Si Calveley le faisait, Roger serait un homme riche —

s'il vivait assez longtemps pour réclamer sa récompense, évidemment. Il pourrait alors rentrer à Wharram la tête haute, pour verser des poignées de pièces d'or dans les mains de son père. Finalement, il aurait une chance de lui prouver qu'il avait réussi !

Il écouta le sang qui battait contre sa tempe, sourd et omniprésent. Puis, au bout de quelques instants, malgré le brouillard causé par le vin et la potion de Thomas, il comprit que ce tambourinement ne venait pas de sa tête : quelqu'un frappait brutalement à la porte de l'auberge et rien n'empêcherait la jeune femme d'ouvrir pour accueillir l'arrivant.

— Descends, ordonna-t-il à Thomas en lui lâchant le bras, l'esprit toujours un peu embrumé. Prends ton épée et pars sans moi si tu n'as pas d'autre choix. Le message d'Edward *doit* être délivré, même si j'y laisse la vie.

Roger tenta de garder les yeux ouverts afin de regarder Thomas quitter la chambre, mais il en fut incapable. Trop affaibli pour lutter contre la langueur qui s'emparait de ses membres, il perdit de nouveau connaissance.

Chapitre 3

Les dernières braises emplissaient l'âtre d'une faible lueur rouge et réchauffaient à peine les pierres de la cheminée. Jamais le feu ne serait assez vif pour chauffer le tisonnier au rouge… Bien qu'elle ne puisse se permettre de gâcher du bois, Lucy ajouta quelques brindilles au feu et une poignée de joncs séchés qui traînaient encore par terre, pour réveiller les braises. Elle enfouit ensuite le tisonnier profondément dans l'endroit le plus rouge, envoyant des étincelles voler sur le sol. Sans attendre, elle les piétina pour que les joncs ne prennent pas feu, déversant un peu de son anxiété incontrôlable dans ses coups de pied.

Elle alla ensuite sortir deux couteaux qu'elle déposa sur le comptoir — ils pourraient leur servir — puis se laissa tomber sur le tabouret, près du feu, les yeux fermés. Elle se sentait si vide, si épuisée, et elle pouvait à peine supporter d'imaginer la douleur que le tisonnier rouge causerait à Sir Roger quand ils tenteraient de cautériser la plaie. Plus vite elle remonterait avec le tisonnier, plus vite tout cela serait terminé. Et plus vite les deux hommes pourraient partir.

Hélas, elle savait très bien que ce n'était qu'un mensonge qu'elle se répétait pour se réconforter… Car même si Thomas n'était pas revenu pour de bon à la maison et n'avait pas l'intention de rester, le blessé ne pourrait pas voyager avant le matin. Au moins. Il avait sans doute atteint les limites de son endurance, songea Lucy, envahie par une vague de compassion. L'homme ne cessait de lui faire des avances avec ses sous-entendus graveleux, certes, mais elle préférerait quand même qu'il survive. En tout cas, elle n'avait certainement pas envie de se retrouver seule avec un cadavre et un frère pris de panique !

Elle finit par s'obliger à quitter le confort relatif de son tabouret et se mit en quête d'une bouteille d'alcool particulièrement fort dans son placard — l'alcool que son père avait gardé pour calmer les douleurs parfois insupportables de l'ulcère qui lui déchirait le ventre. Elle retrouva aussi un peu d'antidouleur en poudre qu'elle avait acheté chez un médecin de Mattonfield, et qui était bien conservé dans un pot en terre.

Acheté... Elle ne put réprimer une grimace en repensant à cette transaction scabreuse. Elle n'avait versé aucun sou au médecin mais avait tout de même payé bien cher pour le médicament. Mélangée à l'alcool, la poudre avait toujours endormi profondément son père, le soulageant pour un temps de ses douleurs et offrant à Lucy quelques heures de paix. Elle n'avait alors plus à supporter ses continuelles critiques au sujet de la naissance de Robbie. Sir Roger serait sans doute tout aussi apaisé et Lucy avait hâte de savourer quelques instants de silence.

Elle était penchée sous le comptoir, dans l'obscurité de la salle, quand trois grands coups résonnèrent à la porte, la faisant sursauter et réveillant toutes ses craintes. Elle se cogna violemment la tête au comptoir et, un peu étourdie, s'assit par terre le temps de reprendre ses esprits. Elle était encore cachée là quand Thomas apparut au sommet de l'escalier.

— Où es-tu, Lucy ? murmura-t-il d'une voix nerveuse, son épée brandie à bout de bras. Montre-toi. Vite !

Son autorité soudaine avait des accents mauvais, agressifs. Qu'avait-il donc fait, pendant ces quatre dernières années, pour devenir aussi féroce ? Lucy l'observa depuis sa cachette. Sous cette façade de soldat aguerri, elle retrouvait cependant le regard désespéré de son frère, plus fragile et sensible qu'il voulait bien le laisser croire. Elle palpa son front : une petite bosse s'y formait déjà. Une fois son équilibre retrouvé, elle se leva et posa la bouteille d'alcool sur le comptoir, à côté des deux couteaux.

— Je cherchais juste…

Mais Thomas la fit taire d'un geste sec de la main. Il posa son doigt sur ses lèvres. Sans un mot, Lucy lui montra donc la bouteille et il parut se détendre un peu.

Pas longtemps, néanmoins, car on frappa de nouveau à la porte, plus fort que la première fois. Lucy voulut aller ouvrir, par réflexe, mais Thomas l'arrêta, serrant son bras d'une main de fer.

— Ils ne doivent pas entrer, chuchota-t-il. Ne fais pas de bruit, peut-être qu'ils partiront d'eux-mêmes.

— Qui sont-ils ? demanda Lucy à voix basse elle aussi, la réaction de son frère la terrifiant soudain. Pourquoi est-ce qu'ils te recherchent ?

Thomas regarda vivement autour de lui, comme s'il craignait encore d'être entendu.

— J'ai fait tout ce que tu m'as demandé, lui rappela froidement Lucy.

Elle croisa les bras et lui lança le regard qu'elle lançait toujours à Robbie quand elle le surprenait en train de tirer la queue du chat.

— Tu arrives ici sans la moindre explication, sans me prévenir, et tu me jettes au cœur d'une situation dangereuse que je ne comprends pas — qui ne me concerne pas. Pourquoi est-ce qu'on a envahi ma maison, ce soir ?

— C'est aussi ma maison, marmonna Thomas.

Abasourdie par son assurance, Lucy le dévisagea un instant, les poings sur les hanches.

— C'est moi qui me suis occupée de cette demeure et de l'auberge, pendant que tu étais en France, occupé à je ne sais quoi !

Soudain, une pensée terrible l'envahit.

— Est-ce que cela a quelque chose à voir avec la Compagnie du Nord ?

— Non ! protesta Thomas avant de baisser les yeux. Nous étions les hôtes d'un noble, pas très loin d'ici. Tout est arrivé à cause de Sir Roger… Il a offensé cet homme…

— Qu'a-t-il donc fait ? Dis-moi tout ou j'ouvre immédiatement à ces hommes.

— Il a séduit la fille de Lord Harpur, lâcha Thomas d'une voix étrange.

Surprise par une telle révélation, Lucy dut serrer les poings pour ne pas trahir son émotion. Entendre ce nom qu'elle haïssait de la bouche de son frère ! Il fallait plus que jamais qu'elle lui cache ses liens avec Harpur…

Cependant, cette nouvelle apaisa légèrement ses craintes. Au moins, Thomas et son compagnon n'étaient pas des voleurs fuyant la justice. Ils n'avaient pas commis de meurtre ou de trahison, ni aucun des autres crimes qu'elle avait imaginés depuis leur arrivée si soudaine. De plus, après ce qu'elle avait vu du comportement de Sir Roger vis-à-vis des femmes, l'aveu de Thomas ne l'étonnait qu'à moitié. Cela était parfaitement plausible. Sir Roger n'était coupable que d'une chose : avoir fait ce que tous les nobles se croient permis de faire. Le destin était cependant cruel. L'homme qu'il avait insulté était *John Harpur*, et c'était *chez elle* qu'ils avaient cherché refuge. Cette sombre ironie faillit la faire rire. Elle sentit un gloussement nerveux monter en elle, si profond qu'il ne s'arrêterait sans doute pas de sitôt si elle le laissait éclater.

Soudain, les étrangers cessèrent de frapper à la porte. Pensaient-ils que l'auberge était vide ? Étaient-ils partis ? Lucy pouvait-elle enfin se détendre un peu ?

L'espace d'un instant, elle éprouva un peu de pitié pour Katherine Harpur, habituellement si froide et pincée. Elle devait subir la colère de son père depuis le départ de son amant d'un soir — et Lucy savait bien à quel point John Harpur pouvait se montrer cruel. Ce qui la surprenait davantage, c'était que Sir Roger ait trouvé ce petit brin de femme assez séduisant pour risquer sa peau. Le baiser qu'il avait donné à Lucy, aussi malvenu ait-il été, lui fut soudain moins précieux maintenant qu'elle connaissait la vérité.

Néanmoins, elle fut délicieusement satisfaite à l'idée que Lord Harpur eût été ainsi traîné dans la boue et la honte. Si Katherine tombait enceinte, serait-elle aussi chassée du château pour mourir de faim sur les routes ?

Elle lança un petit sourire à Thomas et attrapa la bouteille.

— Montons cela à ton ami. Je pense que les autres sont partis, mais, même s'ils reviennent, je te promets de ne pas leur ouvrir : Lord Harpur n'est pas le bienvenu chez moi.

— Pourquoi ?

Thomas parut troublé par son changement d'attitude si abrupt — et sans doute déconcertant — mais elle n'avait aucune intention de lui en expliquer les raisons. C'était son secret et elle le garderait encore longtemps.

— Cela ne te concerne pas.

Thomas n'était pas complètement idiot. Peut-être comprendrait-il par lui-même, tôt ou tard.

En tout cas, sa promesse dut le rassurer car il baissa son épée. Tous deux étaient déjà engagés dans l'escalier étroit quand un coup plus fort que les autres fit trembler la porte dans un grondement de tonnerre. Jusqu'à présent, Lucy avait eu l'impression que les inconnus frappaient du poing sur le bois, mais ce bruit-là avait quelque chose de plus sinistre.

Un second coup et les gonds de la porte craquèrent. Un rai de lumière passa par les interstices soudainement formés. Visiblement, les hommes d'Harpur avaient trouvé un moyen de forcer la porte, et le vieux battant usé par les intempéries ne résisterait pas longtemps à un tel traitement. Désemparée, Lucy se tourna vers son frère.

— Ils vont entrer par la force, murmura-t-elle. Je *dois* leur ouvrir…

Thomas regarda rapidement la porte, puis l'escalier. Il traversa la pièce, tirant de nouveau son épée, et se glissa dans l'ombre, accroupi au bout du comptoir, là où la porte le dissimulerait une fois ouverte.

Lucy passa des doigts nerveux dans ses cheveux, les emmêlant un peu et tirant quelques mèches de sa tresse. Elle délaça ensuite le devant de sa cotte et tira sur le col de sa chemise jusqu'à ce que sa tenue puisse être jugée peu décente. Elle écarta aussi ses vêtements pour agrandir son décolleté avant de se frotter les yeux pour les rougir. Puis, prenant une profonde respiration, elle alla à la porte.

— Qui est là ? demanda-t-elle à travers l'une des fissures du battant.

On cogna la pauvre porte une nouvelle fois et le coup se répercuta dans ses mains appuyées au bois. Sous le choc, Lucy lâcha un petit cri.

— Ouvrez ! lança une voix autoritaire. Nous ne vous voulons aucun mal. Nous recherchons des fugitifs.

Lucy vit Thomas pâlir, au fond de sa cachette.

— Cette voix… Ouvre-leur, Lucy, mais je t'en prie, ne nous trahis pas…

Il avait l'air complètement terrifié, à présent, et Lucy préféra ignorer son manque de confiance en elle pour le moment. Elle acquiesça en silence.

Thomas se recroquevilla plus encore, caché par les plis de la cape de Lucy. Pour la seconde fois cette nuit-là, Lucy tira lentement le loquet d'une main tremblante. Elle entrouvrit la porte et jeta un coup d'œil craintif dehors. Deux hommes étaient là, essayant de voir par-dessus son épaule dans la salle obscure. L'un d'entre eux était si grand qu'il dut se pencher pour la regarder en face et, faisant mine d'être intimidée, Lucy bloqua la porte de son pied.

— Je n'ai vu personne de la nuit, dit-elle avec un bâillement avant de chasser ses cheveux en désordre de ses yeux, prenant son plus bel air confus et innocent. Vous m'avez tirée du lit, vous savez.

— Eh bien, vous avez mis bien longtemps à vous réveiller ! remarqua le plus petit des deux hommes. Laissez-nous entrer. L'un des fugitifs que nous cherchons est blessé —

peut-être même les deux. Ils sont très dangereux et nous devons à tout prix les retrouver.

— Sur l'ordre de qui ?

— Le nôtre, répliqua le grand, depuis les plis de son capuchon. Laissez-nous entrer ou nous vous écorcherons sur place !

Le cœur battant, Lucy ouvrit grand la porte en cachant soigneusement Thomas sans pour autant risquer de le cogner et de faire rebondir la porte. Elle maintint fermement le battant d'une main pour empêcher les hommes de le refermer et leur fit signe d'entrer. Ils examinèrent longuement la petite salle au plafond bas tandis que Lucy faisait de son mieux pour garder son calme. Heureusement pour elle, le feu mourant n'éclairait pas bien la pièce et l'obscurité dissimulait ses traits tirés, effrayés.

Les deux hommes finirent par se tourner vers elle. L'un d'entre eux, très brun, barbu et basané, la dévorait du regard. Elle sourit nerveusement, priant pour qu'il la traite avec douceur. Son compagnon, immense et tout aussi brun — mais glabre — ne parut pas si facilement distrait par ses charmes.

— Qu'y a-t-il, là-dedans ? demanda-t-il avec un signe de tête en direction de la porte de la réserve.

— C'est là que je conserve la bière, répondit-elle aussi posément qu'elle le put. Qui cherchez-vous ?

Le géant alla examiner la réserve, mais son compagnon ne quitta pas Lucy. Depuis l'entrée, elle entendit des coffres bouger et le couvercle du tonneau de bière que l'on soulevait puis reposait.

— Nous poursuivons deux voyous, des voleurs, expliqua le petit brun, les sourcils froncés.

Aucun d'entre eux ne ressemblait aux hommes de Lord Harpur. Thomas lui avait-il menti quand il lui avait dit pourquoi on les poursuivait ?

— Ils ont pris quelque chose qu'ils n'auraient pas dû toucher, reprit le géant depuis l'intérieur de la réserve avant d'en sortir avec une miche de pain entamée à la main, mâchant bruyamment.

Lucy dut maîtriser sa colère. Comment osait-il condamner le vol alors qu'il se servait sans vergogne dans sa réserve de pain ?

— Qu'ont-ils pris ?

— Cela ne vous regarde pas. Ce sont des voleurs et des assassins.

— Des assassins ?

Lucy sentit ses cheveux se dresser sur sa tête.

Thomas était peut-être devenu féroce et violent pendant son séjour en France, mais elle ne pouvait pas l'imaginer en train de trancher la gorge de quelqu'un de sang-froid. Sir Roger, en revanche… Non, elle ne le connaissait pas, mais sa première impression n'avait pas été celle-là. Il avait l'air d'un homme plus attiré par les femmes que par le combat, le vol ou le meurtre.

— Ils ne valent pas mieux que des chiens galeux. Quand nous les trouverons, ce seront des hommes morts !

Le géant ponctua son discours d'un geste éloquent, en passant son doigt sur sa gorge, avant de lancer la miche de pain à son ami qui la glissa prestement dans les plis de sa tunique sans quitter Lucy des yeux.

— Qu'y a-t-il, en haut ?

— Ma chambre, répondit Lucy en ravalant ses craintes.

S'ils lui demandaient de but en blanc si les fugitifs se cachaient à l'étage, elle ne saurait mentir — mais leurs menaces de mort la firent trembler de tous ses membres. Les deux soudards se dirigèrent vers l'escalier. Si elle ne trouvait pas rapidement un moyen de les empêcher de monter, ils découvriraient Sir Roger dans son lit !

— Mon époux est là-haut, lança-t-elle, désespérée. Il dort.

Les deux hommes s'arrêtèrent et se retournèrent vers elle d'un air soupçonneux. Lucy serra les dents. Elle venait d'entendre Thomas étouffer un hoquet d'inquiétude, dans sa cachette. Pourvu que les intrus ne l'aient pas entendu, eux aussi, songea-t-elle, terrifiée…

Les hommes échangèrent un bref coup d'œil, puis déshabillèrent de nouveau Lucy des yeux. Elle remonta le col de sa cotte sur sa gorge, faisant mine d'avoir honte de se montrer aussi découverte, tout en s'arrangeant pour leur offrir une vue dégagée de sa poitrine entre les plis de l'étoffe. Le petit homme regardait maintenant son décolleté sans même essayer de s'en cacher, s'oubliant dans les courbes de ses seins. Tant mieux ! Tant qu'il la lorgnait ainsi, il ne pensait plus à fouiller l'auberge ou à examiner de près le recoin sombre, derrière elle, où était toujours caché son frère.

— Si vous avez mis si longtemps à ouvrir la porte, ce n'était donc pas parce que vous dormiez, lança le plus grand avec un gros rire gras. Pourquoi est-ce vous qui êtes descendue, et non pas votre mari ?

— Mon mari peut avoir un caractère difficile, murmura-t-elle.

Des larmes lui montèrent aux yeux et le calme qu'elle s'était efforcée de garder jusque-là commença à s'étioler. Elle profita de son trouble pour s'approcher craintivement du bas de l'escalier et les hommes la suivirent des yeux, se détournant de la cachette de Thomas.

— Je vous en prie, lâcha-t-elle encore dans un souffle, ne le dérangez pas.

Le plus grand des deux hommes se campa devant elle d'un air féroce.

— Si jamais je découvre que vous m'avez menti…

Il leva le poing et Lucy frémit. Puis il la contempla longuement, de près, soulevant du bout des doigts une mèche tombée sur sa tempe. Elle se souvint soudain qu'elle s'était violemment cogné la tête au comptoir et effleura sa bosse. Son hématome devait être très rouge, à présent, et l'homme pensait clairement que cette marque provenait d'un coup. Lucy baissa la tête d'un air triste. Elle venait de sous-entendre que Sir Roger était le pire des époux, mais cela n'avait aucune importance !

— Nous montons, dit le géant d'une voix décidée. Passez devant.

Les larmes aux yeux et incapable de trouver un moyen de les empêcher d'examiner la chambre, Lucy les conduisit à l'étage. Les deux hommes étaient juste derrière elle, ne la quittant pas des yeux dans l'escalier. Elle n'allait même pas pouvoir prévenir Sir Roger de leur arrivée — et, de toute manière, il n'était pas en état de se défendre. Arrivée devant la porte, elle hésita un instant puis ouvrit. L'huile de la lampe qu'elle avait laissée là avait presque entièrement brûlé et la chambre était plongée dans la pénombre. Pourvu que cela suffise à masquer le visage de Sir Roger, se dit Lucy, désespérée…

Il était toujours allongé là où elle l'avait laissé et la couverture, remontée jusqu'à son menton, dissimulait la flèche plantée dans son épaule. Il ne bougeait pas. À le voir là, on aurait pu croire qu'il dormait et que sa tête avait lentement roulé sur le côté du matelas, mais Lucy songea qu'il avait sans doute perdu connaissance. Son bras droit pendait au-dessus du sol et le gauche était emmêlé dans ses boucles noires, étalées sur l'oreiller. Au cas où il eût été conscient et faisait seulement semblant de dormir, Lucy parla fort, d'une voix sincèrement apeurée.

— Vous voyez ? Mon époux dort. Je vous en prie, mes bons seigneurs, ne le réveillez pas… Je n'ose pas penser à ce qui m'arriverait…

Le plus petit des deux intrus renifla consciencieusement.

— Il dort ? Non, je ne pense pas.

Lucy crut qu'elle allait s'évanouir, mais au lieu de tirer son épée et de les tuer tous les deux, l'homme lâcha un gros éclat de rire.

— Je sens son odeur de vin jusqu'ici !

Il le croyait ivre. Bien sûr ! Pourquoi n'avait-elle pas pensé à cela ? La couverture était imbibée de vin — tout comme l'occupant du lit, d'ailleurs. Lucy traversa la chambre à pas de loup et s'agenouilla près du lit, cachant Sir Roger de son mieux. Elle ramassa les bouteilles vides et, la tête basse comme si elle avait honte, prit le temps de réfléchir à ce qu'elle allait dire. Avec un peu de chance, son subterfuge fonctionnerait.

— Vous pourriez chercher à nous tromper, lança le géant, visiblement moins convaincu que son compagnon face à cette scène troublante. Comment puis-je être sûr qu'il s'agit de votre époux ?

Lucy releva la tête et lui lança un regard implorant.

— Qui d'autre voulez-vous que ce soit ? Je vous en prie, laissez-nous tranquilles, supplia-t-elle. Je mourrais de honte si l'on apprenait cela… Mon époux est un homme bon, mais il ne peut pas s'en empêcher.

Elle commença alors à pleurer, libérant la tension qui l'habitait depuis le début de la soirée et laissant de grosses larmes de terreur et d'épuisement couler le long de ses joues. Tout en sanglotant, elle se pencha en avant, les bouteilles dans les bras, consciente que cela donnerait aux hommes une vue généreuse sur son décolleté. Pourvu que cela suffise à détourner leur attention de Sir Roger, se dit Lucy encore une fois…

— Lucy ? marmonna soudain le blessé en soulevant son bras gauche.

Il tenta de la caresser, mais ne parvint qu'à lui frapper maladroitement l'épaule. Le coup n'était pas assez fort pour lui faire mal, mais Lucy y vit l'occasion de renforcer son mensonge et poussa un petit cri.

— Apporte-moi un peu de vin, comme une tendre petite colombe obéissante, balbutia encore Sir Roger. J'ai besoin de me réchauffer.

Sa voix était empâtée par la potion qu'il avait prise. Lucy lui jeta un rapide coup d'œil. Les ombres qui dansaient sur son visage lui donnaient une apparence démoniaque et, avec un peu de chance, méconnaissable. Un sourire lubrique se dessina sur ses lèvres, ravivant ses traits en dépit de sa pâleur et de l'épaisse brume de sueur qui perlait sur son front.

— Oh ! ma jolie petite colombe, je ne te ferai jamais de mal…

Son murmure fit frissonner Lucy, jusqu'à ce qu'elle se souvienne qu'il avait sans doute dit la même chose à Katherine Harpur pour l'attirer dans son lit.

Elle se releva donc péniblement, prête à changer de ton pour couper court à cette scène et éloigner le danger. Tout en restant devant Sir Roger, elle posa les bouteilles, s'essuya vivement les yeux et dévisagea froidement les deux intrus.

— Êtes-vous satisfaits ? demanda-t-elle avec colère. Vous voyez bien que je ne cache aucun malfrat, ici. N'est-ce pas suffisant que je doive étaler ma honte devant des étrangers ? Allez-vous aussi douter de mon intégrité ?

Le plus petit des deux hommes acquiesça lentement.

— Je n'aime toujours pas cela, murmura son compagnon. Dites-nous, madame… Quel est le nom de votre époux ?

Lucy ouvrit la bouche mais ne dit rien. Elle ne pouvait pas appeler Roger par son nom, de peur d'éveiller les soupçons des étrangers, mais rien d'autre ne lui venait à l'esprit. Seigneur ! Son stratagème si bien huilé allait-il tomber en miettes alors qu'elle avait presque réussi ?

— Henry, répondit Roger depuis le lit. Laissez ma femme tranquille !

Il laissa sa tête retomber sur l'oreiller et se mit à ronfler. Avant que Lucy n'ait eu le temps de se demander d'où il avait tiré ce prénom ou si son cri avait été intentionnel, Robbie poussa un sanglot inquiet. Il somnolait jusque-là dans son berceau mais, pour la seconde fois cette nuit, sa maison avait été envahie et des inconnus étaient venus le réveiller.

Figée sur place de terreur, Lucy regarda son fils descendre du berceau et ramper sur le sol. Le visage rouge, encore à moitié endormi, il trotta jusqu'au lit. Tirant vaguement sur ses cheveux noirs et bouclés de ses petites mains potelées, il regarda autour de lui, les yeux mal réveillés. Puis, Lucy, plus que reconnaissante, le vit faire ce qu'il faisait toujours quand il était tiré du sommeil en pleine nuit.

Il grimpa sur le lit, tira la couverture jusqu'à ce qu'il puisse se glisser dessous et s'allongea contre Sir Roger. Les deux étrangers, toujours debout dans l'encadrement de la porte, regardèrent l'oreiller sur lequel étaient à présent posées deux têtes brunes. Voyant enfin ce qui allait la sauver, Lucy s'écria :

— Vous voyez : mon fils reconnaît son père !

Cela aurait certainement suffi à mettre fin à cette inquisition une bonne fois pour toutes, mais au même moment, un grand brouhaha s'éleva à l'extérieur. Une voix cria, puis une autre répondit. Un bruit de sabots — deux chevaux lancés au grand galop — s'amplifia avant de s'éloigner. Dans son désespoir à l'idée que les intrus puissent reconnaître Sir Roger, Lucy avait complètement oublié Thomas. Mais, de toute évidence, son frère n'était pas resté inactif. Il avait dû conduire les chevaux par la bride jusqu'au bout du chemin, pendant qu'elle était occupée dans la chambre avec les poursuivants, puis était revenu au galop pour donner l'impression de deux cavaliers qui passent sans s'arrêter.

Les soudards se précipitèrent vers la porte comme un seul homme. Lucy leur emboîta le pas en courant et se glissa entre eux. Pendant une seconde, leurs trois corps se coincèrent en haut de l'étroit escalier et Lucy parvint à passer devant les hommes en repoussant le géant contre le mur. Cela allait suffire à les retarder un peu en haut des marches. La porte était fermée et, lorsque les hommes atteignirent le rez-de-chaussée et l'ouvrirent pour observer les environs, les deux chevaux étaient à peine visibles, pas plus grands que la vache jouet de Robbie. On les apercevait encore au sommet de la côte qui menait à Mattonfield. Les montures étaient proches l'une de l'autre et lourdement chargées. L'un des cavaliers semblait à demi écroulé sur sa selle — Lucy remarqua alors que le vieux sac de jute qu'elle avait enroulé autour du tronc de son petit pommier avait disparu. Thomas avait astucieusement utilisé la toile pour faire croire à un second cavalier, de loin.

Les deux soudards coururent à leurs chevaux, attachés à la clôture, et tentèrent de les libérer. Quand il découvrit les rênes particulièrement emmêlées, le géant lâcha un juron. Lucy ne put réprimer un sourire et se dissimula dans l'ombre de la maison pendant que les hommes luttaient pour détacher leurs bêtes. Décidément, Thomas avait bien travaillé pendant qu'elle les distrayait à l'étage. Finalement, les deux hommes purent se mettre en selle. Au moment de partir, le plus petit jeta un rapide coup d'œil à Lucy — un coup d'œil plus gentil qu'elle ne l'aurait cru.

— Vous avez eu de la chance, madame. Gardez votre porte bien fermée jusqu'au lever du jour. Votre vie ne vaudra pas grand-chose si vous vous opposez à ces criminels. Ce sont des menteurs, voleurs, et l'un d'entre eux est même un assassin : il a déjà tué un homme ce soir.

Sur ce, il éperonna son cheval et s'élança pour rejoindre son compagnon, déjà loin sur la route. Lucy les regarda s'éloigner, se retrouvant enfin seule dans la nuit.

Chapitre 4

Lucy resta devant sa porte jusqu'à ce que les silhouettes des cavaliers aient disparu derrière le sommet de la colline. Ils galopaient à bride abattue, mais Thomas avait beaucoup d'avance et atteindrait sans nul doute la ville avant ses poursuivants, qui se trouveraient alors face à trop de routes pour savoir laquelle suivre. De toute manière, même s'ils ne le rattrapaient pas, ils ne reviendraient certainement pas jusqu'à l'auberge, à présent qu'ils étaient convaincus que Lucy ne cachait aucun fugitif.

Il est dangereux : menteur, voleur et assassin…

La mise en garde de l'homme résonnait toujours à ses oreilles, et Lucy agrippa faiblement le montant de la porte pour ne pas s'évanouir.

Au moins, à présent que les poursuivants de Thomas et Sir Roger étaient partis, elle allait pouvoir se détendre un peu, songea-t-elle, soulagée. Mais son répit ne dura pas longtemps, car il fut bien vite remplacé par une nouvelle vague de peur. Elle s'était sentie si maligne d'avoir réussi à protéger Sir Roger qu'elle avait oublié à quel point cet homme, allongé dans son lit, était dangereux. Thomas ne rentrerait sans doute pas avant le matin, ce serait trop risqué… Il attendrait probablement le lever du soleil pour faire demi-tour et la rejoindre. Jusque-là, Lucy resterait seule dans l'auberge avec Sir Roger.

Non. Pas *seule*.

Son sang ne fit qu'un tour et elle sentit un voile glacé l'envelopper : Robbie était toujours en haut, avec Sir Roger ! Comment avait-elle pu si facilement oublier son fils ? Elle courut à l'intérieur, ne s'arrêtant que pour verrouiller la porte, comme l'homme le lui avait conseillé. Ses mains tremblèrent sur le lourd loquet. Était-il pire d'être enfermée avec un meurtrier ou de prendre le risque de laisser d'autres intrus pénétrer chez elle ? Elle examina fiévreusement la salle à la recherche d'un objet qu'elle aurait pu utiliser pour se défendre si jamais Sir Roger tentait de l'attaquer — ou pire, de frapper son enfant.

Le meilleur de ses deux couteaux avait disparu. Thomas, bien sûr !

— Oh ! Thomas… Sale voleur, s'écria-t-elle.

Il avait toujours eu tendance à se servir, prenant sans demander tout ce qui lui faisait envie, même quand il était enfant.

Lucy ramassa le tisonnier dans la cheminée et le tint fermement, concentrée sur la pointe qui avait à présent viré au rouge, illuminant ses mains comme une torche mourante. Si jamais il avait fait du mal à Robbie, Sir Roger ne vivrait pas assez longtemps pour voir le jour se lever !

Armée et prête à se défendre, elle remonta l'escalier à pas de loup, déchirée entre le besoin de se presser et celui de ne pas se faire remarquer. Arrivée sur le palier, elle poussa doucement la porte, la gorge nouée et le cœur battant. Mais la scène qu'elle découvrit la bouleversa et elle resta un instant debout, dans l'embrasure de la porte, son tisonnier pendant dans sa main.

Dans la pénombre, elle pouvait apercevoir les deux silhouettes encore endormies l'une contre l'autre sous la couverture. Robbie était pelotonné contre Sir Roger, son petit visage enfoui dans le creux du cou de l'adulte et un petit poing serré sur le coin du drap. Il avait roulé sur le côté dans son sommeil et de la couverture dépassait à présent le haut de sa chemise de nuit de lin blanc, froissée contre le torse tanné et les cheveux bruns de Sir Roger.

Le grand bras fort de l'homme était posé sur le dos de l'enfant, immobilisé au milieu d'une improbable caresse. Sir Roger avait les yeux fermés et ne bougeait pas. On aurait presque pu le croire déjà mort et, cédant un instant à un espoir peu charitable, Lucy pria pour que ce soit le cas et qu'ainsi tous ses problèmes soient enfin résolus.

Elle s'approcha finalement sur la pointe des pieds, tenant toujours son tisonnier à la main. Sir Roger l'avait déjà surprise une fois en se réveillant alors qu'elle l'avait cru évanoui. Il ne dormirait probablement pas bien longtemps avant de reprendre conscience à nouveau.

Les deux dormeurs paraissaient si paisibles, avec leurs têtes brunes et bouclées si proches, et tellement ressemblantes qu'il était logique qu'on ait pu les croire père et fils. Robbie n'avait encore jamais dormi dans les bras de son père, qui refusait de reconnaître son existence, et ne le ferait jamais. En le voyant ainsi, serré contre Sir Roger, Lucy sentit sa gorge se nouer. Son fils, au moins, avait rapidement su trouver un peu de réconfort au milieu de tout ce chaos. Comment avait-il pu savoir que l'homme qui était entré de force dans l'auberge et avait — apparemment — tué avant d'y arriver ne lui ferait pas de mal ? Elle regretta presque de le recoucher dans son berceau alors qu'il semblait si tranquille, oublieux du bruit et de l'agitation qui l'avaient réveillé deux fois.

Non, Sir Roger n'était pas un père aimant et son fils *était* en danger. Robbie dormait dans les bras d'un homme sans doute à peine conscient de sa présence et il aurait tout oublié à son réveil. Il était de toute manière trop jeune et trop confiant pour se douter du mal qui rôdait partout dans le monde. Il ne pouvait avoir pris la mesure de ce qui le menaçait, et avait été guidé uniquement par le désir d'être au chaud, serré dans des bras rassurants.

Lucy, après avoir déposé le tisonnier non loin d'elle, s'agenouilla donc au pied du lit et bougea la main de Sir Roger pour récupérer Robbie. Elle souleva le petit garçon et l'allongea contre son épaule. L'enfant passa les bras autour de son cou mais n'ouvrit pas les yeux. Sir Roger marmonna alors quelque chose d'incompréhensible dans son sommeil et sa tête roula d'un côté, puis de l'autre. Heureusement, il ne se réveilla pas non plus. À présent qu'elle tenait son fils contre elle, Lucy put respirer un peu plus librement. Elle prit même le temps de jeter un petit regard intrigué à l'homme allongé dans son lit.

Sir Roger… Sir Roger *comment* ? Et d'où venait-il ? Elle ne connaissait aucun seigneur ou chevalier de ce nom-là dans le Cheshire ou le Derbyshire. De quelle région était-il originaire et où avait-il l'intention d'aller ? Ni Thomas ni lui ne lui avaient expliqué quoi que ce soit. Cela dit, s'il avait contrarié Lord Harpur, il ne resterait pas longtemps à proximité de ses terres, c'était certain. Elle serra instinctivement Robbie un peu plus fort.

— Il ne saura jamais que c'est toi qui lui as sauvé la vie, murmura-t-elle à l'oreille de son garçon.

Robbie avait besoin de retrouver son lit. Elle aussi, mais où allait-elle bien pouvoir dormir ? Certainement pas sous ses draps, en tout cas ! Soudain, elle se souvint de la chaleur des mains de Sir Roger sur son corps. Le bras qui avait tenu son fils était si fort, si musclé. Le cou et le torse de cet homme étaient bien formés. Oui… Robbie n'était pas le seul à se sentir bien solitaire dans son lit, certains soirs…

Lucy se releva et s'écarta du lit. Au même moment, Sir Roger poussa un gémissement. Ses yeux s'ouvrirent d'un coup et il se redressa brusquement pour s'agripper à la jupe de Lucy. Il lui lança un sourire sardonique.

— Cours, ma belle, ou je vais t'attraper !

Lucy réprima un cri de surprise et tira son jupon, mais l'homme était fort et, en dépit de sa blessure, il tint bon. Comme elle tenait toujours Robbie contre son épaule, elle n'arrivait pas à se libérer. Prise de panique, elle reprit son tisonnier et le pointa face au torse de Sir Roger pour le repousser. La pointe était encore assez chaude — plus qu'elle ne le croyait — et, quand elle toucha la peau nue de l'homme, un sifflement s'éleva, accompagné par l'odeur écœurante de la chair et des poils brûlés.

Sir Roger poussa un cri strident, lâchant enfin la jupe de Lucy, puis il s'effondra sur le matelas. Le bout de la flèche qui dépassait dans son dos s'enfonça davantage dans la chute, provoquant un nouveau râle, plus grave. Le râle d'agonie menaçant d'un sanglier blessé. La tête de Sir Roger roula sur le côté et il perdit de nouveau connaissance.

Horrifiée par ce qu'elle avait fait, Lucy laissa tomber le tisonnier et recula de plusieurs pas. Dans ses bras, Robbie se remit à pleurer. Elle l'embrassa sur le front et le berça du mieux qu'elle put, tout en étouffant ses propres sanglots, avant de le recoucher.

Quand Robbie fut bien installé dans son berceau, Lucy s'écroula enfin par terre, toute énergie la quittant d'un coup, et se mit en boule comme une enfant.

Sir Roger ne bougeait plus. L'attaque qu'il venait de subir l'avait vidé de ses dernières forces.

Pour le moment…

La chambre puait encore la chair brûlée et Lucy fut saisie par un haut-le-cœur. Il fallait à tout prix qu'elle examine Sir Roger, pour savoir à quel point elle l'avait blessé, et tenter de le soigner de son mieux. Seulement, oserait-elle s'approcher de lui, en sachant qu'il pouvait se réveiller à tout moment ? À l'idée de sentir ses mains la saisir encore une fois pour l'attirer à lui, elle sentit tout son courage l'abandonner. Que pouvait-elle faire ?

Soudain, elle eut une idée et dévala une nouvelle fois l'escalier pour remonter quelques longueurs de corde fine et son couteau.

Se mordant la lèvre pour empêcher son cœur de battre la chamade, elle revint près du lit sur la pointe des pieds et s'agenouilla, tremblante. Elle travailla aussi vite qu'elle le put : un bout de la corde fut passé sous le sommier et enroulé autour du pied le plus proche. Chacune des extrémités lui servit à attacher un des poignets de Sir Roger.

Heureusement pour elle, il ne reprit pas connaissance pendant cette opération.

Lorsqu'elle eut fini, elle se laissa aller en arrière, toujours accroupie, pour admirer son œuvre. Les deux mains de l'homme étaient posées le long de son corps, sur le drap. Ses liens ne lui feraient pas mal, mais la corde était assez courte pour l'empêcher de défaire les nœuds tout seul. En effet, si jamais il tentait d'approcher d'une main le poignet de l'autre bras, ce dernier serait immédiatement tiré plus loin par la corde.

À présent, Lucy se sentait enfin assez en sécurité pour examiner le blessé. Elle rapprocha sa petite lampe et s'installa plus confortablement près du lit. À présent que Sir Roger dormait, il paraissait beaucoup moins effrayant, avec ses traits paisibles… À quoi ressemblait-il, sans sa barbe ébouriffée ? Elle écarta le drap et le regarda de plus près, laissant ses doigts se promener juste au-dessus de sa peau. Son torse était large et les muscles que Lucy avait sentis quand elle l'avait déshabillé étaient bien visibles, sous un fin duvet de poils sombres. S'arrachant à sa contemplation, elle examina la brûlure qu'elle lui avait infligée. Le tisonnier avait laissé une marque rouge, juste au-dessus de son cœur, et la plaie commençait déjà à faire une cloque. Lucy grimaça, étouffée par la culpabilité.

Elle alla alors chercher un broc et pressa sur la brûlure une compresse humide faite d'un bout de la tunique déchirée de Sir Roger. Les paupières du blessé frémirent mais il ne se réveilla pas. La plaie de l'épaule avait recommencé à saigner, lentement. La peau était rouge, gonflée et poisseuse autour de la flèche qui dépassait à présent beaucoup plus. Lucy mouilla d'autres bandes d'étoffe et les plaça de son mieux sur la plaie. Peut-être aurait-elle dû retirer la flèche immédiatement, profitant du fait que Sir Roger soit inconscient, qu'il ne ressente pas la douleur, mais la mèche de sa lampe commençait à charbonner. Elle n'avait plus d'huile… Dans cette situation, elle n'avait pas d'autre choix qu'attendre le matin et le retour de Thomas. Que lui arriverait-il si jamais son frère était pris et ne revenait pas ? Elle préférait ne pas y penser.

Elle surveilla la blessure jusqu'à ce que celle-ci cesse de saigner. Elle ne pouvait rien faire de plus avant le lever du jour. Elle avait au moins arrêté l'hémorragie. À présent, si Sir Roger mourait, ce serait d'une infection et pas à cause du sang perdu. Un courant d'air froid la fit frissonner et elle regretta une fois de plus de ne pas être endormie dans son lit, seule et paisible. Elle ne pouvait pas priver son patient de ses couvertures, vu l'état dans lequel il était, et elle se contenta donc de ramasser la cape qui avait été abandonnée au pied du lit, contre le mur. Même découpée et tachée de sang, elle était de bien meilleure qualité que tout ce que Lucy avait possédé dans sa vie. Épuisée, elle s'allongea à même le plancher près du berceau de Robbie et s'endormit rapidement, enveloppée dans la cape inutilisable du chevalier, portant encore l'odeur si peu familière de cet étranger.

Lucy se réveilla tôt. Tout son corps lui faisait mal et elle avait la nausée, encore bouleversée par les événements de la nuit. Elle rampa jusqu'au lit où dormait toujours Sir Roger, faisant de son mieux pour ne pas le réveiller. Il était plongé dans un sommeil très profond, sans doute causé par l'alcool et la potion étrange que Thomas lui avait fait boire. Attaché comme il l'était, il n'avait pas pu bouger dans la nuit et la couverture était restée à la même place, à demi repliée entre sa taille et ses épaules.

Les premières lueurs du jour perçaient déjà entre les planches des volets de bois et Lucy remarqua la pâleur inquiétante de la peau du blessé sous ses poils sombres — à part là où elle avait bandé la plaie. Là, les chairs étaient rouges et abîmées. Une croûte de sang s'était formée autour de la flèche. Lucy posa précautionneusement les doigts près du bandage. La peau de Sir Roger était brûlante, aussi brûlante qu'elle était rouge… Lucy souleva ensuite la compresse restée posée sur la brûlure, au-dessus du cœur du chevalier, et l'effleura aussi des doigts, étalant sa paume sur le large muscle bien dessiné. Cette caresse arracha un petit soupir à Sir Roger et Lucy sentit son torse se soulever sous sa main. Elle frissonna, consciente de la tension qui s'emparait de ses muscles, et s'écarta bien vite.

Aucun homme n'avait partagé son lit depuis qu'elle habitait à l'auberge et elle ne s'attendait pas à ce que cela arrive de nouveau — ni ne l'espérait. Cependant, le désir qui s'éveillait inexplicablement en elle pour cet homme la troublait. Et son baiser avait été si passionné…

Il était de loin l'homme le plus attirant qu'elle ait jamais rencontré. Mais ses muscles avaient été formés par le combat. Ses yeux noisette si brûlants avaient vu le danger et la mort de près — toutes ces choses qu'elle ne pouvait pas même imaginer. Même lorsqu'il souffrait le martyre, il paraissait menaçant. Lucy préférait ne pas penser à ce qui se passerait quand il finirait par se réveiller — ce serait pire pour elle qu'être jetée au milieu d'un combat de chiens !

Soudain, Sir Roger poussa un petit gémissement et tourna la tête. La gorge nouée, Lucy le vit entrouvrir les yeux. Il regardait dans sa direction, mais ne devait même pas la remarquer. Il fronça les sourcils et soupira, grimaçant un peu. Tremblante, Lucy caressa son front avec tendresse. Il retrouva rapidement un air plus paisible et ferma de nouveau les yeux.

Le coq chanta de sa voix rauque, rappelant à Lucy qu'elle avait beaucoup de choses à faire. Une soudaine vague d'exaspération l'envahit — et elle préféra cela aux émois qui la traversaient quand elle se rappelait les caresses de Sir Roger. Elle était bien trop épuisée pour entamer une nouvelle journée de travail et aurait bien assez de corvées jusqu'au soir sans avoir à se soucier en plus de son patient. Non, elle n'avait certainement pas besoin de ce fardeau supplémentaire : un bébé la fatiguait suffisamment sans qu'elle ait à s'occuper d'un homme !

— Vous allez devoir attendre, mon seigneur, dit-elle au dormeur. J'ai de la bière à brasser et une maison à tenir.

Lucy lissa sa robe froissée par la nuit passée sur le plancher et en chassa la poussière. Elle n'en avait que deux et l'autre était bien plus légère, plus adaptée à la belle saison. Elle allait pourtant devoir s'en contenter : elle ne supportait plus de porter la première, si sale. Elle tira donc sa seconde robe du coffre, au pied du lit, et se changea rapidement, tournant le dos à Sir Roger au cas où il se réveille et la surprenne dans sa chemise de lin.

Elle aperçut alors la petite fiole de verre qui avait contenu la potion et la leva pour l'examiner à la lumière. Quelques gouttes demeuraient au fond de la fiole. Elle examina alors les cordes qui emprisonnaient les poignets de Sir Roger. Il n'irait nulle part, attaché comme cela, mais au cas où…

Hésitante, elle regarda de nouveau l'homme qui dormait encore.

— Vous préférerez sans doute dormir et ne pas souffrir, n'est-ce pas ? dit-elle sans attendre de réponse. Je préfère que vous ne vous réveilliez pas tant que je ne pourrai pas m'occuper de vous.

Elle s'agenouilla une nouvelle fois au pied du lit et maintint le flacon contre les lèvres de Sir Roger. Entrouvrant sa bouche du bout du doigt, elle fit couler le liquide à l'intérieur. Elle vit sa pomme d'Adam monter et descendre tandis qu'il avalait la potion, puis la pointe de sa langue vint lécher les dernières gouttes. Son geste rappela à Lucy les mimiques de Robbie, quand il tétait dans le vide, endormi, inconscient de ce qui se passait autour de lui. Sa poitrine lui fit soudain mal et elle croisa les bras. Elle avait récemment cessé d'allaiter Robbie et c'était sans doute pour cela que son corps réagissait ainsi. En tout cas, ce n'était *pas* à force d'imaginer les lèvres de Sir Roger contre son téton !

Soudain, Lucy pensa à un autre problème qu'elle n'avait pas encore envisagé. Si Sir Roger dormait et mangeait comme un bébé, dépendant d'elle pour tout, il allait finir par devoir assouvir d'autres besoins naturels… Si jamais cela devait arriver, elle serait obligée de s'en occuper comme elle s'occupait de ceux de Robbie. Mais, songea-t-elle en prenant son fils dans ses bras pour descendre, Thomas rentrerait sans doute avant qu'elle n'ait à prendre en charge d'autres parties du corps de Sir Roger. Ce qu'elle avait fait depuis la veille lui suffisait amplement.

Chassant son hôte importun de ses pensées, Lucy entreprit de commencer ses tâches journalières : nourrir le cochon et les poulets, installer Robbie dans l'arrière-cour pour qu'il joue, tout en n'oubliant pas de passer une longue corde à sa taille pour qu'il ne s'éloigne pas en direction du ruisseau. Tout en travaillant, elle vit un ou deux passants se diriger vers Mattonfield ou en revenir. Elle les salua d'un grand geste, leur annonçant qu'elle aurait de la bière fraîche dans la semaine. Midi arriva et Thomas n'était toujours pas revenu — heureusement, elle n'entendit aucun bruit venant de la chambre. Au bout d'un moment, Robbie se mit à pleurer et Lucy l'assit sur ses genoux pour lui donner de la pomme cuite à la cuillère.

— Maman va aller broyer du grain, maintenant, lui dit-elle avec un sourire. Si tu veux, tu peux aller voir si Gyb a attrapé quelque chose.

L'enfant gazouilla, excité d'avoir la permission d'aller ennuyer le gros chat rouquin qui venait parfois les voir. Cela le tiendrait occupé le temps que Lucy monte voir si Sir Roger n'avait pas de fièvre. Elle allait aussi devoir changer ses compresses. Peut-être ferait-elle bien de lui donner un peu de la potion de son père. S'il était réveillé, elle pourrait également tenter de le nourrir d'un peu de pomme cuite, comme celle que Robbie étalait à présent consciencieusement dans ses cheveux.

Une inquiétude l'envahit. Où était Thomas ? Elle avait espéré le voir revenir plus tôt pour la libérer dès que possible de son fardeau.

Elle s'enferma dans son cabanon et commença à broyer son grain qu'elle mit ensuite à tremper dans un tonneau.

Quand elle entendit un sifflement familier sur la route, elle se dépêcha de finir son travail et couvrit le tonneau d'un chiffon mouillé avant de sortir, essuyant ses mains sur son tablier.

Elle reconnut tout de suite la silhouette de la veuve Barton, une vieille amie de son père. Appuyée d'une main sur les bâtons dont elle se servait pour marcher, elle rajustait de l'autre sa coiffe qui avait laissé échapper quelques cheveux argentés.

— Bonjour, Lucy ! s'écria-t-elle en relevant la tête.

La vieille femme était l'une des rares personnes, parmi celles vivant au village le plus proche, qui était restée bonne envers Lucy quand elle était rentrée à la maison avec son ventre rond et pas d'époux pour sauver son honneur — et la seule qui connaissait le nom de l'homme responsable de ce déshonneur. La veuve récupérait la purée de malt de la bière pour nourrir ses cochons et, en échange, offrait parfois un peu de jambon à Lucy — bienvenu car sans cela, son régime aurait été plus que limité.

— Est-ce que vous avez entendu parler du drame qui a eu lieu à Mattonfield, cette nuit ?

Lucy fit non de la tête. Et elle était sincère : elle n'avait reçu aucune nouvelle. Cependant, son sang ne fit qu'un tour. Elle se doutait bien de ce qui avait pu causer des problèmes en ville…

— Deux hommes sont venus, à la recherche de deux autres. Ils ont fait un tollé pour entrer, mais Lord de Legh a refusé car ils ne voulaient pas expliquer pourquoi ils recherchaient ces hommes. Il leur a dit que s'ils ne pouvaient expliquer de quel crime ils les accusaient, lui-même ne voulait pas être mêlé à cette affaire.

— Et ont-ils attrapé le fugitif ?

Mary la dévisagea d'un air surpris et Lucy baissa les yeux. Comment avait-elle pu laisser sa langue fourcher ainsi…

— *Les* fugitifs, corrigea-t-elle vivement.

— Non, on n'a trouvé personne, répondit Mary après

un temps de réflexion. Ils ont dû passer devant chez vous avant d'arriver en ville.

— Je suppose, oui. Mais il existe de nombreux chemins…

Davantage sur ses gardes, elle s'empêcha d'ajouter : « depuis le domaine de Lord Harpur. »

Mary lui lança un regard indéchiffrable.

— Vous savez, vous allez avoir des ennuis, à vivre seule ici, loin de tout. Votre père aurait dû vendre l'auberge quand il a compris que sa fin était proche.

— Dans ce cas, mon frère n'aurait hérité de rien à son retour. Est-ce que vous trouvez cela juste ? demanda Lucy.

Il lui était si facile de parler de Thomas comme s'il était toujours en France… Pendant des années, Lucy avait pensé qu'il ne rentrerait jamais, qu'il était sans doute mort quelque part, de l'autre côté de la Manche. Une vague de culpabilité la traversa à l'idée que si Thomas ne revenait pas pour prendre soin de son ami, il ne reviendrait pas non plus pour s'occuper de l'auberge.

En face d'elle, Mary examina un instant la façade, qui paraissait plus décrépie que jamais.

— Il n'y a pas grand-chose à hériter, si vous voulez mon avis, dit-elle avec douceur.

Agacée, Lucy serra les dents.

— Je fais de mon mieux, répliqua-t-elle.

— Oh ! je ne vous blâme pas. Seulement, votre père aurait dû vous trouver un époux pour vous aider.

— Il a essayé, c'est moi qui ai refusé, lui rappela Lucy. De plus, quel homme voudrait d'une épouse encombrée d'un bâtard ?

N'importe quel homme, riche ou pauvre, aurait convenu au père de Lucy, tant qu'il le débarrassait de la honte d'avoir une fille célibataire et mère. La vieille femme le savait très bien aussi — et Lucy avait toujours pensé qu'elle l'approuvait. N'avait-elle pas elle-même élevé cinq grands enfants sans se remarier durant les dix dernières années ?

Mary renifla l'air du matin et eut un petit sourire.

— Vous avez recommencé à brasser de la bière ?

Lucy l'invita à la suivre dans la cabane, ravie d'avoir une excuse pour s'éloigner de la maison, et oublier la question des maris.

— Venez donc voir, proposa-t-elle.

Elle guida la veuve en lui parlant du nouveau mélange d'achillée et de fleur de sureau qu'elle comptait utiliser pour parfumer sa bière, de la dent que Robbie faisait — la vieille femme avait aidé Lucy à accoucher et s'intéressait toujours beaucoup aux progrès de l'enfant — et de la foire qui aurait lieu à Mattonfield à la fin du mois.

Tous les sujets étaient bons pour empêcher la veuve de se douter de la présence du chevalier drogué attaché à son lit et qui aurait très bientôt besoin de soins…

Chapitre 5

En dépit de la douleur lancinante qui l'empêchait d'ouvrir les yeux, Roger sentit qu'il n'était pas seul dans la chambre. Il poussa un faible gémissement, essayant de parler, mais il avait la gorge bien trop sèche pour cela. Ses bras étaient également trop engourdis pour lui permettre de se redresser et une vague de panique l'envahit.

Soudain, il sentit des doigts froids lui caresser le front et repousser les cheveux qui étaient tombés sur ses yeux. En quelques secondes, son anxiété s'évanouit. Une voix de femme, douce et tendre, murmurait des paroles apaisantes qui le berçaient. On déposa quelque chose de frais, d'humide, sur son front. Il soupira d'aise sous cette caresse.

— Joanna ?

Les caresses cessèrent.

— Non.

La voix ne lui était pas familière.

Les mains descendirent sur sa joue et, d'un geste expert, on nettoya son visage. Le chiffon humide était peut-être froid, mais Roger sentit sa peau s'embraser. Depuis quand une femme ne l'avait-elle pas touché ainsi, sans qu'il le lui demande et avec tant de bonté ? Peu à peu, son désir s'éveilla, comme si des doigts lubriques venaient le chatouiller à l'entrejambe.

Tant mieux. Si son corps réagissait ainsi sous le drap, cela voulait dire qu'il n'était pas encore mort. Retrouvant un peu d'énergie, il parvint presque à ouvrir les yeux pour voir qui s'occupait de lui de cette manière — mais hélas, ses paupières étaient trop lourdes. Il recommença, rassemblant toute sa volonté. La chambre était trop claire. La lumière lui donnait mal à la tête et la femme tournait le dos à la fenêtre. Il ne pouvait qu'apercevoir sa silhouette en contre-jour, sans rien voir de son visage. Refoulant une montée de migraine, il referma les paupières et grimaça.

Soudain, un minois pâle, encadré de cheveux clairs, un souvenir de robe gris clair, envahirent sa mémoire : la fille de l'auberge qui avait failli mourir de peur à leur arrivée.

Lucy Carew. Pourvu que ce soit bien elle, songea Roger. Il sentit le fantôme de sa bouche, brûlante contre ses lèvres. Elle avait d'abord résisté, quand il l'avait embrassée ; puis s'était rapidement rendue, répondant à son baiser avec une passion au moins aussi vive que la sienne. Oui, ce serait si agréable que ce soit elle, ici, en train de s'occuper de lui…

Lucy — il décida de croire qu'il s'agissait d'elle tant qu'il n'aurait pas de preuve du contraire — retira le chiffon de son front et le posa sur ses joues, mouillé de frais. Elle entreprit de laver son cou et sa gorge, souleva délicatement chacun de ses bras pour les rincer avant de descendre jusqu'à sa taille. Roger fut traversé par une cascade de frissons délicieux. Ces caresses étaient si érotiques qu'il ne pouvait résister à ce plaisir insoutenable… Pourtant, quand il décida de s'y abandonner, il comprit que la réaction qu'il croyait physique n'existait que dans son esprit. Son corps, lui, refusait de répondre aux caresses qui l'excitaient tant. Peut-être était-il plus proche de la mort qu'il ne l'avait cru, au final. Troublé par cette crainte, il sombra de nouveau dans un sommeil agité.

Quand il se réveilla pour la seconde fois, on était encore en train de le laver. Ou plutôt *à nouveau* car la chambre était beaucoup plus sombre. Les mains caressaient sa peau comme la fois précédente, mais montèrent soudain jusqu'à son épaule droite. Des doigts sondèrent la blessure et une douleur aiguë le traversa. Il ne put penser à rien d'autre. Tout ce qu'il voulait, c'était que cette torture prenne fin au plus vite. Incapable de se contrôler, il hurla — tenta de hurler, en fait, mais sa voix ne lâcha qu'un gémissement rauque de douleur.

— Soif…, parvint-il à murmurer.

Les doigts ensorceleurs de la femme inconnue — Lucy ? — caressèrent de nouveau son front. Roger sentit que l'on soulevait doucement sa tête. Des doigts fins se glissèrent dans ses cheveux, puis on plaça une coupe contre ses lèvres.

— Pas trop vite, ordonna une voix paisible.

C'était de la bière. Fraîche. Désaltérante. Roger ne se souvenait pas qu'on lui avait retiré la flèche de l'épaule, pas plus que du retour de Thomas, mais il supposa que la douleur insupportable qui le déchirait venait de la brûlure qui avait cautérisé la plaie. Un nouvel élan de panique l'envahit et il s'écarta de la coupe. La main ferme de Lucy l'empêcha de trop s'éloigner et la coupe fut de nouveau plaquée contre sa bouche.

— Buvez ceci, ordonna la jeune femme sans lui laisser la moindre chance de résister. Cela apaisera votre douleur.

Elle était si autoritaire qu'il n'osa s'opposer à elle. Si faire ce qu'elle demandait pouvait l'inciter à le caresser de nouveau comme elle l'avait fait pour le laver, qui était-il pour désobéir ?

Soudain, il se rendit compte que la coupe qu'elle lui tendait n'était pas la même. Ce second breuvage était amer et écœurant à la fois. On le droguait !

Un bref soulagement remplaça alors sa peur : quelle bonne âme, de faire tout cela pour apaiser ses souffrances.

Rapidement, sa tête devint plus lourde. Oh oui, il la remercierait dès qu'il aurait retrouvé ses forces et dès que son corps accepterait enfin de lui répondre. Il imaginait déjà tant de moyens différents de montrer sa gratitude à celle qui le soignait ainsi — sans même quitter son lit.

— La flèche ? marmonna-t-il.

La langue pâteuse, il eut du mal à articuler.

La jeune femme prit une profonde inspiration et la main qui maintenait encore sa nuque se crispa. Elle murmura quelques mots à peine audibles mais Roger crut entendre le nom de Thomas.

— Je suis navrée, reprit-elle plus fort. Je ne savais pas comment faire… La flèche est toujours dans votre épaule.

Roger entendit Lucy s'éloigner puis refermer la porte avec douceur, le laissant seul une nouvelle fois.

C'était une bien mauvaise nouvelle qu'il venait d'apprendre, mais il ne pouvait rien y faire pour le moment. Il tenta de rester éveillé et lutta pendant quelques minutes, puis le sommeil devint plus fort que lui.

Il se laissa alors emporter par des rêves délicieux. Des rêves où il était question de Lucy.

Roger se réveilla de nouveau avec difficulté. Il faisait nuit et il remarqua qu'il parvenait à ouvrir les yeux avec beaucoup plus de facilité qu'auparavant. Un souffle d'air froid effleurait son visage et son torse, ce qui lui parut particulièrement agréable sur sa peau étrangement chaude — surtout à un endroit, juste au-dessus du cœur. Au bout de quelques secondes, sa vision devint plus nette. Il redressa la tête, cherchant Lucy des yeux. Mais elle n'était pas là. Il était seul.

Un frisson le parcourut, réveillant une vive douleur dans le haut de son bras droit. Douleur qui se répandit dans tout son corps. Cette fichue flèche était toujours plantée dans son épaule ! Il se mordit la lèvre pour réprimer le tremblement brutal qui le traversa à l'idée de ce qu'il aurait à endurer lorsqu'on la lui retirerait.

Son estomac se mit à gargouiller. Un nouvel inconfort s'éveilla dans son ventre vide. Il était affamé… Il avait à peine mangé la veille et avait certainement dormi toute la journée. C'était pour cela que ses membres étaient si lourds et son corps si faible.

— Holà ! Il y a quelqu'un ? appela-t-il.

Sa gorge était sèche et sa voix éraillée. Il toussa, puis reprit, plus fort :

— Femme ? Ma colombe ? Où es-tu ? J'ai faim !

Il tendit l'oreille, guettant son arrivée, et de plus en plus exaspéré. Était-elle occupée à servir ses clients dans la salle du bas ? Était-ce ce qui la retenait ainsi ?

Pourtant, l'auberge était étrangement silencieuse, comparée à toutes celles que Roger avait connues jusque-là. Sans doute n'était-elle pas retardée par ses clients, en fin de compte. Il n'avait plus le choix s'il voulait manger : il allait devoir partir lui-même à sa recherche.

Il tenta de bouger les bras, mais ses mains refusaient de se soulever du matelas. Bien sûr, il s'était attendu à ce que son bras droit soit plus faible à cause de la blessure, mais le gauche n'aurait pas dû être touché. De plus en plus inquiet, il réessaya, comprenant peu à peu que quelque chose l'empêchait de bouger.

Il prit une profonde inspiration et tenta de maîtriser sa peur, mais il ne pouvait s'empêcher de s'imaginer paralysé, emprisonné dans un corps inutile et dépendant de la volonté des autres pour survivre. Il ne serait plus qu'un pantin que l'on nourrirait et habillerait comme un bébé...

Soudain, il revit la silhouette de son père, dressée devant lui, le fixant de ses yeux vides, son bras tordu pendant le long de son corps.

— Tu as au moins gardé la vue. Sois-en reconnaissant ! lui dirait le vieil homme d'un ton amer.

Roger soupira, sentant toujours la douleur de la flèche lui déchirer le bras et entendant résonner à ses oreilles les mises en garde de son père. Allait-il subir le même sort que le vieillard ? Il s'agrippa nerveusement à la couverture rêche qui lui tenait chaud. Ses doigts lui répondaient, au moins, et cela suffit à le soulager. Il essaya une nouvelle fois de lever les bras et, cette fois, y réussit — mais il fut incapable de joindre les mains. Une force semblait retenir ses poignets. Que se passait-il ? Les dernières brumes causées par la potion que Lucy lui avait donnée s'évaporaient lentement, lui éclaircissant les idées.

Il se concentra sur ses sensations et en déduisit qu'il n'avait pas perdu l'usage de ses membres. Quelque chose, noué autour de ses poignets, l'empêchait de bouger… Il redressa la tête comme il le put pour voir ses poignets et un frisson glacé le traversa de la tête aux pieds.

Cette garce l'avait attaché !

Il leva son bras gauche le plus haut qu'il put et sa main droite fut instantanément tirée vers le sol, atterrissant lourdement sur le plancher. La brutalité du mouvement attisa plus encore sa douleur et il dut serrer les dents pour ne pas hurler. Il palpa avec précaution l'endroit le plus sensible de son torse, juste au-dessus de son cœur, sensation qui l'avait tant troublé plus tôt. Ses doigts ne trouvèrent là que cloques et peau enflammée. Quelqu'un l'avait brûlé…

L'avait-on torturé ? Avait-il effacé de sa mémoire cet épisode trop pénible ? Il fit de son mieux pour rassembler ses souvenirs et revit le visage pâle, effrayé, de Lucy alors qu'elle découpait ses vêtements, la nuit précédente. Lors de son dernier réveil embrumé, il se rappelait qu'elle l'avait lavé, lui avait donné de l'eau, apaisé sa souffrance par des gestes tendres et des mots doux. Elle avait fait tout cela en sachant pertinemment qu'il était attaché. Qu'allait-elle faire ensuite ? Le poignarder ? Lui couper la gorge ? Non, cela paraissait improbable. Cette femme si timide n'aurait jamais osé l'emprisonner elle-même, seule. Si elle l'avait fait, c'était forcément parce que quelqu'un d'autre lui en avait donné l'ordre. Et si elle n'était en effet pas responsable de tout cela, qui l'était ? Était-elle maltraitée, elle aussi ?

Roger serra le poing. Jamais il n'aurait cru s'inquiéter à ce point du bien-être de Lucy, qu'il connaissait à peine. Il ne put réprimer un petit sourire. On l'avait si souvent accusé de n'avoir aucun honneur ! Quel dommage que tous ceux qui l'avaient si mal jugé ne puissent jamais savoir qu'il s'était inquiété pour cette fille avant qu'on les tue tous les deux.

Il se souvint soudain de certaines batailles, en France, de soldats capturés que l'on traînait d'un endroit à un autre comme du bétail, attachés et attendant la mort. Il revit les habitants innocents massacrés. Hommes. Femmes. Enfants.

Autrefois, il avait rêvé de gloire dans la lice, de trophées, d'acclamations. Mais à présent, il ne rêvait plus que des carnages qu'il avait vus. Allait-il connaître le même sort que tous ces malheureux ? Paniqué, il ne put rien faire d'autre que rester là, les yeux fixés au plafond, pantelant comme un chien battu. Rassemblant son courage une nouvelle fois, il se mit à se tortiller, à se tourner et à se retourner sur le matelas pour essayer de se libérer. Hélas, ses liens étaient bien noués.

— Attends, s'ordonna-t-il à voix haute.

Il était inutile de parler, mais le son de sa voix brisait le silence trop lourd de la chambre et le rassurait.

— Réfléchis, continua-t-il donc. Ne panique pas. Ce sont des cordes, pas des fers… Et le lit est étroit.

Il écarta les bras jusqu'à ce qu'ils touchent le sol de chaque côté du sommier et s'étira pour atteindre les nœuds par en dessous ; mais la douleur due à l'effort était insoutenable. De nouveau, un frisson glacé le parcourut. Il n'arriverait pas à se libérer de cette manière. Tout ce qui lui restait à faire, c'était attendre. Et établir une stratégie.

Quand il entendit des pas dans l'escalier, il laissa retomber sa tête sur l'oreiller, penchée sur le côté pour que ses cheveux dissimulent son visage. Il s'assura aussi que sa main gauche soit posée le long de son corps pour se laisser le plus de mou possible en dépit de la corde. Lucy entra dans la chambre et Roger la regarda, les yeux mi-clos. Elle déposa une lampe et une coupe sur le coffre, au pied du lit, et s'agenouilla à son chevet, gardant un petit bol à portée de main. Si jamais on lui donnait des ordres, quelqu'un devait guetter son retour au rez-de-chaussée…

Roger ferma complètement les yeux, en dépit de son désir de la voir, de suivre chacun de ses mouvements. La jeune femme repoussa les mèches de cheveux — qu'il avait laissées cette fois sciemment sur son visage —, comme elle le faisait à chacune de ses visites, et les coinça derrière ses oreilles. Il la laissa commencer à le laver. Elle commença par le front et le visage, effleurant avec douceur sa barbe, bien trop broussailleuse au goût de Roger. Puis elle se mit à frotter son cou, le chatouillant quand elle passait de son oreille au creux sensible de sa gorge. Elle mouilla de nouveau son bout de tissu, puis nettoya son torse.

Roger serra les poings de plus belle, prêt à agir à la première occasion. Mais quand Lucy, se débarrassant de son chiffon, posa ses doigts si doux sur son cœur, il faillit abandonner son plan et s'abandonner au plaisir que cette femme savait si bien faire naître en lui.

Il se laissa presque faire. Presque, mais pas tout à fait… Le pouce de Lucy dessina un petit cercle autour de la brûlure et Roger l'entendit pousser un soupir inquiet. Incapable de s'empêcher de frissonner, il se laissa alors faire. S'il était condamné à mourir dans les jours à venir, il ne pourrait désirer une fin plus douce. Seulement, il n'avait pas l'intention de mourir !

Précautionneusement, de peur d'être remarqué, il bougea son bras indemne jusqu'au bord du lit. Il entrouvrit alors un œil et vit Lucy, pâle, l'air angoissée.

Elle se pencha pour ramasser son chiffon et Roger en profita pour agir. En un éclair, il passa un bras dans son dos, ignorant la brûlure qui déchira son épaule quand la corde tira sur sa droite, et attrapa Lucy par la nuque. Elle poussa un cri, mélange de surprise et de douleur. Ignorant son hurlement, Roger serra les doigts et attira la jeune femme vers lui jusqu'à ce que leurs visages soient presque l'un contre l'autre.

— Je crois que tu as bien des choses à m'expliquer, gronda-t-il.

Du pouce, il appuya sur son artère, sur le côté de son cou, et sentit le sang battre sous la chair tendre. Lucy le regardait, terrifiée, les larmes aux yeux. Roger fut envahi par une vague de culpabilité, mais l'ignora. Il lui faisait peut-être mal, mais c'était à cause d'elle qu'il en était réduit à une telle violence.

— Libère-moi, ou je t'étrangle jusqu'à ce que tu ne puisses plus respirer !

Lucy attrapa sa main avec les deux siennes et lutta pour se libérer. Il tenait bon tandis qu'elle le griffait, ses ongles transformés en dix lames acérées. Le temps parut s'arrêter. Ils se dévisagèrent longuement. Lucy le défiait toujours, mais sa peur se lisait clairement au fond de ses yeux.

Son cou était fin, sa peau, veloutée. Roger n'avait qu'à serrer un peu plus pour qu'elle perde connaissance. Elle n'aurait même pas le temps de le griffer jusqu'au sang... Mais, quand il regarda son doux visage, ses joues qui devenaient rouges, il comprit qu'il n'avait pas envie de lui faire du mal. Il relâcha donc légèrement sa prise. Elle ne pourrait pas se libérer, cependant, si elle ne lui résistait pas, il n'aurait pas besoin de lui causer de réelle douleur. Les doigts de Roger restaient fermement en place, habitués depuis longtemps à dompter son cheval au milieu des combats et à contrôler ses moindres mouvements. D'ailleurs, Lucy restait calme, à présent, à genoux près du lit et aussi obéissante qu'un animal craintif.

— Nous pouvons rester ainsi aussi longtemps que tu le voudras, dit-il, mais tu peux aussi t'épargner bien des souffrances si tu me détaches immédiatement. Est-ce que tu as un couteau ? Ou n'importe quelle arme à portée de main ?

Dans cette position, elle ne pouvait pas secouer la tête, mais ses lèvres formèrent un petit « non » silencieux.

Elle n'avait donc aucun moyen de l'attaquer, songea Roger, mais hélas, rien non plus qu'il pourrait saisir pour rompre ses liens. Il la tenait toujours à bout de bras, ne sachant quoi faire.

Il vit Lucy examiner rapidement la chambre du regard avant de poser de nouveau les yeux sur lui. Il s'était presque attendu à ce qu'elle se débatte encore, mais elle lâcha sa main et laissa ses bras pendre, sans vie. Elle baissa finalement la tête et ses épaules se courbèrent un peu, comme si elle reconnaissait sa défaite. Roger ne put réprimer un petit sourire. La dernière fois qu'ils s'étaient retrouvés aussi proches l'un de l'autre, il l'avait embrassée. En dépit de sa colère (elle l'avait tout de même trahi en l'attachant pendant son sommeil), il eut soudain envie de l'attirer à lui et de déposer un autre baiser sur ses lèvres rosées.

Mais tout à coup, Lucy attrapa le bol qu'elle avait posé près d'elle et le frappa violemment sur le côté de la tête.

Sous le choc, Roger ne put retenir une bordée d'obscénités. Le coup lui donna le vertige et, aveuglé par la douleur, il lâcha la jeune femme qui s'écarta vivement de lui. Dans sa précipitation, elle tomba en arrière, les jambes emmêlées dans les plis de sa jupe, et offrit à Roger le spectacle de ses mollets bien dessinés dans leurs bas de laine. Il la regarda en détail, sans se gêner, tandis qu'elle le dévisageait en retour. À moitié allongé par terre, son corps s'étendait sous les yeux de Roger comme une offrande, laissant deviner sous la robe les courbes délicieuses de sa poitrine et de ses hanches ainsi que la finesse de sa taille. Il aurait voulu la prendre dans ses bras, enfouir son visage entre ses seins et boire son nectar secret, entre ses cuisses soyeuses. Mais même la plus belle des femmes perdait de son charme à ses yeux quand elle le frappait à la tête !

— Pour qui travailles-tu ? demanda-t-il sèchement.

— Je ne travaille que pour moi, répliqua-t-elle. C'est mon auberge.

Exaspéré, Roger leva le bras gauche pour tendre la corde.

— Je veux dire : qui t'a ordonné de m'attacher ici ?

Lucy repoussa ses cheveux en arrière et lui lança un regard assassin.

— C'était mon idée.

— Dans ce cas, libère-moi. Je suis en mission pour le roi !

— Ne mentez pas ! s'écria Lucy. Thomas a dit que vous étiez tous les deux mercenaires.

Sa voix trahissait son mépris et ses soupçons. En effet,

si elle connaissait la nature de ses activités en France, comment pouvait-elle croire qu'il savait également être respectable, quand cela était nécessaire ?

— Je suis les deux à la fois, lâcha-t-il, perdant patience. Maintenant, détache ces cordes et libère-moi !

Soudain, une pensée le frappa :

— Est-ce que c'est aussi toi qui m'as brûlé ? C'est toi qui as fait cela ?

Lucy pâlit immédiatement. Sans un mot, elle se tortilla vivement pour se redresser avec la grâce d'un chat. Elle quitta la pièce en courant et referma la porte derrière elle avant même que Roger ait pu la rappeler.

Au moins, la réaction de la jeune femme confirmait ses inquiétudes. Il s'affala sur le matelas, le cœur battant, révolté par la trahison de Lucy et par sa propre stupidité. Il l'avait aidée à chasser des intrus qui auraient pu s'en prendre à elle, et elle le remerciait en l'emprisonnant dans cette chambre et en le blessant plus gravement encore qu'à son arrivée ! Quand il l'avait vue ouvrir la porte, il avait cru voir en elle une femme douce, compatissante ; mais elle n'était qu'une folle manipulatrice. Sans doute aurait-il dû lui tordre le cou tant qu'il en avait la possibilité…

Ravalant sa rage, il humecta ses lèvres sèches. Il avait soif et sa gorge commençait à en souffrir. Il mourait de faim, également. Jamais il n'aurait dû attaquer Lucy avant qu'elle le désaltère et le nourrisse. Combien de temps allait-il devoir attendre, à présent, pour que cette garce revienne le voir ? Allait-elle seulement revenir ?

Tu n'as jamais été doué pour charmer les femmes, Roger, lui avait un jour dit son frère. *Tu passes ton temps à les pousser dans leurs retranchements, à tout exiger d'elles par la force.*

— Va-t'en, Hal ! marmonna-t-il. Tu n'es même pas là…

Non, Hal n'était pas là, et c'était bien Roger lui-même qui se jugeait si durement — ce n'était pas son frère. Hal l'avait un jour accusé de viol ; Roger était innocent, bien sûr, mais il avait été choqué d'apprendre que son frère le croyait capable d'un tel forfait. Et, même après tout ce temps, il lui en voulait encore.

Cela ne l'avait pourtant pas encouragé à se montrer moins agressif et maintenant, sa violence avait fait fuir Lucy. Elle ne monterait sans doute pas le voir à nouveau avant le retour de Thomas. Si Thomas réapparaissait un jour… Oh oui, il reviendrait dès qu'il le pourrait : il connaissait bien Roger et n'avait certainement pas envie de laisser sa sœur seule avec lui plus longtemps que nécessaire.

Frustré, Roger serra le poing et frappa le matelas de toutes ses forces. L'avenir était beaucoup trop incertain et si la flèche n'était pas rapidement retirée de son épaule, il devrait en plus subir la douleur d'une blessure infectée.

Et, concernant ses besoins immédiats, celui d'uriner commençait à se faire pressant !

Qu'il le veuille ou non, Lucy était sa seule compagnie pour l'instant, et la seule personne qui pourrait lui donner le minimum pour vivre. Il fallait à tout prix qu'il la convainque de revenir et de le libérer de ses liens. La colère et la menace n'avaient pas fonctionné : hurler et menacer sa geôlière de mort n'avait eu aucun effet bénéfique. Il avait sans doute passé trop de temps au combat et pas assez auprès de femmes respectables. Les hommes qu'il avait l'habitude de commander réagissaient peut-être à ses ordres et ses cris, mais les femmes… Il ne savait plus ce que désiraient les femmes…

Roger ne put réprimer un sourire — son premier sourire sincère depuis des jours. S'il y avait bien une chose qu'il savait faire, en revanche, c'était convaincre une femme de faire ce qu'il voulait, lui. Et, s'il désirait inciter la petite colombe à revenir auprès de lui, il allait devoir troquer ses menaces contre des paroles doucereuses. Avec un peu de volonté, il parviendrait sans mal à pousser Lucy à succomber à ses charmes — assez longtemps, en tout cas, pour lui permettre de retrouver sa liberté, de se remettre de sa blessure et de partir.

*
* *

Elle revint assez vite, plus vite que ce que Roger avait espéré. Sans la moindre lumière ou la moindre bougie pour prendre conscience du temps qui passait, il s'était distrait en murmurant des chansons en français et en italien, apprises autour de feux de camp pendant ses voyages. Il avait aussi tenté de se rappeler chaque homme qu'il avait recruté au fil du temps pour sa compagnie et ces endroits où il les avait rencontrés. Si chacun de ces hommes répondait à l'appel en temps voulu et si Sir Hugh Calveley obéissait au roi en se rendant en France, Roger deviendrait un homme riche ! Assez riche pour que plus aucun noble n'ose lui refuser la main de sa fille.

Mais il y avait encore tant de « si », tant d'inconnues. Roger soupira, momentanément découragé.

Soudain, un mouvement dans un coin de la chambre attira son attention et il se crispa. Ses yeux habitués à l'obscurité discernèrent bien vite une ombre sur le mur du fond.

— Je sais que tu es là, lança Roger d'une voix aussi douce et peu menaçante que possible. Entre. Je te promets de ne pas te faire de mal.

Le visage de Lucy apparut alors dans l'embrasure de la porte, mais elle ne s'approcha pas de lui.

— J'ai très soif, reprit Roger d'un air misérable, et je meurs de faim.

Elle acquiesça et disparut. Roger attendit patiemment son retour. Il entendit sa voix, dans les entrailles de la maison silencieuse, et un cri d'enfant lui répondit, pleurnicheur. Roger pinça les lèvres : il avait oublié le gamin ! C'était d'ailleurs à cause de lui que la flèche était toujours fichée dans son épaule.

Lucy finit par remonter, tardivement, l'air exténuée. Cette fois, elle entra dans la pièce sans hésiter, portant un bol d'une main et brandissant son tisonnier de l'autre — droit devant elle, comme les gens qui n'ont jamais tenu une épée pensent qu'une arme doit être brandie. Elle avança de trois pas, s'arrêta et déposa le bol par terre. À l'aide du tisonnier, elle le poussa en direction du lit. L'écuelle était remplie de bouillon délayé qui contenait trop peu de viande au goût de Roger, mais il le but néanmoins sans protester. Se souvenant soudain qu'il avait décidé de charmer Lucy pour la convaincre de le libérer, il la remercia poliment. Mais hélas, son compliment ne parut pas adoucir le tempérament de glace de la jeune femme.

— Est-ce que tu en as encore ?

— Posez le bol par terre et poussez-le vers moi, ordonna-t-elle. Je ne suis pas assez bête pour m'approcher de vous à nouveau !

Roger sentit une vague d'agacement se former au fond de lui. Elle lui parlait comme s'il était son égal !

Le bouillon qu'il venait de boire fit gargouiller son estomac, réveillant son appétit en sommeil depuis sa blessure. Résigné, il repoussa donc le bol vers Lucy. Elle l'attrapa à l'aide de la poignée de son tisonnier et le tira jusqu'à elle. Alors qu'il la regardait faire, Roger pensa soudain à quelque chose :

— C'est avec cela que tu m'as brûlé ?

La jeune femme se redressa, croisa les bras et le dévisagea froidement, sur la défensive.

Roger fit de son mieux pour s'asseoir contre l'oreiller.

— Tu m'as attaché à ce lit et tu m'as marqué au fer rouge !

— Non, répliqua-t-elle. Je vous ai brûlé d'abord et ne vous ai attaché qu'après.

Roger lâcha un rire amer.

— Je ne suis pas certain que l'ordre des événements ait de l'importance ici. Et tu dis que tu as fait tout cela sans que personne ne vienne t'en donner l'ordre ? Pourquoi ?

— Parce que vous m'avez attaquée, répondit-elle.

Lucy releva la tête et il put lire le trouble dans ses yeux perçants.

— Vous avez crié que je devais courir, mais vous

vous agrippiez à moi. J'ai essayé de me libérer mais vous ne me lâchiez pas et j'ai paniqué. Je ne voulais pas vous faire de mal.

Roger serra les dents, soudain mal à l'aise. Ses souvenirs étaient flous, depuis son arrivée à l'auberge. Il n'arrivait pas à se remémorer ce qui s'était passé en détail et fut choqué par ce dont elle l'accusait.

— Je ne m'en souviens pas, finit-il par dire posément. J'étais drogué et ivre. Tu ne peux pas me tenir responsable de ce que j'ai pu faire dans cet état-là…

Hélas, au lieu de s'adoucir, le visage de Lucy se fit plus dur.

— Peut-être pas, mais je ne veux pas courir le risque que cela se reproduise.

Roger leva les mains autant qu'il le pouvait, dans un geste de supplique.

— Je te promets que je ne te mettrai pas en danger. Je t'en prie, détache-moi.

Elle le dévisagea d'un air hautain, comme si *elle* était noble et *lui*, un simple serf. Ravalant son énervement, Roger se répéta qu'il devait la charmer pour qu'elle le libère.

— Tu me préfères attaché, n'est-ce pas ? demanda-t-il donc en tendant encore plus les bras pour bien lui faire voir ses liens, tout en lui lançant un regard aguicheur. J'ai entendu parler d'hommes qui aiment recevoir leur plaisir ainsi et de femmes qui acceptent volontiers de les satisfaire… J'avoue que je n'ai jamais été tenté par de telles choses moi-même, mais nous pourrions peut-être goûter à ce genre de frisson ensemble.

Les joues de Lucy s'empourprèrent. Rapidement, sa rougeur s'étendit à sa gorge et poursuivit sans doute son chemin sous son corsage. Roger était incapable de détacher son regard de ce cou si fin, qu'il avait enserré entre ses doigts si peu de temps auparavant. Si seulement il pouvait remplacer la main cruelle qu'il avait eue alors par ses lèvres, sa langue, ses dents sur la nuque de Lucy… Arracher à cette femme des gémissements de plaisir serait un tel bonheur ! Il eut soudain très envie de se retrouver sous les draps avec elle et sentit son sexe se dresser.

— Je vous préfère comme cela car c'est le seul moyen d'assurer ma sécurité et celle de mon fils, lâcha-t-elle sévèrement. Vos suggestions déplacées et indécentes ne font que me prouver que j'ai eu raison d'agir ainsi ! Vous m'avez déjà embrassée contre mon gré et je peux vous promettre que vous ne me toucherez plus jamais.

Roger ne put réprimer un nouveau sourire : en dépit de ses protestations véhémentes, Lucy n'avait pas paru choquée par ses paroles. Au contraire, il avait cru discerner un soupçon d'intérêt — sinon d'excitation — au fond de ses yeux… Et il l'avait peut-être embrassée contre son gré, mais elle lui avait bien rendu son baiser jusqu'à ce qu'il la pousse dans ses retranchements.

Peu importait. Ce n'était pas le moment de le lui rappeler. Inutile de réveiller la flamme de la colère qui semblait la consumer ; il avait besoin de la séduire, au contraire.

— Je jure sur mon honneur de chevalier que tu ne cours aucun danger avec moi, dit-il.

— Vous êtes donc *vraiment* chevalier, comme le prétendait Thomas ?

Elle ne paraissait pas convaincue.

— Oui, je le suis.

— Est-ce que j'ai pu entendre votre nom ?

L'espace d'un instant, la curiosité de la jeune femme sembla étouffer sa nature soupçonneuse et Roger sentit la vanité qui le rassurait toujours l'envahir et le réchauffer. Il avait abandonné ses quelques succès dans la lice, espérant faire fortune à l'étranger, mais il échangerait instantanément son présent et son passé si cela pouvait éveiller l'admiration de Lucy.

— Est-ce que tu suis les tournois ? La joute ?

Elle fit non de la tête.

— Je n'ai pas le temps de m'adonner à ce genre d'amusements.

En un éclair, la fierté de Roger s'évapora comme neige au soleil.

— Dans ce cas, mon nom te sera sans doute étranger.

De toute manière, même si elle s'était tenue informée des résultats des tournois, elle n'aurait retrouvé son nom qu'au bas des listes… Mais il était inutile de le lui dire : toutes les femmes étaient les mêmes face à la gloire d'un chevalier et Roger avait l'habitude d'exagérer un peu ses victoires pour s'attirer leurs faveurs.

— Mon nom est plus connu dans le Yorkshire, reprit-il. En fait, mon talent de cavalier a été très remarqué dans cette région avant que je ne me retire des tournois. Peut-être qu'un jour tu seras fière de dire que Roger Danby a dormi dans ton lit, petite colombe.

Lucy eut un rire méprisant.

— Et je ne manquerai pas d'ajouter qu'il y a dormi seul.

S'interrompant un instant, elle le dévisagea, retrouvant toute sa gravité, puis reprit :

— Les hommes qui étaient à votre recherche m'ont dit que vous étiez un assassin, et pas un honorable chevalier comme vous vous plaisez à le répéter…

— On peut être les deux à la fois, répondit Roger. Quand on est au combat, on n'a pas le choix.

— Oh ! bien sûr, au combat ! répliqua-t-elle, plus dédaigneuse que jamais. Ces hommes ont pourtant dit que vous aviez commis un meurtre il y a trois nuits.

— C'est un mensonge !

Roger se redressa, révolté par cette ignominie. Il pouvait supporter des accusations d'adultère, mais si John Harpur cherchait à noircir son nom d'une manière aussi indigne, il aurait à en souffrir les conséquences !

— Il y a trois nuits, j'étais l'invité d'une famille noble, demeurant non loin d'ici ; et je peux vous promettre que je n'ai pas trahi les lois de l'hospitalité d'une manière aussi odieuse.

Lucy parut abasourdie par sa réponse. Elle s'approcha

un peu plus du lit, sans pour autant se placer à portée de main de Roger, et perdit son air inquiet.

— Soit vous mentez, soit vous êtes toujours un peu perdu. Je n'en sais rien, mais je peux vous dire que vous êtes arrivé ici avec mon frère il y a trois nuits — et vous êtes resté dans cette chambre depuis.

Chapitre 6

La révélation de Lucy fit à Roger le même effet que la flèche quand elle était venue se planter dans son épaule. Il se figea, traversé par un frisson glacé, jusqu'à ce qu'une vague brûlante de nausées vienne réveiller ses membres affaiblis.

— Impossible ! Tu te trompes, balbutia-t-il.

Il avait peut-être souffert ou été presque inconscient quand il lui avait parlé, durant ses précédentes visites, mais il avait tout fait pour paraître sûr de lui. Cette fois, en revanche, il entendit clairement sa voix trembler. Il serra les dents à s'en faire mal. Ce n'était pas le moment de montrer le moindre signe de faiblesse à cette femme !

— Comment pourrais-je me tromper ? s'écria Lucy.

Elle s'approcha encore un peu du lit, les poings sur les hanches, rageuse et visiblement abasourdie par son manque de confiance en elle.

— J'ai compté chaque heure qui s'est écoulée depuis votre arrivée, vous pouvez me croire ! Je viens de passer trois jours d'enfer, sans savoir si vous seriez encore vivant à chaque fois que je montais vous voir. J'ai tout fait pour essayer de cacher votre présence — dont je me serais bien passée — à tous ceux qui pourraient être à votre recherche. Je me suis occupée de tous vos besoins, et…

— Mes besoins ? coupa Roger, les sourcils froncés.

En effet, sa vessie qui le dérangeait de plus en plus aurait dû éclater au bout de trois jours.

Soudain, une pensée affreuse le traversa et sa main se dirigea inconsciemment vers sa ceinture.

— Oui, *tous* vos besoins, répéta Lucy avec un étrange sourire méprisant. Ne vous en faites pas : j'ai un jeune enfant, ce n'est donc pas la première fois que je fais ce genre de choses. Ce n'est pas si important.

— J'espère que ça l'était un peu plus que quand tu t'occupais de ton fils ! répliqua Roger, choqué qu'on puisse ainsi le comparer à un bébé.

Lucy ne répondit pas et se dirigea vers la porte, non sans un nouveau sourire furtif.

— Où vas-tu ?

Elle se retourna dans un froissement de jupe. Son visage avait perdu toute trace d'amusement.

— Je vous l'ai déjà dit. Je ne veux pas participer à ce genre de discussion.

Roger ravala son impatience. Toutes les serveuses de taverne qu'il avait connues avaient été soit grossières et ennuyeuses, soit souriantes et aguicheuses — et se laissaient en général facilement convaincre de se glisser dans un lit avec lui. Était-il possible que Lucy Carew soit vraiment une femme vertueuse, oiseau rare s'il en était ?

Tandis qu'elle le dévisageait, le prenant de haut, sa poitrine se soulevait au rythme de sa respiration. Ses mains étaient toujours posées sur sa taille si fine et Roger n'avait qu'une envie : glisser les siennes dessus. Pourvu qu'elle n'ait pas une morale aussi sévère qu'elle voulait bien le faire croire, songea-t-il avec concupiscence…

— Reviens, voyons, je plaisantais, lança-t-il.

Il se sentait étrangement vulnérable à l'idée de savoir que son corps avait été manipulé de cette manière par Lucy. Une crainte insoutenable l'assaillit soudain : l'avait-elle jugé quand elle l'avait déshabillé ? L'avait-elle trouvé… insuffisant ?

— Aucun homme n'aime que l'on dise de lui qu'il n'est pas important, tu sais.

— Je parlais de ce que j'ai dû faire, pas de vous, répliqua Lucy avant de plaquer une main sur sa bouche, les joues soudain rouges.

Sans doute venait-elle de se rendre compte de ce qu'elle avait admis, à demi-mot. Roger parvint péniblement à dissimuler son sourire satisfait et sa fierté de coq. Elle pouvait le nier autant qu'elle le voulait, ses yeux trahissaient de plus en plus son intérêt pour lui.

— Je te suis reconnaissant d'avoir si bien pris soin de moi, mais pourquoi ne m'as-tu pas réveillé plus tôt ? demanda-t-il, préférant changer de sujet avant qu'elle ne fuie de nouveau.

Lucy soupira, comme si elle était face à un enfant insistant.

— Vous aviez besoin de dormir, répondit-elle avec patience. D'ailleurs, vous avez fait bien plus que dormir : vos joues étaient si chaudes que j'ai eu peur de vous voir délirer de fièvre. J'ai même cru que la flèche était empoisonnée, que votre sang était infecté… J'ai donc préféré laisser la fièvre faire son travail.

— Cela lui laissait aussi une chance de me tuer au lieu de me guérir, grommela Roger.

Dans ses rêves imprécis, il avait ressenti cette chaleur. Les doigts de Lucy sur sa peau avaient été des glaçons et, en repensant aux soins qu'elle lui avait prodigués, il ne put réprimer une nouvelle vague de désir.

— Je ne vous aurais pas laissé mourir ! protesta-t-elle. J'ai nettoyé la plaie de mon mieux et prié pour que Thomas revienne avant votre réveil…

Après quelques secondes de silence, elle leva les yeux vers lui, l'air hésitante, puis demanda :

— Les hommes qui sont venus pour vous, est-ce… Est-ce qu'ils mentaient ? Avez-vous vraiment tué quelqu'un ?

Roger replongea dans le peu de souvenirs qu'il gardait de sa fuite dans les bois. Tout ce qu'il se rappelait, c'était le choc du métal froid de la flèche qui déchirait ses chairs et ses coups d'épée à l'aveuglette dans l'obscurité.

— S'ils parlaient du soir de mon arrivée ici, finit-il par dire, l'homme que ces soudards évoquaient est sans nul doute celui que je voulais voir mort : je lui ai tranché la gorge d'un coup d'épée !

À ces mots, Lucy devint blanche comme un linge.

— Mais... Pourquoi ? demanda-t-elle d'une voix étouffée.

— Parce que ce salopard venait de m'empaler avec une flèche ! tonna Roger. Je n'allais tout de même pas me laisser faire sans réagir — ou lui donner une chance de me viser une seconde fois !

Il examina de son mieux son épaule, soudain inquiet. S'être fait voler trois jours de sa vie par cette femme n'était pas son principal souci pour le moment.

— Pourquoi n'as-tu pas retiré la flèche pendant que je dormais ? demanda-t-il à Lucy.

— Moi ?

Elle parut horrifiée.

— Je n'ai pas osé... Je ne saurais pas comment faire.

Roger se mordit la lèvre.

— Ce n'est peut-être pas plus mal, en fin de compte. La présence de la flèche a empêché le sang de s'écouler. C'est sans doute cela qui m'a maintenu en vie... Mais je ne peux pas la laisser là indéfiniment — il faut qu'on la retire. Lucy, écoute-moi, je ne pourrai pas l'enlever tout seul, tu vas devoir m'aider. C'est toi qui la tireras.

La jeune femme pâlit de plus belle et s'écarta du lit. S'il ne la retenait pas, elle s'enfuirait dans l'escalier de nouveau.

— Je ne peux pas faire cela ! Je ne sais pas comment...

— Ce n'est pas très difficile, répondit Roger pour la rassurer. Je l'ai fait moi-même au milieu d'un champ de bataille. Je sais que tu t'en sortiras très bien.

Elle ne paraissait pas convaincue, mais resta dans la chambre et le regarda.

— Je suis un homme riche, tu sais — du moins, je le serai, un jour. Je peux te récompenser pour ta peine.

Elle se rapprocha de quelques pas. Parfait ! Il avait réussi à l'intéresser.

— Me récompenser ? Avec de l'argent ?

— Bien sûr ! À moins que tu ne préfères une autre sorte de récompense…

Il n'acheva pas, laissant l'imagination de la jeune femme remplir son silence. Lucy fronça le nez mais ne s'éloigna pas de lui.

— La récompense dont vous parlez risque de remplir mon ventre et pas ma bourse, lança-t-elle sèchement au bout d'un instant. Êtes-vous donc incapable de penser à quoi que ce soit d'autre que cela ?

Il l'observa tranquillement.

— Tu sais, à force de rester allongé ici, sans aucun moyen de planifier mon avenir ou de trouver comment je pourrais faire fortune, je n'ai pas eu beaucoup d'autres distractions…

Lucy se frotta les yeux d'un geste las et Roger dut résister pour ne pas la presser. Elle semblait mal réagir à ses exigences, de toute manière. Quand elle leva de nouveau les yeux vers lui, son regard était glacial.

— Dites-moi ce que je dois faire. Je ne veux pas de votre argent. La meilleure récompense que vous puissiez me donner, c'est de partir d'ici au plus vite pour que mon fils et moi puissions enfin être en paix.

Sir Roger parut sous le choc après les paroles qu'elle avait lâchées. À le voir, on aurait cru qu'elle venait de le gifler. Quel genre de réponse attendait-il donc de sa part ? songea Lucie.

— Nous avons besoin de plus de lumière. Remplis la lampe, finit-il par dire abruptement en montrant de la main le coffre de bois posé au pied du lit. Apporte aussi un couteau, de l'eau fraîche, des chiffons, quelque chose qui pourrait faire office de bandage et ce tisonnier chaud que tu aimes tant brandir devant toi.

Lucy s'approcha prudemment du lit, sous le regard insistant de Sir Roger. Elle avait presque l'impression d'être un oisillon sautant du nid, surveillé de près par Gyb… Arrivée près du coffre, elle attrapa vivement la lampe. L'homme était toujours attaché, certes, mais elle s'attendait presque à le voir bondir comme un gros chat.

— Tu as toujours peur de moi, ma colombe ? demanda Sir Roger dans un grand éclat de rire.

Il lui lança un sourire rapace, montrant ses dents blanches. Les trois jours qu'il venait de passer presque à jeun l'avaient amaigri et ses pommettes saillaient plus que jamais sous ses yeux perçants.

— Vous ne m'avez donné aucune raison de vous faire confiance, répondit-elle. Et cessez de m'appeler comme cela : pour vous, je suis Miss Carew.

— Puis-je au moins t'appeler Lucy ?

Il la couvait toujours de son regard de prédateur, sous ses paupières à demi closes, prononçant son nom d'une voix langoureuse et laissant le bout de sa langue courir sur ses lèvres. Lucy se moquait du nom qu'il lui donnait, au fond, mais cette voix réveillait en elle des frissons qu'elle avait enfouis depuis qu'il l'avait embrassée.

— Si vous y tenez, soupira-t-elle. Voulez-vous que je vous apporte plus de somnifères ? J'en ai encore un peu.

Hélas, Sir Roger secoua fermement la tête.

— Non. Tu m'as déjà volé trois jours de ma vie, je refuse d'en perdre plus.

Son accusation révolta Lucy, mais elle dut bien admettre qu'il avait raison : si elle avait utilisé le médicament de son père, cela avait été autant pour sa propre tranquillité d'esprit que pour le bien-être de son patient.

— Mais vous aurez mal, n'est-ce pas, quand je retirerai la flèche ? reprit-elle dans l'espoir de le faire changer d'avis.

La simple idée de devoir arracher la pointe de sa chair la fit frémir d'horreur.

— Oui, sans doute, grommela Sir Roger.

L'espace d'un instant, son visage s'assombrit ; mais, bien vite, il retrouva son sourire arrogant.

— N'aie pas peur, ma colombe. J'ai déjà été battu et blessé plus souvent que quiconque et aucun endroit de mon corps n'a été épargné. Les hommes peuvent supporter des choses bien pires que tout ce qu'une femme peut imaginer ! Je serai capable d'endurer cette douleur…

Lucy le dévisagea, intriguée, oubliant même de le reprendre pour sa familiarité. Elle tenta d'imaginer ce visage barbu, mal lavé et échevelé dans toute sa gloire. À présent, il ressemblait plus à un vagabond qu'à un chevalier, mais de quoi avait-il pu avoir l'air, par le passé ? Avait-il été bon ? Sans doute pas : sa condescendance suffisait à exaspérer Lucy. Croyait-il donc tout savoir de la vie ?

— Je sais tout de la douleur, répliqua-t-elle sèchement. J'ai donné naissance à un enfant, je vous le rappelle ; et à moins que nous ne passions la nuit entière à retirer cette flèche de votre épaule, ne soyez pas si sûr d'être le seul de nous deux à pouvoir endurer de telles épreuves ! Cela dit, si vous vous sentez si fort, vous pouvez même vous débrouiller sans mon assistance, si vous préférez. Ce ne sera pas plus difficile que pour une mère qui accouche…

— Très bien, femme, grommela-t-il d'un air méprisant, comme s'il faisait face à une enfant capricieuse. Apporte donc du vin, ou quelque chose de plus fort, si tu penses que cela pourra m'aider. Mais je ne veux plus de tes potions.

Il faisait de son mieux pour paraître sûr de lui et bravache, pourtant Lucy surprit un éclair de peur — de vraie peur — au fond de ses yeux. L'espace d'un instant, elle ne put ignorer sa nature compatissante. Cet homme faisait semblant d'être fort et blasé, mais elle venait d'entrevoir la vérité.

— Je reviens dès que possible, promit-elle avant de quitter la chambre sous le regard brûlant de Sir Roger.

Elle rassembla rapidement les objets qu'il avait demandés, hésitant un instant avant d'ajouter son petit couteau de cuisine à son paquet. Heureusement, Thomas ne le lui avait pas volé, celui-là ! Se ravisant, elle le reprit et le glissa dans la petite sacoche qui pendait à sa ceinture — il valait mieux le conserver hors de portée de Sir Roger. Il avait beau tenter de la rassurer, elle ne lui faisait toujours pas confiance… Si on lui avait demandé ce que son patient comptait faire, elle n'aurait su répondre. Une seule chose la tranquillisait : le fait qu'il soit solidement attaché au lit. Bien sûr, elle devrait le libérer, un jour ou l'autre. Mais pas maintenant.

Arrivée au sommet de l'escalier, elle s'arrêta un instant et appuya sa tête contre le battant de la porte de la seconde chambre, dans laquelle Robbie et elle s'étaient installés depuis que la première avait été envahie. Son fils avait eu du mal à dormir depuis l'arrivée de l'étranger dans sa maison. Elle murmura quelques paroles apaisantes, priant pour qu'il ne se réveille pas et pour que rien ne lui arrive pendant qu'elle accomplirait sa lourde tâche.

Quand elle rejoignit Sir Roger, elle vit qu'il avait réussi à se redresser et s'était assis contre la tête de lit. La couverture était retombée jusqu'à sa taille, dévoilant les muscles fermes et bien dessinés de son torse et de son ventre. Ses yeux étaient fermés et sa tête avait roulé sur le côté, laissant apparaître les tendons de son cou, sous sa barbe mal taillée. La croûte noire de sang qui entourait la pointe acérée de la flèche rendit Lucy nauséeuse.

— J'ai tout ce que vous avez demandé, murmura-t-elle.

Peut-être avait-il de nouveau perdu connaissance. Dans ce cas, elle ferait sans doute mieux de le laisser dormir jusqu'au matin…

— Votre chemise était dans un tel état que je pense m'en servir pour bander la plaie.

Sir Roger ne répondit pas mais, alors qu'elle entreprenait de poser son chargement sur le coffre, il ouvrit les yeux et lui lança un sourire d'une douceur si inattendue qu'elle eut un moment d'hésitation. Essayait-il de la piéger ? D'endormir sa méfiance ?

— Quel dommage, c'était une bonne chemise, soupira-t-il avant de tendre ses mains attachées dans sa direction. Vas-tu enfin me détacher, maintenant ? Ce serait beaucoup plus simple si je pouvais me servir de mes mains.

Lucy regarda un instant les cordes enserrant les poignets de Sir Roger. Ses bras étaient aussi musclés que le reste de son corps. Là où passaient les liens, elle vit sa peau rougie, irritée par le frottement, sans doute à cause de ses efforts pour se libérer quand elle avait le dos tourné.

— Je ne sais toujours pas si je peux vous faire confiance, dit-elle avec sévérité. Je ne connais même pas votre vrai nom.

Il lui lança un regard surpris et sourit, moqueur.

— Bien sûr que si : tu sais que je m'appelle Roger.

— Quand les hommes étaient là pour vous chercher, j'ai dû justifier votre présence dans mon lit. J'ai tout fait pour qu'ils ne voient pas votre visage et j'ai prétendu que vous étiez mon époux. Ils m'ont alors demandé comment vous vous appeliez et vous avez crié un autre prénom.

— Pourquoi donc leur avoir dit que j'étais ton époux ? demanda-t-il d'un air abasourdi.

Lucy ne put réprimer un frisson.

— Vous étiez dans *mon* lit ! Il fallait bien que je trouve une excuse, répliqua-t-elle avant de baisser les yeux, un peu honteuse. J'ai dit que vous étiez mon mari, un alcoolique qui me battait…

Elle préféra ne pas lui avouer le rôle que Robbie avait joué dans cette fiction, la rendant ainsi plus crédible. Sir Roger l'écouta, l'air songeur.

— Vous m'avez traîné dans la boue pour me sauver la vie… Dois-je prendre cela comme un indice sur votre expérience en matière d'époux ? Où est le vôtre, d'ailleurs ? Je n'ai vu personne d'autre que vous, ici.

S'il espérait la pousser à se confier, il allait être très déçu !

— Cela ne vous concerne pas, répondit-elle, bien décidée à ne pas lui raconter sa vie. J'ai supplié ces hommes de ne parler à personne de ma honte d'avoir un tel mari et leur ai dit que s'ils vous réveillaient, ce serait à moi d'en subir les conséquences. Ils ne se sont donc pas approchés de vous mais, quand vous avez crié, ils ont enfin cru à mon histoire. Ils ont demandé votre nom et vous avez répondu « Henry ».

L'homme eut un hoquet de surprise et détourna le regard. Cette révélation parut le bouleverser — et pas d'une bonne manière…

— J'ai vraiment dit cela ? Je ne m'en souviens pas. J'ai beaucoup de mal à y voir clair, admit-il avec une grimace. Tu sais, Lucy, je ne te fais pas confiance non plus ; mais je n'ai pas le choix, pour le moment.

— Vous ne me faites pas confiance ? s'écria Lucy en manquant de s'étrangler. Et pourquoi donc ?

Sir Roger tendit de nouveau les bras pour lui montrer ses liens.

— Quelle raison m'as-tu donné de me fier à toi ? Je me suis réveillé prisonnier, j'ai découvert que tu m'as fait dormir pendant trois jours et je n'ai aucun moyen d'être sûr que tu me dises la vérité sur ce qui s'est passé pendant tout ce temps.

Il avait raison… De toute évidence, son sommeil prolongé l'inquiétait et le fait de se réveiller attaché à un lit aurait fait peur à n'importe qui.

— Vous étiez drogué. C'est pour cela que vous ne vous souvenez de rien.

Elle contourna le lit et lui tendit à bout de bras une coupe de vin, retirant bien vite sa main dès qu'il l'eut prise.

— Je vous jure que je ne vous ai dit que la vérité, et j'ai fait de mon mieux pour alléger votre douleur, reprit-elle. Si j'avais inventé cet incident et ce prénom, comment aurais-je pu en choisir un qui vous émeuve autant ? Alors, dites-moi : êtes-vous Roger ou Henry ?

— Je m'appelle vraiment Roger. Roger Danby. Henry est…

Il s'interrompit et vida sa coupe d'un trait, d'un geste étonnamment brutal.

— C'est quelqu'un d'autre. Tu as plus d'alcool ?

— Avez-vous de quoi le payer ? s'enquit Lucy avec un petit signe de tête en direction de la coupe qu'il tenait encore.

Sir Roger eut une moue amère et Lucy croisa les bras, agacée. C'était son meilleur vin et il n'était pas bon marché.

— Je paierai, ne t'en fais pas. Mais permets-moi de te dire que tu es dure de me demander cela, alors que je suis blessé…

Lucy songea à son sac de farine, presque vide, dans le garde-manger, aux trous de sa chemise déjà plusieurs fois rapiécée et à la fuite du toit de sa petite brasserie. Elle s'inquiétait — comme souvent — de savoir comment elle allait régler la main-d'œuvre pour les réparations qu'elle devait entreprendre. Elle avait trop peu de clients pour pouvoir tout payer. Si Sir Roger avait pris un autre bol de bouillon, ce jour-là, elle aurait dû jeûner jusqu'au lendemain.

Devait-elle lui dire cela ? Non, certainement pas. Sa vie et ses problèmes ne concernaient pas cet homme. En revanche, s'il était aussi riche qu'il voulait bien le dire, il pouvait se permettre de payer son vin, quelles que soient les circonstances.

— Je ne peux pas donner mes marchandises sans rien exiger en retour. Il faut bien que je vive ! dit-elle. Je ne vous demanderai pas un sou pour ce que vous avez consommé jusqu'à présent, mais à partir de maintenant, vous devrez payer vos repas et votre boisson.

— Je comprends, c'est équitable, répondit-il avec plus de douceur qu'elle ne s'y attendait.

Il se replaça contre l'oreiller avec une grimace, pour s'asseoir un peu plus droit.

— En parlant de ces choses-là, le besoin dont nous parlions tout à l'heure revient me déranger… Je préférerais me soulager tout seul, mais si tu refuses de me détacher, je suis tout à fait disposé à te laisser m'assister.

Lucy sentit ses joues s'empourprer alors qu'elle comprenait peu à peu ce qu'il sous-entendait. Si elle avait été capable de faire cela auparavant, c'était uniquement parce que, à ce moment-là, Sir Roger était endormi, drogué, et ne se rendait pas compte qu'elle le touchait. Jamais elle ne pourrait le « soulager », comme il le disait, alors qu'il la regardait faire, surtout maintenant qu'elle l'avait vu si choqué à l'idée qu'elle puisse insulter sa virilité. Pourtant, ce n'était pas ce qu'elle avait voulu dire — *loin de là* — et il s'était mis cette idée en tête tout seul. Elle fit de son mieux pour garder les yeux fixés sur le visage de Sir Roger, de peur de laisser son regard vagabonder vers la zone incriminée…

— Vous n'avez besoin que d'une main pour cela, répliqua-t-elle sèchement. Le pot est sous le lit. Appelez-moi quand vous aurez fini.

Elle tira le pot et le poussa du bout du pied jusqu'à ce que Sir Roger puisse l'atteindre, puis quitta la pièce.

Une fois dans l'étroit couloir, elle s'adossa au mur et passa une main nerveuse dans ses cheveux, les chassant de son visage. Elle s'était sentie plus à l'aise tant qu'elle avait pu garder le contrôle sur cet homme grâce aux somnifères. Elle avait même eu le temps d'oublier ses incessants commentaires lubriques. Même alité et affaibli, il était plus viril que tous les autres hommes qu'elle avait connus et sa vitalité était dérangeante. En quelques mots, il était capable de faire battre son cœur plus vite qu'un joueur de tambour sur le marché. Elle avait tout fait pour ignorer ses insolences, mais son sourire rapace et l'éclat de ses yeux brun profond suffisaient à réveiller ses instincts charnels les plus refoulés. Le combat qu'elle menait contre elle-même était de plus en plus rude.

Au bout de quelques minutes, Sir Roger l'appela et elle prit une profonde inspiration avant de retourner dans la chambre.

— Finissons-en le plus vite possible, tant que nous avons encore de la lumière, dit-elle. Dites-moi ce que je dois faire.

Sir Roger parut surpris par son changement de comportement.

— Tout d'abord, sers-moi un autre verre de vin. Ne t'en fais pas, nous l'ajouterons à mon dû, dit-il avec un sourire.

Lucy le servit, sans un mot.

— Tu devrais en boire un aussi, ajouta Sir Roger. Tu es pâle comme la lune et ta main tremble. Je ne voudrais pas que tu t'évanouisses avant qu'on en ait fini.

— Je n'ai pas besoin de vin pour me calmer les nerfs, protesta-t-elle.

Sir Roger éclata de rire.

— Vraiment ? Dans ce cas, tu es aussi unique que vertueuse. Je sais que cela marche à chaque fois pour moi… Bois !

Lucy s'assit sur le bord du lit, les genoux serrés, et prit une petite gorgée de vin. Elle avait beau prétendre le contraire, le goût un peu amer de l'alcool lui fit du bien.

— Il va falloir que tu te rapproches, dit Sir Roger quand elle eut fini. Apporte tout le matériel de ce côté, et n'oublie pas le vin.

Lucy, un peu inquiète, fit ce qu'il lui ordonnait. Elle n'avait pas envie de se placer à portée de cet homme, mais elle n'avait pas le choix. Elle disposa près d'elle tout ce qu'elle avait monté de la salle, à part le couteau qui restait bien caché dans la sacoche, à sa ceinture.

Tous deux étaient à présent face à face. Lucy se pencha pour se placer dans une position à peu près confortable, au-dessus de son patient. Ils étaient si proches l'un de l'autre qu'on aurait pu les prendre pour des amants qui se caressent, s'explorent avant de faire l'amour… Les boucles sombres qui entouraient le visage de Sir Roger se soulevèrent sous le souffle de Lucy et elle-même sentait, sur ses joues, la douceur de la respiration de l'homme, parfumée au vin. Un tout petit mouvement vers lui, et elle pourrait presque l'embrasser.

Tous deux levèrent les yeux en même temps et, quand leurs regards se croisèrent, un éclair traversa le corps de Lucy, aussi violent que la foudre qui avait coupé en deux la vieille aubépine, l'hiver précédent. Il s'insinua profondément en elle, jusqu'à son estomac et même jusqu'à des parties plus intimes encore, éveillant des sensations qu'elle avait complètement oubliées…

Troublée, elle tenta de se concentrer sur la tâche qu'elle avait à accomplir et laissa courir le bout de ses doigts autour de la croûte sombre qui enserrait la flèche, sans pour autant oser la toucher. La peau de Sir Roger était plus froide que lors de son accès de fièvre si effrayant et n'était plus poisseuse de transpiration. Cette caresse hésitante accéléra imperceptiblement le souffle du blessé et Lucy fit de son mieux pour ignorer sa propre nervosité. Elle approcha la lampe pour mieux examiner la flèche, osant enfin palper plus fermement la plaie.

— Je ne crois pas que votre os ait été touché, dit-elle. Vous devez avoir un ange gardien.

— Oh ! je ne pense pas avoir cette chance, répondit Sir Roger avec un rire amer.

Il retrouva bien vite sa gravité et observa un instant son bras droit qui pendait, paraissant sans vie à son côté, ses doigts mollement refermés. Il posa alors son autre main sur celle de Lucy avec une douceur inattendue. C'était un geste affectueux qui, pour une fois, ne se voulait pas sensuel. Il ne lui demanda pas non plus de le libérer.

— Pourquoi m'avez-vous embrassée, l'autre soir ? s'enquit Lucy.

— Je me croyais à l'article de la mort. J'avais envie de quitter ce monde heureux, et pas allongé sur le sol à me vider de mon sang. Cela aurait été plus agréable, tu n'es pas d'accord ? répondit-il après un court silence. Tout homme aurait agi ainsi.

Et se serait contenté des lèvres de n'importe quelle femme, songea Lucy, envahie par l'ampleur de son insignifiance. Elle n'était rien d'autre pour cet homme qu'une présence utile mais remplaçable par la première venue.

— Vous avez dit que vous ne vouliez pas mourir sans amour. N'avez-vous donc pas de famille ?

— Famille ne veut pas dire amour, lâcha-t-il froidement.

Il baissa les yeux un instant et, quand il redressa la tête, il avait retrouvé le sourire machiavélique qu'elle commençait à bien connaître.

— Tu pourrais m'embrasser de nouveau. Pour me porter chance.

Son regard se fit brûlant. De nouveau, Lucy eut envie de lui obéir, de goûter ses lèvres une seconde fois. Mais ce n'était pas vraiment *elle* qu'il voulait, et cette certitude suffit à étouffer ses désirs.

Elle secoua donc la tête, fermement.

— Vous n'allez pas mourir aujourd'hui, vous n'avez donc pas besoin de baiser.

Pourvu que ce soit vrai, se dit-elle…

— Vérifie l'état de l'arrière de la flèche, lui ordonna alors Sir Roger en abandonnant sa main. S'il n'est pas complètement lisse, sers-toi de ton couteau pour couper les échardes qui dépassent. Je ne veux pas risquer l'infection. Quand ce sera fait, tu feras tourner la flèche et tu la tireras par devant, doucement et lentement. Et prépare-toi à éponger le sang.

— Dois-je me servir du tisonnier ? demanda Lucy.

Il eut un petit rire.

— Tu l'aimes bien, ce tisonnier, hein ? Hélas pour toi, non : il doit être trop froid, maintenant, et tu ne pourrais même pas me brûler comme tu l'as fait l'autre jour, murmura-t-il en effleurant la marque qu'elle avait laissée sur son torse. Je préférerais que ce soit notre dernier recours. Tu n'auras qu'à appliquer du miel sur la plaie, si tu en as, arrêter l'hémorragie avec des compresses et faire un bandage serré. Tu te souviendras de tout cela ?

— Je pense, oui.

Elle fit de son mieux pour paraître courageuse, pour montrer une confiance en elle qu'elle ne ressentait pas vraiment.

Sir Roger se pencha en avant et appuya la tête contre l'épaule de Lucy, tout en pressant son torse musclé contre sa poitrine. La barbe mal taillée du chevalier irritait son cou et chatouillait la chair sensible de son oreille. Lucy sentit son cœur s'emballer. Elle passa timidement les mains dans le dos de son patient pour palper le bout de la flèche qui dépassait. Thomas avait presque fini le travail de taille et elle n'eut qu'à donner quelques coups de couteau supplémentaires pour lisser le bois. Pendant qu'elle travaillait, Sir Roger lâcha quelques grognements et quelques hoquets de douleur mais il insista pour qu'elle continue à chaque fois que sa main hésitait. Lorsqu'elle fut satisfaite, Lucy glissa de nouveau son couteau dans sa pochette et aida Sir Roger à s'adosser contre son oreiller.

— C'est fait.

Il acquiesça. À force d'être serrées l'une contre l'autre, ses lèvres avaient pâli. La douleur avait dû être plus intense que ce qu'il avait laissé paraître…

— Est-ce que vous voulez davantage de vin ? demanda Lucy en lui servant un verre sans même attendre sa réponse.

Cette fois, quand il lui rendit le gobelet encore à moitié plein, elle n'hésita pas et le vida d'un trait.

Sir Roger chercha alors sa main, à tâtons, et la serra dans la sienne.

— Écoute-moi, murmura-t-il. Quand tu retireras la flèche, la douleur risque d'être insoutenable. Il est possible que je réagisse violemment ou que je frappe dans le vide.

Il la regardait fixement, droit dans les yeux. Elle ne put se détourner, fascinée par l'honnêteté qu'elle lisait sur son visage — sans pour autant être certaine de pouvoir se fier à cette douceur soudaine.

— Si par malheur je te fais du mal ou si je te fais peur, sache que ce ne sera pas intentionnel. Je ne veux pas te faire souffrir, Lucy. Est-ce qu'au moins tu me crois quand je dis cela, même si je n'ai pas encore gagné ta confiance ?

Lucy se mordilla la lèvre et acquiesça. Mais un soupir rauque lui échappa et elle comprit, horrifiée, que les larmes lui montaient aux yeux.

— Qu'est-ce qui ne va pas ? demanda Sir Roger avec une telle douceur qu'elle sursauta, surprise.

— Je ne sais pas quoi faire… Je n'ai jamais fait ce genre de choses auparavant, avoua-t-elle d'une voix tremblante. J'ai peur de commettre une erreur et de vous faire du mal.

— Tout ira bien, crois-moi.

Il sourit et sa main se crispa un instant sur celle de Lucy. Puis le pouce calleux de l'homme caressa l'intérieur de son poignet, là où le sang battait sous sa peau fine.

— Je te fais confiance, ajouta-t-il à mi-voix.

Lucy rassembla alors son courage, attrapa quelques bouts de tissu et les plia pour former d'épaisses compresses, se préparant ainsi à éponger le sang. Sir Roger guida la main qu'il tenait encore jusqu'à la flèche et lui montra, toujours sans la lâcher, comment attraper la tige de bois, entre la pointe et son torse. Il lui lança alors un regard interrogateur et elle prit une profonde inspiration, sans un mot. Il redressa alors ses genoux de part et d'autre du corps de Lucy, pour se préparer à ce qui allait se passer, les dents serrées.

N'écoutant que son instinct, Lucy se pencha sur lui et déposa un baiser furtif sur ses lèvres. Sa barbe était douce quand elle l'effleura, et elle goûta, sur sa bouche, le vin qu'il venait de boire.

— Pour vous porter chance, souffla-t-elle.

Elle s'écarta ensuite, avant qu'il ne puisse l'embrasser une seconde fois.

Sir Roger parut si surpris par son geste que Lucy ne put réprimer un sourire. Elle replaça ses cheveux derrière son oreille et le dévisagea un instant.

— Je suis prête.

Chapitre 7

Ce ne fut ni facile ni rapide. La flèche n'avait fait que traverser les chairs, comme Lucy l'avait évalué au toucher, mais elle était restée beaucoup trop longtemps en place. Lucy dut donc tourner et tirer encore et encore avant de pouvoir libérer le bois de la croûte de sang qui l'enserrait. Au premier léger mouvement de torsion, Sir Roger se mordit la lèvre au sang. Il montra le tas de chiffons d'un geste du menton et demanda à Lucy de lui en donner un. Elle essuya le sang qui coulait sur son menton et lui murmura des paroles douces, comme quand elle consolait Robbie après une chute dans la cour. À chaque fois qu'elle avait tenté de bercer son père de cette manière, il l'avait violemment rabrouée ; mais le regard de Sir Roger, hanté par la douleur, s'emplit d'une sorte d'amusement furtif.

— Je ne suis pas ton bébé, tu sais. Donne-moi juste ce satané chiffon pour que je puisse mordre dedans.

Il y eut du sang bien sûr… moins cependant que Lucy ne l'avait craint. Il ne jaillit pas brusquement mais coula lentement en imbibant les compresses peu à peu, formant des flaques entre ses doigts alors qu'elle appuyait sur la plaie dans le dos de son patient.

Malgré les mises en garde qu'il avait proférées, Sir Roger ne fut ni violent ni brutal. Il se contenta de jurer à chaque tentative de Lucy, utilisant des expressions qu'elle n'avait jamais entendues — et pas toujours en anglais.

Seulement, à aucun moment sa colère ne se retourna contre elle.

Quand la main de Lucy devint glissante, poisseuse de sang, Sir Roger l'écarta avec une certaine douceur et finit de retirer la flèche lui-même, la laissant plaquer des compresses dans son dos pour arrêter le saignement. Quand le morceau de bois sortit complètement, dans un bruit de succion écœurant, Sir Roger poussa un dernier rugissement de douleur. La flèche glissa de sa main et la pointe d'acier tinta sur le plancher. Il s'essuya alors le front d'un revers de la main, chassant les mèches poisseuses de transpiration collées à ses tempes, et s'effondra contre son oreiller, les yeux fermés.

— Maintenant, fais ce qu'il te reste à faire, dit-il d'une voix un peu brusque.

Lucy se rendit alors compte qu'elle avait les jambes et les bras en coton. La tension et l'effort l'avaient épuisée. Elle frissonna mais n'avait pas le temps de s'apitoyer sur elle-même : le sang coulait toujours sur le torse de Sir Roger…

Elle pressa donc les chiffons qui lui restaient contre la plaie et s'aperçut qu'elle était presque allongée au-dessus de l'homme. Cependant, elle ne pouvait pas bouger, de peur d'appuyer moins fort. Elle passa tant bien que mal des bandes de tissu sous le bras du blessé et autour de son épaule.

— Continue à appuyer sur les compresses, murmura Sir Roger sans rouvrir les yeux.

— Pendant combien de temps dois-je faire cela ?

Il ouvrit péniblement un œil cerné. Son visage était blafard et il avait l'air aussi épuisé qu'elle.

— Jusqu'à ce que le saignement ralentisse assez pour que la pression des bandages suffise. Ou plus longtemps, si tu en as envie…

Sa voix faiblissait, sous le coup de la fatigue.

— Tu peux même rester ici toute la nuit, si tu veux.

J'ai une règle : ne jamais refuser la moindre compagnie dans mon lit.

Il ferma de nouveau les yeux, dans un soupir.

Lucy retira l'une des compresses pour voir si le sang avait cessé de couler, mais la mare qui se forma rapidement sur la peau lui confirma qu'elle allait encore devoir rester là où elle était pendant un bon moment. La position était de plus en plus inconfortable et elle commençait à avoir mal aux épaules. Elle changea de bras, passant le droit dans le dos de Sir Roger et appuyant devant avec la paume de la main gauche. Il était plus facile de maintenir la pression de cette manière, même si cela l'obligeait presque à se coller au blessé, pouvant laisser croire à des amants qui s'embrassent.

En dépit de la couverture qui recouvrait Sir Roger jusqu'aux hanches, Lucy sentait de plus en plus la forme dense de ses cuisses et l'os de sa hanche qui se pressait contre elle. Elle bougea un peu, pour se mettre plus à l'aise et sentit les hanches de Sir Roger se redresser en réponse. Une forte pulsation, sous la couverture, lui rappela tout ce qu'elle avait déjà fait pour cet homme et une soudaine vague de désir l'envahit.

Elle baissa les yeux sur le visage de son patient. Il ne bougeait plus, visiblement inconscient de sa présence ou de ce que son propre corps faisait. Tant qu'il ne se réveillait pas, elle pouvait ignorer cette bosse sous le drap et les idées indécentes qui la traversaient. Débordée par sa fatigue, elle bâilla et laissa ses paupières lourdes se refermer. Elle avait besoin de se reposer…

Tous les événements de cette soirée avaient eu raison de son énergie et elle commençait à sentir le poids de son épuisement. Mais elle ne pouvait pas se permettre de dormir — ou de rester auprès de Sir Roger plus longtemps que nécessaire. Quoi qu'il en soit, quelques minutes de repos ne pourraient pas lui faire de mal. Elle se répéta cette phrase longtemps, jusqu'à ce que le sommeil s'empare d'elle.

*
* *

Quand Roger se réveilla, il sentit le front de Lucy pressé contre sa joue. Comme à chaque fois qu'il émergeait du sommeil avec une femme dans ses bras, sa première pensée, confuse, fut : quelle partie de son corps caresser en premier pour la réveiller et achever la nuit de plaisir qu'ils avaient dû commencer ?

Mais son instinct le mit en garde et l'empêcha au dernier moment de glisser une main le long de la taille si fine de la jeune femme ou d'effleurer ses cuisses parfaites. En quelques secondes, il se rappela qui elle était et pourquoi elle était là. Lucy n'apprécierait sans doute pas ses démonstrations d'affection ; en tout cas, pas pour le moment. Néanmoins, d'après les quelques regards intéressés qu'elle lui avait lancés sans pouvoir les camoufler, il ne perdait pas espoir ! De plus, le simple fait de penser à ce genre d'ébats matinaux dès son réveil était une preuve qu'il était bien vivant et se remettait de sa blessure.

La lumière du matin commençait à envahir la chambre et Roger, à demi réveillé, se laissa bercer par le silence, le regard perdu dans les mèches brunes aux reflets de cuivre et d'or qui s'étaient échappées de la tresse de Lucy. Cela valait mieux que de penser à la sensation désagréable qui s'était développée dans son épaule. La douleur sourde à laquelle il s'était habitué avant que Lucy n'enlève la flèche avait fait place à une souffrance plus aiguë, qui envoyait des éclairs réguliers jusque dans son bras. Il tenta de plier les doigts de sa main droite puis de soulever son bras, mais cet effort le déchira et il eut honte d'entendre le gémissement d'agonie qui lui échappa. À bout de forces, il laissa sa main retomber sur le matelas. Il lui faudrait sans doute un jour ou deux avant de pouvoir bouger le bras…

L'engourdissement qui s'était emparé de ses poignets lui rappela qu'il était toujours attaché au lit. Lucy s'était peut-être adoucie, la veille, mais il n'avait pas réussi à la convaincre de le libérer. Il était clair d'ailleurs qu'elle ne le voulait pas pour l'instant et Roger sentit une pointe d'exaspération l'envahir. Il n'avait cependant pas l'intention de rester son prisonnier jusqu'à ce qu'elle décide du contraire ! Lucy était peut-être un geôlier des plus charmants, elle n'en ressentait pas moins un geôlier…

Il se redressa doucement et la jeune femme glissa un peu sur son épaule. Sa main, toujours pressée contre la plaie, s'était amollie. Elle ne paraissait pas près de se réveiller. Heureusement, la pression qu'elle avait dû maintenir sur sa blessure avant de s'endormir semblait suffisante pour avoir arrêté le flot du sang. Soudain, Roger sourit, se rappelant que Lucy avait rangé son couteau dans la sacoche pendue à sa ceinture après avoir taillé la flèche. Et la sacoche était à présent à sa portée…

Prenant toutes les précautions possibles, il approcha les doigts de la robe de Lucy et atteignit la bourse de cuir entre les plis de la toile. Il glissa la main à l'intérieur et attrapa l'épais et court manche du petit couteau. Un sentiment de victoire monta en lui mais il l'ignora : il n'avait pas fini. Lucy ne bougeait toujours pas, sa respiration restait aussi calme et tranquille. Elle devait être épuisée, pour dormir si profondément ; cependant, bientôt, le coq chanterait, son bébé se mettrait à pleurer et elle se réveillerait. Roger songea qu'il allait devoir faire vite…

Il tira sur son bras droit, bien inutile, pour l'entraîner sous le lit, étouffant de nombreux gémissements de douleur et plusieurs vagues de nausées provoquées par l'effort. Enfin, la corde se tendit et il put la scier lentement. Au bout d'un moment qui parut long à Roger, les derniers fils lâchèrent. Le soulagement qui l'envahit masqua sa douleur pour un instant — un très court instant. Il étira son bras gauche, pour se libérer des crampes qui le traversaient régulièrement depuis trois jours, heureux de pouvoir enfin bouger librement. Il n'avait jamais été oisif et il avait besoin d'exercice pour faire circuler son sang. Il avait besoin de monter à cheval. De manier son épée.

Soudain, Roger songea à la réaction de Lucy quand

elle se réveillerait face à la pointe de son propre couteau et comprendrait ce qu'il avait fait. Cette femme était obstinée, impolie. Elle n'avait aucun respect pour un homme de son rang. Si elle n'avait pas été aussi jolie et séduisante, il aurait pu…

Pu quoi ? La menacer de nouveau ? La battre pour la punir de son insolence jusqu'à ce qu'elle le supplie d'arrêter ? Qu'est-ce que cela lui apporterait ? Cela ne prouverait qu'une chose : qu'il était l'homme méprisable dont elle avait dressé le portrait aux soudards qui le pourchassaient. Le genre d'homme que Hal voyait en lui. Non, jamais il ne pourrait faire de mal à une femme qui dormait si paisiblement contre lui.

De plus, Roger avait bien conscience de sa fatigue. Il avait besoin de se reposer, au moins pendant quelques heures encore, et tant que Lucy se sentirait en sécurité, elle le nourrirait, le soignerait. Il remit donc le couteau dans la sacoche de la jeune femme et cacha le bout de la corde sous le lit. Quand Lucy se réveillerait, elle ne verrait aucun changement. Il attendrait le bon moment pour lui montrer qu'il était libre depuis un certain temps.

Il referma donc les yeux et se laissa emporter une nouvelle fois par le sommeil, savourant la chaleur et la douceur de ce corps pelotonné contre le sien.

Un clair rayon de soleil réveilla Roger une seconde fois. Il se sentait mieux, plus paisible même qu'avant l'arrivée de Thomas, dans le manoir de Lord Harpur.

Lucy était toujours là, endormie contre lui.

— Lucy…

Il murmura à peine son nom, les lèvres collées à la tempe de la jeune femme.

— Lucy, c'est le matin.

Elle soupira. Ses épaules se soulevèrent et sa poitrine se pressa contre le torse nu de Roger avec une sensualité irrésistible. Elle appuya plus encore sa tête dans le creux de son cou. Il se rappela qu'il avait aussi dormi avec une femme, chez John Harpur, mais ce matin-là, allongé contre Lucy, il était incapable de se souvenir du visage de cette amante de passage… Peut-être parviendrait-il bientôt à convaincre Lucy des avantages de partager son lit, pas uniquement lors des soins. En tout cas, il l'espérait.

— C'est déjà le matin ? balbutia-t-elle d'une voix empâtée par le sommeil.

Elle tourna doucement la tête et ouvrit les yeux. Au bout de quelques secondes, son regard se fixa sur celui de Roger. Il la regardait, fasciné par les longs cils qui encadraient ces gemmes tantôt grises, tantôt bleues. Peu à peu, Lucy parut se rendre compte de leur position si intime et ses yeux s'écarquillèrent. Elle se redressa brutalement et se leva avec maladresse pour s'écarter de lui. Dans son mouvement, elle effleura les cuisses de Roger, réveillant un arc-en-ciel de sensations délicieuses en lui. Il faillit oublier qu'il avait décidé de faire semblant d'être toujours attaché tant il eut envie de l'attirer contre lui.

Lucy s'essuya le front et chassa les quelques cheveux qui lui tombaient devant les yeux. Elle baissa pudiquement la tête, mais pas assez vite pour cacher le rose qui lui montait aux joues.

— Je suis vraiment désolée ! Je ne comptais pas m'endormir ici, murmura-t-elle.

— En temps normal, je serais vexé qu'une femme s'endorme dans mes bras avant que j'en aie fini avec elle, répondit Roger avec un sourire. Mais vu les circonstances…

Avait-elle remarqué la bosse que son sexe dressé faisait sous la couverture ? Peu importait. Lucy, l'air un peu inquiète, le jaugea de la tête aux pieds, comme si elle avait peur qu'il se soit passé quelque chose entre eux pendant la nuit.

— N'aie pas peur, dit-il pour la rassurer, je ne t'ai pas touchée.

Elle répondit par un léger sourire de soulagement, puis jeta un coup d'œil à son épaule bandée.

— Vous avez mal ?

Sa voix avait retrouvé sa froideur habituelle.

— Oui, un peu.

Il mentait, bien sûr : sa plaie le faisait énormément souffrir. Seulement, il n'avait pas l'intention de le lui avouer.

— Je crois que le saignement a cessé. Tu as bien travaillé hier, Lucy. Je n'oublierai jamais ce que tu as fait pour moi.

Elle eut un nouveau sourire, encore plus furtif, mais son regard resta sévère.

— Tant mieux, dit-elle. Vous pouvez vous reposer, aujourd'hui. Je vous apporterai à manger quand j'en aurai le temps.

Elle se dirigea vers la porte, ne s'arrêtant au pied du lit que le temps de ramasser la carafe de vin vide.

— Tu me laisses seul ? lança Roger.

Elle le regarda par-dessus son épaule, les yeux remplis de dédain. En quelques secondes à peine, elle était passée de chaton endormi à chat hautain et distant.

— Oui, je dois m'occuper de mon enfant et brasser ma bière. La dernière que j'ai faite avait un goût étrange — elle semblait remplie de poussière.

Ses sourcils se froncèrent un instant.

— J'ai aussi une auberge à gérer. Je n'ai pas le temps de discuter avec vous.

— Mais je ne pensais pas à discuter, murmura Roger tandis qu'elle quittait la chambre.

Une fois seul, il s'allongea de nouveau et ferma les yeux. Il se rendormit, par intermittence, et ses rêves s'emplirent des sons qui venaient de l'extérieur. Dans la cour, le fils de Lucy babillait à haute voix. Un bruit de couverts résonna dans la salle, au rez-de-chaussée. À un moment, des voix et un éclat de rire le firent sursauter. À chaque fois que Roger avait vu Lucy, elle avait été soit très sérieuse, soit en colère, et il ne l'avait pas un seul instant imaginée joyeuse… Qui la faisait rire ainsi ? se demanda-t-il, étrangement jaloux.

***

Lucy revint le voir le midi, avec du pain et du fromage qu'elle déposa par terre, près de lui. Roger fit semblant de dormir mais la regarda s'activer dans la chambre, sous ses paupières mi-closes. Les hanches de la jeune femme ondulaient avec sensualité à chacun de ses pas. Quand elle s'approcha du lit, elle l'examina, soudain plus tendue, même si elle le pensait endormi. Il sentit les mains fines sonder son bandage et effleurer la peau sensible autour de sa plaie, si légèrement qu'il eut du mal à réprimer un frisson de plaisir. Comment pouvait-elle être capable d'une telle douceur par instants, et se transformer si vite en harpie dès qu'il tentait de la provoquer ? C'était impressionnant… Laquelle de ces facettes prendrait le dessus quand ils feraient l'amour ? Plus le temps passait, plus Roger avait hâte de le découvrir.

D'ailleurs, il aurait déjà dû réussir à la coucher dans son lit ! Pourquoi donc tenait-elle tant à lui résister, alors qu'il était clair qu'elle en avait envie, elle aussi ? Peut-être que le propriétaire de la voix qui l'avait tant fait rire dans la matinée en était la cause. Après tout, son fils devait bien avoir un père.

Plus tard dans la journée, Roger sentit une pression inquiétante sur son épaule. Le cœur battant, il ouvrit les yeux et découvrit un gros chat en train de se rouler en boule sur son torse pour y faire une sieste. Quand il se rendit compte que Roger était réveillé, l'animal cracha et le dévisagea de ses grands yeux jaunes malveillants. Roger le chassa et le chat atterrit sur le sol dans un bruit sourd, l'air boudeur. Ce simple geste suffit à rappeler à Roger à quel point son corps était las de rester inactif. Les seules fois où il avait passé autant de temps dans un lit, il y avait toujours eu une femme pour lui tenir compagnie et, si celle qui hantait à présent ses rêves ne se décidait pas à le satisfaire, il allait devoir trouver un moyen de bouger pour réveiller un peu ses membres engourdis.

Il posa donc les pieds sur le plancher aussi doucement qu'il le put pour ne pas alerter Lucy. Quand il se leva, un vertige le prit et il faillit se rallonger aussitôt, mais il serra les dents et parvint tant bien que mal à garder son équilibre. Il étira son cou, malgré ses muscles qui protestaient après tant d'immobilité. Pieds nus, il traversa lentement la chambre. Ses bottes avaient été placées côte à côte dans un coin de la pièce. Soudain, un courant d'air froid l'enveloppa et il frissonna. Sa cape et son gilet avaient été pliés près de ses bottes, et sa bourse presque vide était posée dessus. Il se souvint alors que sa chemise avait été tailladée pour faire son bandage. Si seulement il y avait un feu dans cette chambre, songea-t-il en passant la mince couverture autour de ses épaules.

Une fois de plus, il entendit la voix de Lucy résonner depuis la salle. Cette fois, elle ne riait pas, bien au contraire. Roger s'approcha précautionneusement de la porte, reconnaissant la lassitude et la colère dont il avait déjà souvent été témoin. La voix d'un homme, étouffée mais colérique, lâcha une réponse, paroles qui furent suivies par une réplique incompréhensible de Lucy, plus pressante.

Jusqu'à présent, Roger n'avait entendu distinctement que les voix de Lucy et de son enfant dans l'auberge. Son instinct de survie se réveilla instantanément. Durant les jours précédents, il avait été persuadé que le danger était écarté. Devait-il encore craindre des poursuites ? Il tenta d'enfiler ses bottes mais dut vite abandonner : son bras droit était encore trop faible. Ce constat l'inquiéta un peu, mais il ne s'attarda pas sur le problème. Il y réfléchirait plus tard. Ce n'était pas le moment.

Les voix se firent plus fortes, plus violentes. Lucy paraissait de plus en plus indignée — et peut-être aussi un peu inquiète. Roger chercha son épée des yeux. Elle n'était visiblement pas dans la chambre. La seule chose qui pourrait lui servir d'arme était le tisonnier que Lucy avait oublié là et qui avait roulé sous le lit. Quand il l'attrapa, un éclat métallique attira son regard. Il récupéra la flèche, encore tachée de sang séché, et la glissa dans la ceinture de son pantalon avant de resserrer la couverture autour de ses épaules pour cacher sa semi-nudité. Il hésita un instant avant de franchir la porte, songeant à sa vulnérabilité — blessé et torse nu. Il aurait donné une année de sa vie pour une simple cotte de mailles ! La belle armure polie qu'il avait portée pendant ses années de joutes n'était plus qu'un souvenir lointain… Heureusement, aucune des personnes qu'il avait connues pendant sa vie n'était là pour contempler sa déchéance.

Équipé de son arme de fortune, qu'il tenait dans sa main droite trop faible, il descendit l'escalier à pas de loup. Le couloir était sombre et la porte du bas à peine entrouverte. Roger resta sur le seuil, dans la pénombre, pour voir ce qui se passait dans la salle. Par l'entrebâillement de la porte, il aperçut Lucy, dos à lui. Elle se tenait très droite, la tête levée fièrement. Elle avait enroulé sa longue tresse en chignon pour la cacher sous sa modeste coiffe de lin blanc. Roger put admirer à loisir la délicate courbe de sa nuque. Il aurait tant aimé embrasser cette chair si fine, si soyeuse… Elle avait les bras croisés et les jambes bien campées au sol. Il était inutile de voir son visage pour deviner qu'il devait être déformé par une colère froide. Roger fut heureux de voir la fureur de la jeune femme concentrée sur quelqu'un d'autre, pour une fois. Prêt à agir si cela devenait nécessaire, il resta là, sans faire un bruit, et attendit de voir ce qui allait se passer.

— Vous avez bu, vous payez, c'est tout ! lança Lucy d'une voix ferme.

— On dirait de la pisse de chien ! répliqua l'un des deux hommes qui lui faisaient face. Pourquoi devrais-je payer pour cela ?

Son compagnon eut un rire mauvais.

Roger se contorsionna un peu plus pour mieux les voir.

Les deux clients étaient mal coiffés, maigres et sales, vêtus de vêtements défraîchis de si mauvaise qualité que Roger ne s'y serait même pas intéressé s'il les avait vus dans un marché. Ils portaient tous les deux des ceintures usées ainsi que des lacets de cuir et de corde chargés de breloques sans valeur. Leurs yeux étaient rouges et gonflés, comme ceux des ivrognes. Le banc placé devant le comptoir était renversé, sans doute par un coup de pied.

— Vous avez bu trois pintes avant de juger ma bière ! répliqua froidement Lucy en calant les poings sur ses hanches.

Elle avait retroussé ses manches jusqu'aux coudes et Roger put voir la peau laiteuse de ses bras.

— Si elle était si mauvaise, vous vous seriez arrêtés à la première.

Roger se détendit un peu. Il ne s'agissait que de deux vagabonds qui ne voulaient pas payer leur bière, rien de pire. En quelques secondes, ses épaules se libérèrent de la tension qui pesait sur elles depuis des jours. Cette discussion n'avait rien à voir avec lui ou Thomas ; c'était le problème de Lucy. Les hommes qui poursuivaient Roger devaient être loin, à présent. Il ne lui restait plus qu'à espérer que Thomas ait réussi à atteindre la luxueuse demeure de Calveley et qu'il soit en train de dîner avec son hôte…

Dès qu'il serait en état de monter à cheval, Roger laisserait l'auberge de Lucy derrière lui et rejoindrait son écuyer. Il avait déjà perdu beaucoup trop de temps ici et, grâce aux soins de Lucy, une nuit de repos supplémentaire lui suffirait sans doute pour retrouver ses forces.

Il entreprit de remonter discrètement à l'étage, mais s'immobilisa bientôt. Il repensa soudain à la nuit de son arrivée et à Lucy qui avait tout fait pour l'empêcher de monter, avec une férocité qui l'avait à la fois surpris et impressionné. Quand les deux hommes de Lord Harpur étaient venus, plus tard dans la nuit, elle avait dû faire la même chose pour le protéger et permettre à Thomas de s'échapper.

— Tu veux qu'on dise partout que tu sers de la mauvaise bière ? lança encore l'un des hommes. On va jusqu'à Mattonfield, ce soir, tu sais.

Cette histoire ne concernait absolument pas Roger... Seulement, il n'aimait pas le comportement de ces hommes et Lucy était seule pour leur faire face. Il redescendit doucement l'escalier, juste à temps pour voir Lucy passer devant les deux vagabonds pour se placer entre la porte d'entrée et eux.

— Ma bière est tout à fait correcte, insista-t-elle.

Ses yeux lancèrent des éclairs, rendus plus vifs encore par la pâleur de ses joues. Avait-elle vraiment l'intention d'empêcher ces inconnus de partir ? Si oui, c'était stupide ! Roger soupira entre ses dents, déchiré entre une certaine admiration pour la détermination de cette femme et son exaspération à la voir se mettre en danger pour quelques gorgées de bière. Même si ces hommes la payaient, elle n'en tirerait sans doute pas plus d'un penny.

— Tu comptes vraiment nous arrêter ? se moqua l'un des hommes.

Tous deux échangèrent un rapide regard amusé et éclatèrent de rire — un gros rire qui agaça plus encore Roger. N'attendant pas que Lucy soit dans une situation plus délicate encore, il poussa la porte brutalement et entra dans la salle.

— Bonjour, messieurs, lança-t-il d'une voix plaisante. Est-ce qu'il y a un problème ?

Lucy lâcha un cri de stupeur et Roger se tourna vers elle. Elle était figée comme une statue, encore plus pâle qu'avant — tellement pâle que seule son expression montrait encore qu'elle était bel et bien en vie. Ses regards indignés se chargèrent d'horreur quand elle reconnut Roger. Il avait depuis longtemps pris l'habitude de lire les expressions des hommes à qui il devait faire face sur le champ de bataille et, dans les yeux de Lucy, il vit un éclair de profonde terreur. C'était compréhensible, après tout : elle le croyait toujours attaché à l'étage !

Il lui lança un petit sourire dans l'espoir de la réconforter, mais cela ne fit visiblement qu'accentuer sa peur.

Les deux vagabonds, eux, paraissaient troublés et leurs rires moqueurs s'étouffèrent bien vite. Comprenant vite que Lucy ne les connaissait pas, Roger s'avança d'un pas lourd jusqu'au milieu de la pièce. Il était temps d'incarner ce mari indigne qu'elle avait inventé pour distraire les soudards de John Harpur.

— Que se passe-t-il, femme ? demanda-t-il sèchement. Je ne peux plus dormir tranquille sans être réveillé par les problèmes que tu es censée régler ?

— Vous êtes son époux ? demanda le plus petit des deux inconnus avant de se gratter l'entrejambe et de sourire.

— Oui, et s'il y a un problème, je veux qu'on me le dise. Personne ne boit à l'œil, ici, grommela Roger. Payez ma femme et partez avant que je ne vous jette dehors.

L'homme jaugea Roger, pieds nus et enveloppé dans sa couverture, d'un air peu impressionné.

— Nous jeter dehors, vraiment ?

— S'il le faut, oui, répondit Roger d'une voix plus douce, chargée de fausse camaraderie. J'ai réussi à me faire offrir ma boisson assez de fois pour savoir que ce n'est pas comme cela que vous y arriverez. Il faut charmer l'hôtesse, si vous voulez qu'elle vous laisse partir sans débourser un sou…

Il ponctua son discours d'un sourire lubrique à l'attention de Lucy qui se détourna d'un air dégoûté. Oui, il avait souvent fait ce genre de choses et n'avait sûrement pas envie d'imaginer ces deux bons à rien patauds en train de séduire une telle femme. Comme les hommes ne semblaient pas décidés à partir, il leva son tisonnier devant lui, ignorant l'éclair de douleur qui descendit le long de son bras.

— Allez, dehors ! Vous n'êtes pas les bienvenus ici ! Et dites à tout le monde que Mrs Carew ne laisse personne la voler ou la faire chanter. La boisson est aussi bonne ici que partout ailleurs.

Il commençait à sentir ses vertiges le reprendre et son bras lui faisait de plus en plus mal. Une telle faiblesse lui faisait peur, mais il y penserait plus tard. Lui qui avait eu l'habitude de manier une épée quatre ou cinq fois plus lourde que ce tisonnier — sans parler des lances qu'il avait utilisées quand il joutait — ne supportait pas de se sentir aussi vulnérable. Si ces hommes décidaient de l'attaquer, il ne tiendrait sans doute pas très longtemps face à eux… Il serra les mâchoires et montra les dents en leur indiquant fermement la porte d'un geste de son arme improvisée.

À son grand soulagement, il vit les deux vagabonds se tourner vers la sortie. Il avait dû réussir à paraître assez féroce pour les impressionner. Lucy resta là où elle était et tendit une main pour se faire payer. Le plus maigre des deux clients plongea une main dans sa tunique et en tira une pièce qu'il envoya en l'air avec un reniflement hautain. Lucy l'attrapa au vol d'un geste exercé.

Elle attendit qu'ils disparaissent dehors, comme une reine qui chasse ses courtisans de sa chambre. Une fois que les deux individus furent partis, cependant, tout son corps s'affaissa. Elle parut soudain beaucoup plus petite et fragile. Les muscles de Roger se détendirent aussi, à présent que le danger était passé. À moins qu'il ne soit simplement épuisé d'être resté debout si longtemps après toutes ces journées passées au lit et l'estomac vide. Une vague de nausées monta en lui. Il avait souvent vu des hommes malades, après la fièvre du combat. Certains soldats parvenaient à rester concentrés pendant les batailles, l'esprit occupé, mais pouvaient rendre leur petit déjeuner ou s'évanouir dès que tout était fini. Roger n'avait cependant jamais été de ceux-là — et cela n'allait pas changer aujourd'hui !

Il regarda Lucy, toujours figée près de la porte, et se rendit compte qu'elle paraissait plus effrayée par lui que par les hommes qu'il venait de chasser. Qu'il avait été stupide de montrer si vite qu'il s'était libéré…

Hélas, c'était trop tard pour revenir en arrière. Il ne lui restait plus qu'une chose à faire : convaincre Lucy de l'aider une fois de plus. Il n'aimait pas se sentir si dépendant d'elle, mais il n'avait pas le choix, pour le moment.

— Viens donc ici, Lucy Carew, dit-il péniblement. Je te jure que je ne te ferai pas de mal, mais si tu ne m'aides pas à m'asseoir, j'ai bien peur de m'écrouler sur ton plancher.

Chapitre 8

Lucy fut saisie d'un haut-le-cœur en entendant les paroles de Sir Roger ; et sa voix si grave, si féroce, lui fit l'effet d'un coup de poing dans le ventre.

— Comment… ?

Elle ravala sa peur et s'éclaircit la voix. Elle avait soudain la gorge sèche.

— Comment avez-vous… ?

Sir Roger leva son bras, celui qui tenait le tisonnier. Une longueur de corde coupée pendait de son poignet.

— Comment est-ce que je me suis libéré ? demanda-t-il froidement. J'ai emprunté ton couteau pendant que tu dormais et j'ai coupé la corde. Ce n'était pas une tâche facile à accomplir d'une main, mais j'ai fait très attention et tu n'as rien remarqué.

Lucy avait déjà replacé le couteau dans son tiroir, en descendant dans la salle ce matin-là, mais sa main se porta instinctivement à sa ceinture. Sir Roger suivit son geste des yeux.

— Naturellement, je l'ai immédiatement remis à sa place, dit-il avec un sourire. Quand je joue, je n'aime pas montrer ma main tant que ce n'est pas nécessaire — *mes mains*, en l'occurrence…

Il la regarda comme s'il s'attendait à la voir rire de sa petite plaisanterie, mais jamais Lucy n'avait eu moins envie de rire. La simple pensée d'avoir dormi contre lui alors qu'il avait les mains libres la faisait frémir. Elle songea qu'il ne lui avait rien fait d'autre, à part prendre son couteau et le remettre en place. Enfin, pourvu que cela soit vrai, se dit-elle malgré tout. Elle croisa les bras. Déjà tremblante après la scène qui venait de se dérouler, elle préféra s'adosser au mur de peur que ses jambes ne refusent de porter son poids plus longtemps. Heureusement pour elle, Sir Roger paraissait aussi faible qu'elle. Il tenait encore le tisonnier, mais n'arrivait plus à le brandir très haut devant lui. Il avait l'air de devoir se concentrer juste pour rester debout…

Lucy repensa soudain, l'estomac noué, à la colère de cet homme quand il avait demandé, sans succès, qu'elle le libère et à ses mains puissantes qui s'étaient refermées sur sa gorge. À présent, sa blessure était soignée et il s'était détaché tout seul… Il n'avait aucune raison de se montrer bon avec elle. Elle avait fait face aux deux vagabonds toute seule — et à bien d'autres auparavant sans la moindre peur sérieuse — mais elle avait vu les muscles que Sir Roger cachait sous la couverture qui l'enveloppait et avait déjà subi ses assauts colériques. Oui, cette fois elle était vraiment en danger !

— Je vous en prie, ne me faites pas de mal, souffla-t-elle.

Un éclair traversa le regard de Sir Roger ; de l'irritation, visiblement, et non de la colère. Il baissa le tisonnier en tremblant et s'appuya dessus comme sur une canne. Était-il vraiment trop faible pour tenir seul sur ses jambes ?

— Si j'avais voulu te faire du mal, j'aurais pu t'étrangler dans ton sommeil, dit-il d'une voix exagérément patiente, comme on pourrait s'adresser à un enfant. J'aurais aussi pu utiliser cette corde pour te fouetter jusqu'à ce que tu me supplies et te punir de ton impudence : après tout, tu m'as attaché comme un chien ! Tu ne méritais aucun traitement de faveur et pourtant je n'ai rien fait de tout cela. Est-ce que cela ne suffit pas à prouver mes bonnes intentions ?

Lucy soutint son regard. Le visage dur de Sir Roger pâlissait à vue d'œil et des perles de sueur luisaient sur son front. Enveloppé dans sa couverture, il avait l'air étrange, mais pas menaçant. En fait, il lui rappelait surtout les quelques moines qui passaient parfois en ville — mais son regard n'avait rien de saint ou de pieux. Elle remarqua alors ses pieds nus et, étrangement, cela la réconforta plus que le reste.

— Si vous essayez de me rassurer, vous avez une drôle de façon de procéder, dit-elle. Combien de temps comptiez-vous me faire croire que vous étiez encore attaché ?

Il haussa les épaules, mouvement simple qui suffit pourtant à le faire chanceler. Lucy ne le quittait pas des yeux. Oui, il était manifestement faible et plus il resterait debout longtemps, moins il aurait la force de l'attaquer.

— J'avais l'intention de rester alité jusqu'à ce que j'aie retrouvé assez de forces pour ne plus dépendre de toi. Ou jusqu'au retour de Thomas, quand nous aurions pu quitter cet endroit ensemble. Pour être honnête, je ne le sais pas vraiment…

— Je vois, vous étiez content de pouvoir rester oisif alors que je prenais soin de vous. Quelle galanterie, milord !

Sir Roger la dévisagea de ses yeux un peu voilés et Lucy se demanda encore une fois à quoi il pouvait bien ressembler quand il était en bonne santé, quand il avait tout d'un jeune noble hautain et bien vêtu. De toute manière, cela ne changerait rien : les hommes tels que lui prenaient toujours les femmes comme elle de haut.

— Je voulais te prouver que je n'étais pas une menace pour toi, expliqua-t-il. Justement, j'aurais pu te faire ce que je voulais, mais je n'ai rien fait. Cela devrait suffire.

— Vous avez décidé de me mentir pour me prouver que vous êtes digne de confiance ? répliqua froidement Lucy. Quelle bonne stratégie, en effet ! Et puis-je savoir ce qui vous a poussé à changer d'avis ?

Sir Roger regarda la porte d'un air pincé.

— J'ai entendu des voix et j'ai pensé que les hommes de l'autre jour étaient revenus — ou d'autres comme eux.

Il valait mieux que je me prépare à les affronter si cela devenait nécessaire.

— Vous avez pourtant dû comprendre que ce n'était pas le cas…

— Oui, et j'étais sur le point de remonter dans la chambre. Mais je n'ai pas aimé la manière dont ils te parlaient.

Sir Roger paraissait presque gêné d'admettre cela. Les chevaliers juraient pourtant de protéger les faibles et de suivre leur code d'honneur. Pourquoi donc aurait-il honte d'avoir fait son devoir ? Pendant quelques secondes, ils se jaugèrent en silence. Sir Roger était toujours appuyé sur le tisonnier. Il ne semblait pas vouloir bouger, se contentant d'attendre le bon vouloir de Lucy. Les jointures de ses doigts crispés avaient néanmoins blanchi et il chancelait toujours légèrement.

Cependant, Lucy en savait assez à son sujet pour se méfier de son apparente vulnérabilité.

— Avant de m'approcher de vous, je veux que vous fassiez le serment de ne pas essayer de me faire du mal tant que vous serez sous mon toit. Sans cela, je refuse de vous aider.

— Je ne laisserai personne te faire de mal, je le promets.

— Je parlais de vous-même, pas des autres.

Sir Roger parut surpris et une goutte de sueur roula sur sa tempe.

— Je t'ai déjà dit que je n'ai pas l'intention de te faire souffrir, mais je vois que cela ne te suffit pas. Je ne suis pas parfait, certes, mais sache que je tiens toujours parole.

Il plaça la main gauche sur son cœur et soutint le regard méfiant de Lucy.

— Je te jure sur ma maison, mon nom et le nom du roi Edward que tu ne risques rien avec moi. Cela te convient ?

— Oui.

Il lui lança alors un petit sourire satisfait, mais ses sourcils se froncèrent sous le coup de la douleur.

— Bien, dit-il. Maintenant viens vite, ma colombe, avant que je ne m'écroule.

Il semblait sincère et chancelait de plus en plus. Lucy traversa rapidement la salle et replaça le banc renversé, près du comptoir. Elle tendit ensuite une main vers Sir Roger qui s'y agrippa pour l'attirer contre lui et passer son bras sur ses épaules. Sa main tenait — non, *caressait* — le bras de Lucy. Elle se laissa surprendre par son poids et dut passer son autre bras autour de la taille de Sir Roger pour éviter de tomber avec lui. Quand elle posa sa paume sur la peau douce et chaude du chevalier, un frisson la parcourut. Une vague brûlante remonta le long de son bras. Les muscles de Sir Roger se crispèrent à son contact et elle frémit de plus belle, sentant la chair de l'homme devenir dure comme de la pierre. Il baissa insensiblement la tête et poussa un long soupir. Son souffle, frais, effleura les lèvres de Lucy. Ils étaient aussi proches l'un de l'autre que quand il l'avait embrassée pour la première fois de force et Lucy sentit ses lèvres s'entrouvrir, prêtes pour un nouveau baiser. Heureusement, elle parvint à se maîtriser.

Quelle idiote, de se laisser charmer par un tel homme ! Elle chassa ses pensées indécentes et indiqua le banc d'un signe de tête.

— Asseyez-vous ici, dit-elle à mi-voix.

L'homme ne bougea pas mais la dévisagea un instant.

— Tu es plus forte que je le pensais, pour quelqu'un de si petit, murmura-t-il.

— Je passe la moitié de mes journées à porter des tonneaux et des sacs de grain. Je suis obligée d'être forte. Allons, venez. Je ne peux pas vous soutenir comme cela éternellement.

Elle l'aida à atteindre le banc et il se laissa tomber dessus avant d'étirer ses longues jambes devant lui. Adossé au comptoir, il laissa sa tête rouler en arrière et ferma les yeux. Il était vraiment très beau, malgré son teint blafard et ses traits tirés par des jours de souffrance. Lucy s'assit timidement sur le banc, elle aussi, le plus loin possible de lui, et rassembla les plis de sa jupe sous ses cuisses pour ne surtout pas le toucher.

— Toujours pas rassurée, ma colombe ? murmura-t-il sans ouvrir les yeux. Tu ne me fais vraiment pas confiance ?

— Et vous vous en étonnez ? Je vous croyais endormi à l'étage et vous apparaissez dans l'encadrement de la porte, une arme à la main !

Lucy s'écarta un peu plus jusqu'à n'être plus assise que sur une fesse.

— Et maintenant que je sais ce que vous avez fait pendant que je dormais, ajouta-t-elle, ce que vos mains auraient pu me faire sans que je le sache…

Le cœur battant, elle croisa fermement les bras pour se protéger de lui tandis que Sir Roger tournait lentement la tête pour la regarder.

— Oh ! tu l'aurais su, dit-il avec un petit sourire presque amusé. Si j'avais eu l'esprit à la bagatelle, je t'aurais réveillée avant pour que tu puisses apprécier mes efforts. Je n'ai pas l'habitude de perdre mon temps avec des femmes qui ne sont pas en état de me remercier après — et crois-moi, tu me remercierais !

Il sourit de nouveau et Lucy songea encore à l'intensité de son baiser, qui lui avait coupé le souffle. Sa gorge se noua, mais elle n'avait absolument pas l'intention de montrer à Sir Roger à quel point ses paroles lui faisaient de l'effet et elle fit de son mieux pour contrôler ses émotions.

— Vous avez l'air très sûr de vous. Après ce que vous venez de traverser, vous pouvez à peine tenir debout sans aide et votre bras tremble. Qu'auriez-vous pu faire de si extraordinaire, dans votre état ? lâcha-t-elle, dédaigneuse.

— Je n'ai pas besoin de me tenir debout pour faire ce à quoi je pense et j'ai un deuxième bras — ainsi que d'autres parties plus intimes… Je peux t'assurer que si tu partageais mon lit, tu me supplierais rapidement de ne plus le quitter ! Toutes les femmes avec qui j'ai couché ont aimé cela.

— Toutes les femmes ! À vous entendre, le nombre aurait plus d'importance que le reste…

— N'est-ce pas le cas ?

Il paraissait sincèrement perplexe.

— Les femmes ne préfèrent-elles pas un amant qui a pris le temps de perfectionner ses talents ?

Ses paroles s'insinuèrent en Lucy comme les cordes qui enserraient les poignets de Sir Roger, troublantes, lui rappelant des plaisirs qu'elle n'avait plus connus depuis bien longtemps. Elle était presque tentée de se laisser convaincre. Cela faisait tant d'années que personne n'avait posé sur elle des yeux si brûlants de désir. Seulement, la dernière fois qu'elle avait accepté les avances d'un homme de haut rang, elle s'était retrouvée seule avec un enfant — qui jouait actuellement dehors, avec les poulets. Et il était hors de question qu'elle commette cette erreur une seconde fois !

Bien décidée à rester sur ses positions, elle se leva et se campa devant Sir Roger.

— Les femmes ne veulent pas d'un homme qui couchera avec elles et partira immédiatement après, ou niera toute relation avec elles. Le talent ne remplace pas la constance, vous savez.

Il ouvrit la bouche pour lui répondre, mais la referma aussitôt. Quand il la regarda de nouveau, ses yeux ne trahissaient plus le moindre désir. Seulement, son feu n'était pas éteint, elle l'aurait parié ; il n'était qu'étouffé, attendant la première occasion pour refaire surface.

— Si tu veux, je peux te jurer autre chose : je fais vœu de respecter ta vertu tant que tu me le demanderas, dit-il avant de se lécher les lèvres comme un chien affamé. Mais si jamais tu changes d'avis, je me tiens prêt à te satisfaire.

De nouveau, une flamme échauffa la nuque de Lucy, la mettant au défi de le prendre au mot. Elle revit ces parties de son anatomie qu'elle n'avait pu oublier.

Les chevaliers étaient censés être honnêtes et tenir parole. Pourvu qu'il se montre intègre, au moins sur ce point, songea-t-elle…

— Je vous remercie. Je vais vous laisser, maintenant : j'ai du travail.

Il acquiesça.

— Bien sûr, je comprends. Mais puisque j'ai réussi à me traîner hors de mon lit pour te sauver de ces deux ivrognes, je crois que je mérite une récompense. Puis-je avoir un verre de bière ?

Lucy servit à Roger la bière que les deux vagabonds n'avaient pas terminée. Il prit son gobelet de la main gauche et le renifla.

— Je trouve qu'elle sent très bon, moi, dit-il.

— Bien sûr que oui ! aboya Lucy. Il n'y a rien de mauvais, dans ma bière. Ces deux escrocs essayaient simplement de partir sans payer.

Elle le regarda boire une longue gorgée. L'alcool parut lui redonner un peu d'énergie. Une fois qu'il eut fini son gobelet, il s'essuya les lèvres du revers de la main, les yeux fixés sur Lucy.

— Ce n'est pas ma meilleure cuvée, dit-elle. J'expérimente un nouvel équilibre de gruit — ce qui donne du goût — mais j'ai été trop occupée cette semaine pour m'y atteler correctement.

Elle le regarda dans les yeux et le vit comprendre peu à peu qu'il était la cause de cette surcharge de travail. Dans de telles circonstances, certains hommes se seraient excusés ou l'auraient au moins remerciée, mais Sir Roger ne dit rien. Il se contenta de se pencher un peu en avant. La couverture glissa de son épaule et dévoila les bandages qu'elle avait noués pour maintenir les compresses en place. Il avait dû rassembler toutes ses forces pour se tirer du lit si rapidement après sa blessure.

Décidément, il ne ressemblait pas à un chevalier. Lucy tenta vainement de l'imaginer en armure, menant des hommes au combat — quoiqu'elle n'ait jamais été témoin d'une telle scène. Cependant, quand il s'était dressé à la porte, brandissant le tisonnier, enveloppé dans sa couverture comme dans un manteau, elle avait entrevu sa puissance farouche… Elle lui sourit brièvement.

— Merci de m'avoir défendue, dit-elle. Ce n'était pas nécessaire, mais j'apprécie néanmoins votre geste.

Elle remplit de nouveau son gobelet et murmura :

— Ce verre-là, je ne vous le ferai pas payer.

Au lieu de la remercier, il réajusta la couverture sur ses épaules et lui lança un regard dur, la perçant de ses yeux noirs.

— Si je n'étais pas intervenu, qu'aurais-tu fait ?

Lucy se rassit, prenant toujours soin de rester loin de lui.

— J'aurais sans doute insisté aussi longtemps que je l'aurais osé, ou bien j'aurais accepté une autre forme de paiement.

Sir Roger la dévisagea d'un air surpris, sans doute assailli par des pensées salaces, et elle s'empressa d'expliquer :

— Une longueur de corde ou un aiguisage de couteau, par exemple. Ici, les gens sont souvent obligés d'échanger le peu qu'ils possèdent quand ils n'ont pas d'argent.

De peur de trahir ses pensées amères, Lucy préféra se détourner. Elle-même avait parfois dû recourir à des méthodes douteuses et désagréables pour régler ses propres dettes. Elle se mordit la lèvre et se répéta — comme elle le faisait souvent — qu'elle s'était promis de ne jamais avoir honte de ce qu'elle avait fait. Abattue, elle soupira et leva de nouveau les yeux vers Sir Roger.

— Ces deux hommes auraient sans doute refusé toute forme de paiement, auraient ri et seraient partis quoi que je puisse dire. Cela n'aurait pas été la première fois… Mon père gardait d'ailleurs toujours un gourdin sous le comptoir pour ces cas-là.

— Ces ivrognes vous l'auraient pris et vous auraient battue avec ! s'écria Sir Roger d'une voix étrangement tremblante — une voix qui la mettait en garde mais qui paraissait aussi étonnamment émue. Il vaut mieux perdre quelques sous plutôt qu'un œil ou une dent.

— C'est bien pour cela que je ne m'en sers pas, répondit Lucy, glacée à l'idée d'être victime d'un client brutal.

Il lui était déjà souvent arrivé d'avoir à endurer des

gestes déplacés comme une main sur les fesses ou la joue, et c'était bien assez désagréable sans en rajouter !

Sir Roger la regardait gravement, sans un mot. Gênée par l'intensité de ses yeux posés sur elle, Lucy se releva et se mit à faire les cent pas dans la salle. Plus elle s'agitait, plus elle devenait nerveuse et plus ses muscles se crispaient. Elle se sentait si petite, si menue, face à cet homme. Refuser ses avances avait été si éprouvant qu'elle pouvait se comparer en cet instant à une bouteille au bouchon trop serré : la pression qui montait en elle menaçait d'exploser.

— En tout cas, maintenant que vous êtes levé, je vais au moins pouvoir laver la chambre, dit-elle finalement.

Sans un autre regard pour lui, Lucy ramassa le balai posé dans un coin et monta l'escalier. Elle commença à balayer le plancher, bien décidée à épuiser toute cette énergie incontrôlable en travaillant.

Roger attendit de ne plus entendre les pas de Lucy dans l'escalier avant de la suivre. Quand il entra dans la chambre, elle lui tournait le dos et était en train d'astiquer violemment le sol à coups de balai. Elle l'entendit enfin et sursauta en faisant volte-face, plaquant une main sur sa poitrine.

— Que voulez-vous ? demanda-t-elle.

— J'ai besoin de me laver, et de vêtements propres aussi, répondit-il en lui montrant la couverture qu'il portait en guise de chemise.

Le regard de Lucy se fit plus doux.

— Je devrais pouvoir vous trouver des vêtements.

Sans lui laisser le temps de lui expliquer qu'il en avait dans sa sacoche de selle — où était-elle, d'ailleurs ? —, elle ouvrit le coffre placé au pied du lit et s'agenouilla pour fouiller à l'intérieur. Finalement, elle en sortit une tunique qu'elle lui tendit.

— Tenez. C'était à mon père. Il était un peu plus grand que vous, mais cela devrait aller en attendant mieux.

Roger palpa le tissu. L'étoffe de lin était très fine et bien plus brute que ce qu'il portait d'habitude. En temps normal, il aurait méprisé un vêtement aussi misérable, mais il ravala ses objections. Il entreprit de se débarrasser de la couverture mais s'immobilisa quand il comprit que Lucy n'avait pas l'intention de lui laisser un peu d'intimité. Il la dévisagea alors, s'attendant à ce qu'elle se détourne, gênée. Elle n'en fit rien.

— Est-ce qu'il y a quelque chose que *je* peux faire pour toi ?

— Je pensais juste que je devrais examiner votre pansement. Votre épaule.

— Moi qui croyais que tu voulais me voir m'habiller ! répliqua Roger d'une voix exagérément sensuelle.

— C'est une bonne chemise et je ne veux pas qu'elle finisse imbibée de sang.

Elle s'approcha et écarta la couverture avec le même soin et la même détermination que Roger quand il déshabillait une amante. Il ne bougea pas et resta face à elle, torse nu. Il s'était souvent retrouvé dans une telle situation avec une femme mais, cette fois, il était déconcerté, conscient de sa nudité partielle. Le fait que Lucy n'ait montré aucun intérêt pour l'extase qu'il avait à lui proposer ne faisait qu'accentuer sa vulnérabilité.

Hélas, ses pensées salaces firent vite place à une pointe d'inquiétude quand Lucy fronça les sourcils.

— Que vois-tu ?

— Je vais vous refaire un bandage propre, répondit-elle simplement. Asseyez-vous : vous êtes trop grand pour que je m'occupe de votre épaule comme cela.

Trop grand pour qu'elle le fasse sans trop s'approcher de moi, songea Roger. Néanmoins, il obtempéra et s'assit pour qu'elle déroule l'ancien pansement et le remplace.

— Je ne vois aucun signe d'infection, remarqua-t-elle en travaillant.

Elle passa une longue bande d'étoffe autour de son épaule et sous son bras avant de serrer.

— Comment vous sentez-vous ?

Roger leva un peu le bras, vite traversé par la même douleur lancinante qu'il avait éprouvée en tenant le tisonnier.

— Je n'ai plus aucune force dans le bras.

Il regarda Lucy et surprit une pitié inattendue au fond de ses yeux — une pitié qui l'émut. Il soupira et entreprit de passer la tunique au-dessus de sa tête pour l'enfiler. Son bras se mit à trembler et il ne put retenir un petit gémissement. Aveuglé par le tissu devant son visage, il lâcha un cri de surprise en sentant les mains fines de Lucy soutenir tour à tour ses bras pour les passer dans les manches. Sa peau nue s'échauffa immédiatement sous le feu d'un désir nouveau. Elle l'aida encore à faire descendre l'ourlet de la tunique le long de son corps puis la lissa sur son torse. Ce n'était pas nécessaire, mais Roger la laissa faire sans protester.

— Votre force reviendra en temps voulu.

La voix de Lucy était trop douce, trop rassurante pour convenir à Roger. Il voulait la voir guidée par le désir, pas par la pitié !

— Ce ne sera jamais assez tôt, grommela-t-il.

Lucy écarta vivement les mains comme s'il l'avait frappée. Cette fois, c'en était trop ! Roger fit le tour de la chambre, agacé. En six pas à peine, on passait d'un mur à l'autre.

— Tant que je ne serai pas redevenu moi-même, me voilà coincé ici, au milieu de nulle part, avec des vêtements qui ne me vont pas et une femme décidée à repousser toutes mes avances, gronda-t-il.

Lucy serra les dents et croisa les bras.

— Rien ne vous retient ici, vous savez. Vous pouvez partir quand vous le voulez.

— Et je le ferai dès que je serai assez remis, répliqua-t-il froidement. En attendant, je porterai mes propres vêtements. Indique-moi où est mon cheval, Lucy.

Elle le dévisagea d'un air confus.

— Que voulez-vous dire ?

— Cheval ! aboya Roger. Le gros animal marron sur lequel je suis arrivé. Quatre pattes. Aussi haut que toi mais plus aimable. Avec ma sacoche sur le dos. Où est-il ?

— Je sais encore ce qu'est un cheval, figurez-vous ! lâcha Lucy, indignée. Il n'est pas là.

— Je vois bien qu'il n'est pas dans la chambre ! répliqua Roger, exaspéré.

Une inquiétude sourde commençait à poindre en lui. Il s'approcha de la fenêtre mais la toile de lin huilée qui l'occultait était clouée au cadre et il ne pouvait pas voir ce qui se passait dehors. Sa gorge se noua.

— Qu'as-tu fait de lui ?

— Je n'ai rien fait ! s'écria Lucy, les poings serrés et reculant d'un pas comme si elle avait peur de sa réaction. Thomas est parti avec fracas l'autre soir. Il a pris les deux chevaux avec lui.

Roger se sentit pâlir. Incrédule, il secoua lentement la tête et laissa les conséquences de ce que Lucy venait de dire pénétrer en lui. Sous sa tunique empruntée, il commençait à transpirer. Une main vint se poser sur son bras et il releva la tête. Lucy était là et le regardait d'un air profondément malheureux.

— J'aurais dû mieux vous expliquer, dit-elle avec une grande douceur, d'une voix réconfortante qu'elle devait souvent employer avec son enfant.

Roger n'avait pas assez de force pour contrôler sa colère après toutes les épreuves qu'il venait de traverser.

— Je ne me souviens pas que tu m'aies expliqué quoi que ce soit ! rétorqua-t-il, maîtrisant à peine ses craintes. Est-ce que tu m'en as parlé quand j'étais drogué ?

Lucy acquiesça lentement et se mordit la lèvre. Son regard gris-bleu se chargea d'une profonde anxiété. Roger posa les mains sur ses épaules et tenta de l'attirer près de lui mais elle résista. Le simple fait de lever son bras droit le fit grimacer ; une vague de nausée le traversa. Il serra les dents et ignora sa douleur. Il tint Lucy moins fermement. Elle se décida enfin à le regarder en face.

— Dis-moi tout ce que je ne sais pas encore, insista Roger. Tu me sers tes révélations au compte-gouttes et j'en ai assez de devoir deviner ce qui s'est réellement passé. Je ne veux plus de ces surprises.

Sous ses paumes, les épaules de Lucy se crispèrent.

— Je ne sais pas vraiment ce que vous ignorez tant que vous ne le dites pas vous-même. Je pensais que vous auriez compris, c'est tout… Thomas avait laissé les chevaux dehors à votre arrivée, cela, vous le savez. Il est allé les voir quand vous m'avez obligée à…

Elle s'interrompit et ses pommettes se teintèrent de rose tendre.

— Quand je vous ai aidé à enlever vos vêtements, reprit-elle. Vous vous souvenez de cela, n'est-ce pas ?

Roger acquiesça. Oh oui, il s'en souvenait très bien, mais ce n'était pas le moment de s'abandonner à ce plaisir. Pressé, il lui fit signe de poursuivre.

— Je sais bien que vous dites que votre mémoire reste floue, mais je vous ai déjà expliqué qu'il était parti quand vous vous êtes réveillé, le lendemain. Thomas a pris les deux chevaux et a essayé de donner l'impression qu'il y avait deux cavaliers.

— Comment a-t-il fait cela ? demanda Roger, poussé par la curiosité et oubliant un instant son désespoir à l'idée d'être abandonné là, seul.

— Il m'a suivie en bas quand les hommes sont arrivés. Pendant que j'essayais de les empêcher de bien voir votre visage, il s'est activé dehors. Il a emmêlé les rênes de leurs montures et a pris vos deux chevaux pour faire croire à vos poursuivants, quand ils sont sortis au bruit des sabots, que vous étiez passés tous les deux devant l'auberge et qu'il n'y avait donc aucun étranger à l'intérieur.

Le regard de Lucy s'illumina un instant.

— Il a attaché un vieux sac sur votre cheval. De loin et dans le noir, on avait l'impression de vous voir affalé sur votre selle.

Roger passa une main nerveuse dans ses cheveux et les

attrapa à la racine. Thomas s'était montré plus autonome qu'il ne l'aurait cru, mais avait-il seulement réfléchi ?

— Dis-moi encore une chose : est-ce qu'il a laissé nos sacoches de selle ?

— Non. Il n'a rien laissé.

— Bon Dieu ! C'est bien vrai, tout cela ?

— Bien sûr que oui, cria Lucy, les joues de plus en plus rouges. Je ne suis pas une menteuse. Croyez-vous vraiment que j'aurais pu cacher vos affaires pour me moquer de vous ?

Roger lâcha un juron et la jeune femme pâlit. Cependant, il n'avait pas le temps de s'inquiéter de ses craintes, trop frustré qu'il était pour se contenir plus longtemps. Il déversa encore un flot d'obscénités contre Thomas et le monde en général. Il regarda la chambre au plafond bas, plus misérable que toutes les pièces qu'il avait vues. Au-delà de l'auberge, il y avait la forêt. Et encore au-delà, rien d'intéressant. Même la maison de son père dans les landes nues du Yorkshire était moins isolée. S'il s'était retrouvé seul dans une ville ou même un village, la situation aurait été délicate — surtout avec la mission qu'il avait à accomplir — mais ici… Que pouvait-il faire, ici ?

Il fit volte-face et frappa du poing sur la porte, soulagé par le bruit. L'impact lui fit mal à la main. *Qu'importe,* songea-t-il. La douleur, au moins, lui donnait l'impression d'être en vie. Ses muscles, engourdis par les longues journées qu'il avait passées au lit, commencèrent à se réveiller douloureusement sous l'afflux du sang. Ce n'était certes pas le type d'exercices dont il aurait rêvé mais il était déjà bon de bouger librement. Il ignora le vertige qui le prenait et étira ses bras.

— Arrêtez tout de suite !

La voix autoritaire de Lucy lui parvint à travers le brouillard de rage qui l'aveuglait.

— Ne me donne pas d'ordres, femme ! grommela-t-il.

— Vous êtes dans ma maison et je vous donnerai tous les ordres que je veux, cria-t-elle sans la moindre trace d'hésitation dans la voix. Et si cela ne vous plaît pas, vous pouvez toujours partir.

Ses paroles laissèrent Roger sous le choc. Aucune femme ne s'était encore permis de lui parler de cette manière — peu d'hommes aussi, d'ailleurs, et jamais ceux qui se savaient de rang inférieur.

Il la dévisagea froidement. Elle s'était campée au milieu de la pièce, les poings sur les hanches, l'air aussi rageuse que Roger lui-même. Ils n'étaient séparés que de deux ou trois pas et elle était bien plus petite que lui. Pour le regarder, elle était obligée de lever la tête et d'étaler devant lui sa gorge parfaite et son menton fin qui appelait au baiser. Ses yeux scintillaient, presque menaçants. En dépit de sa colère, Roger se sentit un peu excité. Il fronça les sourcils. Toute femme vertueuse et docile se serait détournée, aurait baissé les yeux. Mais pas Lucy. Elle lui renvoya son regard sans ciller.

— Qu'espérez-vous en vous comportant de cette manière ? demanda-t-elle.

Roger prit une profonde inspiration, les dents serrées. Il fit de son mieux pour garder une voix calme, sans montrer à quel point il était hors de lui. Ses cris l'avaient soulagé comme un échange de coups d'épées aurait pu le faire — ou une étreinte passionnée — mais cela ne réglait pas le problème.

— Je suis frustré parce que je suis abandonné, tout seul, au milieu de nulle part et que je ne possède que le pantalon que je porte — ou presque. Cela te surprend tellement que je ne sois pas ravi d'apprendre cela ? Je n'ai rien ! Je ne peux même pas savoir combien de temps je vais devoir rester piégé ici. On m'attend, figure-toi, et j'ai une mission à accomplir. Que suis-je censé faire ?

— Vous n'êtes pas piégé, répliqua Lucy, pas depuis que vous vous êtes libéré. Vous pouvez crier et tempêter tant que vous le voulez, mais allez le faire ailleurs ! Mattonfield est à quatre lieues d'ici. Vous n'avez qu'à demander l'hospitalité au Lord de Legh ; je suis sûre qu'il acceptera de recevoir un homme de votre rang.

— C'est bien ce que je compte faire !

Incapable de rester plus longtemps avec cette femme insupportable, Roger attrapa ses bottes. Il fouilla dans l'une et y trouva le peu d'argent qui lui restait.

— Je suis désolé de ne pas pouvoir te payer tout ce que je te dois, mais tu vois bien que je n'ai rien de plus.

Il lança une pièce en l'air comme le vagabond l'avait fait mais, au lieu de l'attraper, Lucy la laissa tomber par terre sans faire un geste. Son regard noir ne quittait pas Roger. C'était bien la dernière humiliation qu'il subirait !

Une fois qu'il eut réussi péniblement à se chausser, il descendit l'escalier quatre à quatre sans dire au revoir. Il quitta l'auberge et sortit une bonne fois pour toutes de la vie de Lucy Carew.

Chapitre 9

Fichue bonne femme !

Roger s'engagea à pied sur la route de Mattonfield, qui comportait une côte escarpée à cet endroit. Malgré l'effort de la marche, il parvenait encore à ruminer contre le comportement si injuste de Lucy. Il avait déjà gravi la moitié de la colline quand il s'aperçut que les cordes qui l'avaient attaché au lit pendaient toujours de ses poignets. Il entreprit de défaire les nœuds tout en avançant mais ils étaient serrés. Lucy avait vraiment bien fait les choses pour l'empêcher de se libérer ! S'il n'avait pas réussi à couper la corde, combien de temps l'aurait-elle gardé prisonnier dans sa chambre ? Plus il se remémorait les paroles acerbes de la jeune femme, plus il doutait de la capacité qu'il aurait eue à la convaincre de le relâcher — heureusement qu'il avait pu lui emprunter son couteau !

Arrivé au sommet de la côte, Roger s'arrêta quelques instants et se pencha, les mains appuyées sur les genoux, le temps de reprendre son souffle. Il avait perdu l'habitude de faire de l'exercice et sa gorge était en feu. Quand il se redressa, sa tête se mit à tourner et il dut réprimer une nouvelle nausée. Chaque respiration réveillait la douleur de son épaule et lui rappelait à quel point il était faible, incapable de faire quoi que ce soit.

Il jeta un regard en arrière, vers la petite auberge nichée dans le creux de la vallée. Il vit la fine silhouette de Lucy apparaître dans la cour puis disparaître derrière la maison. Elle revint quelques instants plus tard en portant un grand seau. Elle ne leva même pas les yeux vers la route pour vérifier que Roger avait bien réussi à trouver son chemin, pour tenter de le voir une dernière fois… Dans son état, songea Roger, il aurait dû être choyé, dans un lit douillet ; et pas mis dehors de cette manière. Il ravala tant bien que mal son agacement. Après tout, il avait traversé la France et avait marché souvent bien plus que quatre lieues. Il s'était aussi remis de nombreuses blessures dans des lieux bien moins confortables que le lit de Lucy. Non, ce n'était pas l'inconfort de ces derniers jours qui le dérangeait tellement, mais le manque de tendresse de son hôtesse.

Tant qu'elle l'avait cru inconscient ou incapable de bouger, Lucy s'était montrée attentionnée, compatissante. Pourquoi avait-elle donc tant changé, quand il s'était réveillé ? Et comment avait-elle osé lui parler d'une manière si peu respectueuse ? Cette insolente s'était comportée avec lui comme avec un enfant — pire encore : comme avec un égal et pas un homme d'un rang bien supérieur au sien ! Jamais elle n'avait fait la moindre révérence. Jamais elle n'avait montré sa déférence par le moindre *milord*. En fait, à bien y réfléchir, elle ne l'avait pas interpellé, évitant d'employer son nom ou son titre. Si elle traitait ses clients de la même manière, il n'était pas surprenant que son auberge accueille si peu de visiteurs. D'ailleurs, comment cette femme avait-elle osé le jeter dehors alors que son propre frère avait promis à Roger qu'il serait le bienvenu dans cette famille ?

Il était enfin au sommet de la colline et le sol devenait plus régulier. La forêt dans laquelle il s'était caché pour distancer ses poursuivants s'étendait sur sa gauche. Seigneur, il avait vraiment frôlé la mort, cette nuit-là… Il avait déjà survécu à de nombreuses batailles et affronté plus d'ennemis qu'il pouvait en compter, mais la terreur qu'il avait ressentie pendant qu'il s'enfuyait de chez Lord Harpur resterait sans doute gravée en lui pendant des années, et il s'en souviendrait encore quand toutes ses cicatrices auraient disparu. Pourvu que Thomas soit sain et sauf, se dit-il soudain. Son jeune écuyer était bien trop peu expérimenté pour accomplir seul la mission que le roi leur avait confiée.

— Où es-tu, gamin ? s'inquiéta-t-il à voix haute. Dépêche-toi de revenir, que j'arrête de m'en faire pour toi.

Sur sa droite, une rivière sinueuse coulait paisiblement dans la vallée et des troupeaux de moutons paissaient le long des berges. Sans doute était-ce la même rivière que celle qui passait près de l'auberge de Lucy. Sur l'autre flanc de la colline, en dessous de lui, un groupe de toits serrés et la flèche d'une modeste église étaient nichés dans la verdure. Quelques autres demeures étaient disséminées dans les champs environnants, mais aucune aussi isolée que l'auberge. Il s'agissait sans doute de Mattonfield, que Lucy avait décrit comme une ville mais qui n'était en fait qu'un gros village.

Roger trouva rapidement quelques buissons denses sous lesquels il s'installa pour se reposer, à quelques pas de la route pavée. Son épaule le faisait souffrir et il avait le ventre vide. Il aurait au moins dû exiger de manger quelque chose avant de partir. Quoi qu'il en soit, une petite sieste lui ferait sans doute du bien…

Il ferma les yeux et établit une stratégie pour les jours qui allaient suivre. Qu'allait-il dire au Lord de Legh, quand il frapperait à sa porte ? Cet homme ne figurait pas sur la liste que le roi lui avait confiée, où étaient répertoriés les seigneurs à qui il devait rendre visite, et Roger n'avait encore jamais entendu parler de lui. Pourvu que ses relations suffisent à convaincre le seigneur de lui ouvrir sa demeure, songea-t-il. Son nom, en tout cas, n'avait pas convaincu Robin de Monsort quand il avait décidé d'annuler le mariage prévu entre sa fille et Roger, cinq ans plus tôt.

Il palpa sa bourse d'une main et sentit les contours de la lettre, soigneusement pliée — une lettre humiliante dont il connaissait chaque mot par cœur. Heureusement, le souvenir de cette désastreuse aventure le faisait de moins en moins souffrir, au fil des ans. Peu à peu, le visage rond et avenant de Jane de Monsort commençait à se brouiller dans sa mémoire. Les yeux toujours fermés, il tenta de se souvenir de ses traits mais la seule femme qu'il vit avait des pommettes anguleuses et de grands yeux gris, froids, toujours méprisants à son égard…

— Va-t'en, colombe au cœur de pierre, marmonna-t-il. J'en ai fini avec toi.

Lucy Carew était certainement aussi ravie que Roger de s'être débarrassée de leur promiscuité contrainte. Cette journée avait au moins eu cela de bon : il n'avait plus à subir les sautes d'humeur de cette femme. Cependant, plus l'heure avançait, moins il était certain d'avoir pris la bonne décision. Même s'ils s'étaient disputés, il sentit son sang s'échauffer en pensant à elle. Les mains fermes de la jeune femme, qui avaient pris soin de lui pendant ces quelques jours, avaient suffi à lui prouver qu'elle méritait ses attentions — et pourtant, il avait l'habitude de regarder de haut les femmes qui se montraient aussi prétentieuses.

Seulement, Lucy l'attirait de plus en plus. Il savait reconnaître la passion et le courage. Elle avait au moins autant de caractère que lui. À quel point pourraient-ils se ressembler, dans le feu de l'amour ? Roger eut tout à coup terriblement envie de le découvrir. Hélas, il n'en aurait jamais l'occasion ! Quel était donc l'homme mystérieux qui avait eu la chance de lui faire son enfant ?

Soudain, un battement de sabots sur la route l'éveilla de sa somnolence. Il s'était laissé aller à se reposer plus longtemps qu'il ne le croyait… Un cavalier arrivait et une charrette approchait aussi en grinçant, conduite par un homme qui sifflait faux — ce qui agaça immédiatement Roger. Heureusement, il était allongé loin du chemin, caché par les buissons et les deux voyageurs qui se croisèrent en face de lui ne le virent pas. Ils s'arrêtèrent et commencèrent à discuter.

— Bonjour, monsieur ! Avez-vous beaucoup voyagé, depuis ce matin ?

Curieux, Roger tenta de mieux voir les deux hommes. Le cavalier parlait avec un accent nordique. Sa voix aurait pu être familière à Roger mais il fouilla vainement dans sa mémoire pour tenter de mettre un nom sur le voyageur. Hélas, de là où il était, il ne voyait décidément que les pattes du cheval.

Le conducteur de la charrette ne répondit pas immédiatement.

— Peut-être, finit-il par dire d'une voix soupçonneuse. Mais pas autant que vous, je le parierais !

— Non, c'est certain. Je suis à la recherche de mes compagnons : nous avons été séparés il y a quelques jours.

La voix était charmante et transpirait l'innocence ; mais l'instinct guerrier de Roger le poussa à rester caché et il s'enfonça un peu plus dans l'ombre des buissons.

— Est-ce la seule ville de la région ? demanda le cavalier. Mes amis — l'un d'entre eux ou les deux — ont pu passer par là. J'ai peur que l'un d'eux ne soit blessé. Est-ce que vous avez vu un tel homme ? Qui est le seigneur de cette ville ?

Roger frémit. Cet inconnu semblait à sa poursuite, ou bien cherchait le cavalier qu'il avait blessé dans la forêt.

— Cela fait beaucoup de questions, marmonna le conducteur d'une voix encore plus circonspecte. Et les réponses, cela peut coûter cher.

Roger ne put réprimer un sourire : cet homme n'avait peur de rien ! Il tendit néanmoins l'oreille de plus belle. Lui aussi avait besoin de réponses, et si quelqu'un d'autre était prêt à payer pour les obtenir, c'était encore mieux. Le cheval s'approcha de la charrette et l'inconnu dut payer le charretier car celui-ci s'éclaircit la voix. Il lui donna des indications pour descendre jusqu'à Mattonfield et trouver la demeure du Lord de Legh.

— Je n'ai vu aucun étranger blessé, ajouta-t-il.

— Je pourrais vous croiser de nouveau. Je vous en prie,

n'oubliez pas que je cherche toujours ces hommes, lança le cavalier. Si jamais quelqu'un les a vus, je veux le savoir.

Roger poussa un soupir de soulagement. Son cœur battait la chamade. S'il avait eu une épée, il aurait bondi de sa cachette et exigé de cet inconnu qu'il lui dise pourquoi il le cherchait. Cependant, il n'avait pas d'arme, et son bras avait tremblé comme une feuille sous le poids d'un vulgaire tisonnier… Comment aurait-il pu brandir une épée, dans son état ? Quoi qu'il en soit, il entendit le cavalier repartir au galop en direction de Mattonfield.

— Si vous voulez en savoir plus, il faudra vous montrer plus généreux, glousse le charretier quand l'autre fut assez loin. Maintenant, chérie, voyons si tu as ce que je veux.

Sur ces étranges paroles, sans doute adressées à son bœuf, il se remit en route à son tour, descendant le chemin qui conduisait à l'auberge. Roger attendit que les deux hommes soient assez loin pour se relever. Il hésita sur le bord de la route, songeur, à la fois encouragé et troublé par ce qu'il venait d'entendre. Le cavalier ne le connaissait peut-être pas, au final, mais Roger n'y croyait pas vraiment. Son instinct l'assurait qu'il le cherchait bel et bien — et cela lui en apprenait très long.

À présent, il était certain que Thomas n'avait pas été capturé.

De plus, l'homme ne connaissait pas la région : il n'avait donc pas été envoyé par Lord Harpur.

S'il cherchait Roger, c'était donc pour une autre raison… Bien sûr, de nombreux hommes seraient ravis de se débarrasser de lui, mais aucun n'irait aussi loin pour le retrouver. Est-ce que ce cavalier avait reçu l'ordre de l'empêcher d'accomplir la mission que lui avait confiée le roi ? Improbable, puisqu'il parlait avec un accent typiquement anglais. La Compagnie du Nord, alors ?

C'était possible, mais Roger n'avait pas souvenir d'avoir éveillé la colère de ses anciens camarades.

Quoi qu'il en soit, il était toujours en danger. Dans ces conditions, serait-il sage ou même prudent de demander l'hospitalité du Lord de Legh ? De plus, son corps rechignait à continuer d'avancer. Il s'assit donc sur le bord de la route, les genoux remontés sous son menton, et réfléchit aux quelques options qui lui restaient. Et, à chaque fois, il en arrivait à la même conclusion : le seul endroit où il était certain d'être en sécurité était l'auberge de Lucy.

Roger ne put réprimer un soupir agacé. Après son départ tonitruant, Lucy ne serait sans doute pas ravie de le voir revenir. Il n'était d'ailleurs pas enchanté non plus à l'idée de passer plus de temps en sa compagnie — surtout si elle se montrait toujours aussi morose. D'un autre côté, retourner là-bas lui donnerait une nouvelle chance d'essayer de négocier quelques galipettes sensuelles… Bref, il prit rapidement sa décision : il allait rebrousser chemin. Sa sieste lui avait fait du bien et il se sentait en bien meilleure forme qu'il ne l'avait espéré (mais il ne l'avouerait sans doute pas à Lucy). Il se releva donc, dépoussiéra son pantalon d'un revers de la main et redescendit la colline d'un pas plus léger.

Il avait déjà fait la moitié du chemin quand il vit la charrette remonter vers lui. Le charretier rougeaud sifflait toujours la même chanson approximative, assis sur son banc de bois. Il portait une tunique lie-de-vin qui descendait jusqu'à ses genoux. L'étoffe était striée de traînées blanches, sans doute de la farine. C'était probablement un boulanger ou un meunier. Alors que son bœuf approchait à pas lents, il examina Roger d'un air curieux qui inquiéta ce dernier. Le cavalier n'avait-il pas dit qu'il reviendrait en quête de nouvelles informations ? Si c'était un étranger que l'on recherchait, il valait donc mieux que Roger se fasse passer pour un habitant de la région.

— Bonjour ! lança-t-il au charretier avec un grand sourire. Belle journée pour se promener — même si je préférerais être sur une charrette, comme vous…

Tous deux levèrent les yeux vers le ciel où des nuages s'amoncelaient au-dessus d'eux.

— Quoi qu'il en soit, poursuivit Roger comme si

l'homme lui avait répondu, je serai bien content de boire une bière quand j'arriverai à l'auberge. C'est la meilleure bière du Cheshire !

— L'auberge du vieux Carew ? demanda le charretier. C'est sa fille qui s'en occupe, maintenant.

— Oh ! vous savez, quand on a voyagé pendant un temps, n'importe quelle bière anglaise est la bienvenue. Et Miss Carew en brasse une délicieuse.

L'homme parut enfin intrigué et intéressé par Roger. Il passa une main pataude dans ses cheveux gras et mal coiffés.

— Vous la connaissez, hein ? Si vous vous dépêchez, vous devriez la trouver chez elle : j'en viens.

En effet, s'il avait déjà fini sa livraison et rentrait chez lui, il n'avait pas pu aller plus loin que l'auberge. Il était d'ailleurs logique qu'un meunier livre du grain à un brasseur… Roger n'avait plus qu'à espérer que Lucy ne lui ait pas parlé de lui.

— Oh oui, nous sommes de bons amis, Miss Carew et moi, reprit-il avec un sourire un peu forcé. Mais je ne suis pas pressé : je pense qu'elle me recevra de toute manière.

Le charretier eut un petit rire grinçant.

— Amis, vous dites ? Je vous comprends bien : c'est une maîtresse de maison accueillante !

Sur ce, il reprit les rênes, mettant fin à leur conversation. Roger aurait aimé avoir un chapeau pour le saluer à la mode paysanne mais il dut se contenter d'un hochement de tête avant de reprendre la route.

Accueillante n'était certes pas le premier mot qui lui serait venu à l'esprit pour décrire Lucy ; mais peut-être se montrait-elle moins revêche quand ses clients n'arrivaient pas couverts de sang au milieu de la nuit et n'exigeaient pas qu'elle les déshabille… Pourtant, après tous les soins attentifs qu'elle lui avait prodigués, Roger était certain qu'elle pouvait se montrer douce et compatissante, quand elle le décidait. Puisqu'il retournait chez elle, il allait devoir rester prudent. Si la chance lui souriait, peut-être Lucy l'accueillerait-elle chaleureusement cette fois, même si elle l'avait chassé de sa maison peu de temps auparavant.

Lucy nettoya la table du rez-de-chaussée en chantonnant. Cela faisait des jours qu'elle ne s'était pas sentie aussi sereine. Le départ de Sir Roger avait retiré un poids insupportable de son cœur. À présent, elle n'avait plus à craindre l'arrivée d'étrangers qui la questionneraient et la menaceraient. Elle n'aurait plus à se plier en quatre pour un patient irritable et ne subirait plus ses regards lubriques qui éveillaient en elle des émotions enterrées depuis longtemps.

Robbie riait et chantait avec elle, inventant des mots insensés pour l'accompagner. Laissant momentanément sa brosse dans le seau, Lucy prit son fils dans ses bras pour le faire tourner en l'air. Il cria de joie mais se tortilla et se débattit quand elle essaya de le serrer plus fort contre elle. Il était déjà assez indépendant pour ne plus accepter qu'elle le traite comme un bébé… Elle le garda pourtant un moment dans ses bras avant de le reposer ; elle avait tant besoin de le chérir, de profiter de ces instants précieux passés avec lui. Une fois par terre, Robbie ramassa ses animaux de bois et courut jouer dehors sans un regard en arrière.

Voir son fils si heureux compensait largement les murmures et les regards dégoûtés qu'elle avait dû supporter quand elle était rentrée chez elle, couverte de honte et refusant de nommer le père. Elle avait eu bien raison de ne pas succomber aux avances de ce « noble chevalier » qui l'aurait sans doute aussi mal traitée que John Harpur.

Soudain, on frappa à la porte et Lucy sursauta. L'espace d'un instant, elle imagina que Sir Roger était peut-être de retour, mais, agacée par ses pensées indécentes, elle posa une nouvelle fois sa brosse et s'approcha de la porte, le cœur battant. Sir Roger devait être déjà loin. Elle ouvrit et reconnut Samuel Risby, le meunier.

— Bonjour, Miss Carew ! lança-t-il, les yeux fixés sur sa poitrine.

Lucy dut réprimer une nausée. Cet homme avait toujours eu le don de donner à son nom des accents sordides quand il le prononçait.

— J'ai apporté ton malt. Sers-moi un verre de bière et je le déchargerai.

Il retourna à sa charrette et chargea un lourd sac sur ses épaules.

— Dans la brasserie ?

— Oui, merci, répondit Lucy.

Elle rentra rapidement dans la salle et remplit un gobelet qu'elle pensait lui apporter près de la charrette, mais Risby la rejoignit sur le seuil. Il installa son grand corps lourd sur le banc, étendit les jambes et prit le temps de savourer sa boisson.

— On dirait que ma livraison arrive à temps : ton autre sac est presque vide, remarqua-t-il. Tu as brassé plus de bière ?

— J'ai été obligée, répondit Lucy en revoyant mentalement son tonneau gâché par les toiles d'araignées. J'ai perdu une cuvée.

— Je suppose que tu as de quoi me payer ce sac et le dernier que je t'ai apporté… Et aussi l'avant-dernier, d'ailleurs.

Risby lança un chiffre ahurissant et Lucy ne put réprimer un geste d'humeur.

— C'est plus cher que d'habitude ! protesta-t-elle.

— Les prix ont monté. Si cela ne te plaît pas, trouve un autre fournisseur ou fais pousser ton malt toi-même. Quoi qu'il en soit, tu me dois encore trois sacs.

Sa dette envers Risby avait grimpé bien plus vite qu'elle ne l'aurait cru. Lucy repensa à la misérable pièce que Sir Roger lui avait donnée. Cela n'avait pas été suffisant pour payer tout ce qu'il avait bu et mangé pendant son séjour — et de loin. Même après le passage des deux ivrognes, elle n'avait pas gagné assez d'argent pour manger à sa faim, ces derniers jours.

— Je peux te payer la moitié de ce sac maintenant et, quand j'aurai brassé une nouvelle cuvée, je te donnerai le reste.

— Tu es donc si sûre d'avoir des clients ? répliqua le meunier avec un sourire suffisant. Pourtant, on dirait que ton auberge est plutôt déserte, en ce moment.

Lucy tenta de chasser son anxiété et s'obligea à sourire.

— Je trouverai l'argent.

— Tu sais, j'ai pitié de toi. Tu vis seule ici, sans père ou époux pour t'aider… Je sais bien que tu as du mal à gagner ta croûte, déclara Risby, une main un peu crispée sur le genou de Lucy. On m'a dit que tu n'hésitais pas à payer tes dettes de différentes manières, quand tu n'as pas d'argent. Si tu préfères, je peux accepter que tu me rembourses d'une façon moins… traditionnelle. Je pourrais même penser à t'offrir le prochain sac, si tu fais bien tout ce que je te demande.

Lucy crut qu'elle allait vomir ! Elle se figea, priant pour que Risby sente son dégoût et cesse de la toucher. Mais il n'en fit rien. Elle savait très bien quel homme, à Mattonfield, avait lancé cette ignoble rumeur à son sujet. Elle était désespérée, à l'époque : il fallait mettre du pain sur la table et acheter des médicaments pour son père. Elle avait donc dû se résoudre à faire des choses humiliantes et répugnantes avec le médecin — des choses qui hantaient encore ses nuits. Elle avait espéré que cet homme garde le silence sur son déshonneur mais, visiblement, elle avait eu tort.

— Je ne ferai rien de tel ! s'écria-t-elle.

— Oh ! inutile de jouer les femmes vertueuses avec moi, lâcha Samuel, méprisant. Ton gamin n'est pas tombé du ciel ! Tout le monde, en ville, sait bien que tu n'es plus innocente depuis longtemps ; en supposant que tu l'aies été un jour…

Lucy sentit ses joues s'enflammer. Oui, elle avait été

innocente, autrefois, et avait prévu de le rester avant que le destin ne la rattrape, ne la fasse succomber à un sourire vainqueur et quelques mots mielleux.

— Tu seras payé en bon argent, répliqua-t-elle froidement.

Elle chassa la main de Risby de son genou, se leva et désigna son verre de bière du menton :

— Tu n'as qu'à décompter ce verre de ce que je te dois. Finis de boire et va-t'en.

Samuel se redressa à son tour, tranquillement.

— Je serai à la foire de St. Barnabas. Je suppose que tu t'y rendras également… Tu n'auras qu'à me payer à ce moment-là, d'une manière ou d'une autre.

Il lissa les plis de sa tunique sur son gros ventre et sortit de la salle d'un pas princier, comme si l'auberge lui appartenait. Lucy, à bout de forces, s'effondra sur le banc et prit sa tête entre ses mains. Ses bras tremblaient et elle dut faire appel à toute sa volonté pour ne pas fondre en larmes. Elle songea un instant à partir, tout laisser derrière elle : l'auberge, Mattonfield et la détestable réputation que tous ces gens lui avaient faite — une réputation dont elle était, hélas, en partie responsable. Mais où donc pourrait-elle aller ? Elle n'avait personne vers qui se tourner…

Robbie entra dans la pièce à quatre pattes et tira sur sa jupe. Lucy examina ses grands yeux bruns solennels, heureuse qu'il n'ait pas été témoin de ce qui venait de se passer.

— Robbie a faim, babilla-t-il.

Lucy lui lança un petit sourire triste.

— Va jouer dehors avec les poules, mon chéri, je t'apporterai du pain plus tard.

L'air satisfait, l'enfant repartit en se dandinant et, à le voir si insouciant, Lucy sentit les larmes qu'elle avait tant retenues couler sur ses joues. La tunique de Robbie devenait trop petite pour lui et elle n'avait aucun moyen de lui en acheter ou de lui en coudre une nouvelle. Elle aurait pu découper la vieille chemise de son père, si elle n'avait pas dû la donner à Sir Roger. Elle poussa un soupir, ses larmes momentanément chassées par l'agacement. Une pointe de désir monta aussi en elle tandis qu'elle revoyait le chevalier debout devant elle et torse nu. Le pansement n'avait en rien diminué son charme. Au contraire, il avait accentué la forme de ses muscles à moitié cachés sous le tissu.

Ravalant ses émotions, Lucy coupa une tranche dans sa petite miche de pain et la mâchonna. Le pain datait de la veille et était déjà trop dur pour les petites dents de Robbie. Elle en pila donc un morceau dans un bol et y ajouta un peu de lait, puis d'eau, pour le rendre plus mou. Le lait aussi était sur le point de tourner, songea-t-elle. Elle croisa les bras et les serra contre sa poitrine. Ses seins étaient encore hauts et ronds, même s'ils ne donnaient plus de lait. À présent, au lieu de nourrir son fils, ils ne servaient plus que de distraction aux hommes comme Samuel Risby et le médecin, pressés de les palper. Hélas, si elle ne voulait pas mourir de faim, elle n'avait pas le choix : elle devait laisser ces hommes lubriques la toucher et ravaler son humiliation.

De nouveau, de chaudes larmes lui échappèrent. Quelle bêtise ! Ce n'était pas en se lamentant sur son sort qu'elle brasserait sa bière ! Samuel lui avait laissé quatre jours avant d'exiger son paiement et beaucoup de choses pouvaient arriver en quatre jours. Thomas pouvait encore revenir : il ne laisserait quand même pas sa propre sœur mourir de faim ou se vendre pour rembourser ses dettes... Sir Roger, de son côté, avait dit qu'il avait une tâche mystérieuse à accomplir et que le succès de l'opération le rendrait riche. Malheureusement, Thomas ne serait certainement pas enchanté d'apprendre qu'elle avait jeté son maître dehors... Avait-elle agi trop vite ?

Bien décidée à ne pas perdre son temps en suppositions, Lucy lissa sa jupe, s'essuya les yeux et traversa la cour qui s'étendait derrière l'auberge, aveuglée par le soleil de fin de journée. Robbie était dans l'enclos à poules, occupé à aligner des galets devant lui. Il babilla quelques mots joyeux et incompréhensibles quand Lucy lui tendit son bol. Elle l'embrassa sur le front avant d'aller dans sa petite brasserie.

Le cabanon était silencieux et un voile de poussière flottait dans la lumière. Lucy n'eut même pas besoin de lever les yeux pour savoir que les poutres basses étaient sales et poisseuses. Laver tout cela serait un long travail usant — et cela pouvait bien attendre quelques jours de plus. Sa tâche la plus importante l'attendait dans les tonneaux. Il fallait qu'elle brasse une bonne cuvée de bière.

Elle inspira l'arôme entêtant du grain qui fermentait. Samuel avait posé le sac près de l'entrée et elle le tira près du précédent, déjà presque vide. Son humeur s'améliora un peu quand elle examina la boisson qu'elle avait préparée. Cette cuvée serait consommable dans quelques jours. Cela lui laisserait le temps d'en refaire une pour la foire de St. Barnabas de Mattonfield. Lucy entreprit de s'occuper de sa bière, écumant la surface avec sa grande cuiller de bois.

— Quelle bonne odeur ! J'y goûterai volontiers, quand ce sera prêt ! lança une voix dans son dos.

Lucy se figea. Son esprit lui jouait-il des tours ? Cette voix lui était devenue si familière, pendant ces derniers jours, qu'elle la reconnut immédiatement. Et pourtant, elle avait pensé ne plus jamais l'entendre. La tonalité grave et un peu rauque vibra sous sa peau, jusque dans son estomac, sa poitrine s'embrasant. Elle avait chaud et froid à la fois. N'osant pas se retourner, elle s'abandonna à sa surprise.

Sir Roger était revenu.

Chapitre 10

Incapable de prononcer le moindre mot, Lucy dut prendre le temps de se remettre de sa surprise. Elle se passa rapidement le revers de la main sur les yeux pour effacer toute trace de larmes avant de se retourner et de regarder Sir Roger. Il était bel et bien là, dans l'encadrement de la porte, appuyé au montant pour se tenir debout. Sa silhouette, haute et large d'épaules, bloquait presque toute la lumière. Si Lucy n'avait pas su à quel point sa blessure l'avait affaibli, elle aurait presque pu croire à une visite de courtoisie. Sir Roger la dévisagea un instant, examinant sans doute ses joues, qui devaient être rougies, et ses yeux gonflés.

— C'est à cause de moi que tu pleurais, ma colombe ? demanda-t-il en souriant.

— Bien sûr que non, répliqua froidement Lucy. Pourquoi est-ce que je pleurerais votre départ ?

— Qu'y a-t-il, alors ?

Le sourire moqueur de Sir Roger s'effaça rapidement et il fronça les sourcils. Il tendit sa main valide vers elle avant de se raviser.

— Tu peux m'en parler, tu sais, si tu veux.

Sa voix était douce, comme s'il s'inquiétait sincèrement pour elle. Lucy sentit ses yeux se charger de nouvelles larmes brûlantes. Cette démonstration de tendresse inattendue la troublait plus que toutes les menaces et tous les sous-entendus que cet homme avait pu faire. La pitié et les tentatives de réconfort d'un tel individu ravivaient sa tristesse, mais elle ne voulait pas s'épancher devant lui. De peur de paraître vulnérable, elle répondit plus sèchement qu'elle ne l'aurait voulu :

— Cela ne vous concerne pas du tout.

Elle s'essuya de nouveau les yeux et rajusta sa coiffe avant de reprendre sa cuiller de bois à deux mains, comme si elle tenait le gourdin qu'elle cachait derrière son comptoir.

— Que faites-vous ici ? Je croyais vous avoir demandé de partir.

Sir Roger ne répondit pas immédiatement. Il l'observa encore un moment avec une expression de profonde compassion. Ce fut Lucy qui se détourna la première, incapable de supporter plus longtemps le poids de ce regard. Elle entendit alors Sir Roger produire un bruit étrange qu'elle ne sut interpréter.

Puis il jeta un regard curieux sur l'intérieur de la cabane. Lucy le laissa faire. Cela lui donnait au moins le temps de contrôler le mélange troublant d'émotions que son apparition avait fait naître en elle. Elle se glissa rapidement derrière sa grande cuve, la plaçant entre eux comme une barrière.

Sir Roger renifla l'atmosphère chargée de gaz de fermentation et poussa un soupir appréciateur.

— Cela sent vraiment très bon — c'est encore plus tentant après une longue marche…

— Je vous ai demandé ce que vous faisiez ici, murmura Lucy, les dents serrées.

— Je crains d'être encore pourchassé, avoua Sir Roger d'un air pincé.

Lucy vit même son cou se crisper dans la faible lumière.

— Je n'ai pas plus envie d'être là que tu n'as envie de m'y voir, mais je dois me placer une nouvelle fois à ta merci. Acceptes-tu de m'accueillir à nouveau sous ton toit ?

— Non ! Je vous l'ai déjà dit : je ne veux pas vous voir

vivre chez moi ! J'ai bien assez de problèmes sans que vous veniez y ajouter les vôtres.

Regrettant immédiatement son aveu, elle se mordit la lèvre et attendit, la gorge nouée, que Sir Roger insiste pour qu'elle lui confie ses soucis. Heureusement pour elle, il paraissait suffisamment obnubilé par ses propres ennuis pour ne pas trop s'occuper des siens. L'air épuisé, il s'affala plus encore contre le montant de la porte. Il paraissait si faible que Lucy dut se retenir de ne pas courir l'aider.

— Je pensais que nous nous étions enfin débarrassés l'un de l'autre, et cela me convenait très bien, murmura-t-il. Crois-moi, j'ai vraiment honte d'admettre que je suis incapable d'aller jusqu'à Mattonfield à pied — et encore moins jusqu'à la demeure du Lord de Legh.

Il semblait vraiment bouleversé, comme si ces paroles le déchiraient…

— Je te jure que je ne serais pas là si j'avais eu le choix, ajouta-t-il.

— Et si je refuse ? demanda Lucy.

Sir Roger ferma les yeux et appuya sa tête contre la porte. Il était si pâle que Lucy le crut sur le point de perdre connaissance. Maintenant qu'elle le regardait de plus près, elle pouvait voir le voile de sueur qui luisait sur son front.

— Si tu refuses, Lucy Carew, tu me condamnes à mort, je le crains…

Lucy ne put réprimer un petit cri. Sir Roger redressa lentement la tête et lui lança un sourire grimaçant, désespéré. Il la fixait de ses yeux sombres et perçants, si intenses qu'ils la firent frémir. Quelque chose se brisa en elle. Elle était attirée par cet homme, par sa détresse. De nouveau, elle avait envie de le serrer dans ses bras et d'apaiser sa douleur par des caresses. Cependant, elle se souvint pourquoi elle l'avait chassé de sa maison et s'interdit de fléchir.

— Si vous espérez me faire culpabiliser, cela ne marchera pas. Ce qui vous arrive, vous l'avez bien cherché !

— Vraiment ? Et comment ?

Il paraissait sincèrement surpris.

— Vous avez séduit la fille de Lord Harpur et c'est pour cela qu'il a envoyé des hommes à votre poursuite, répondit-elle froidement.

Sir Roger lâcha un juron — un bref éclat de colère qui fit sursauter Lucy.

— Qui t'a dit cela ?

— Thomas.

Cette fois, le chevalier paraissait vraiment furieux.

— Et tu l'as cru sans te poser la moindre question ?

— Quand nous nous sommes rencontrés, vous m'avez coincée contre un mur et vous m'avez embrassée de force, lui rappela-t-elle. Après cela, le récit de Thomas m'a paru plausible…

Sir Roger garda le silence un moment, comme s'il était plongé dans un dilemme insoluble. Finalement, il lui lança un sourire glacial.

— On m'a déjà souvent accusé d'être dépravé, déclara-t-il calmement. Il vaut peut-être mieux que tu saches à qui tu as affaire, ma colombe. Roger Danby est en effet le genre d'homme qui pourrait déflorer une fille sous le toit de son père, le genre de voyou capable de séduire toutes celles qui lui plaisent. Tu as raison depuis le début : je ne suis pas digne de confiance.

L'honnêteté si soudaine du chevalier avait quelque chose d'exaspérant. Il semblait impossible à Lucy qu'un homme s'accuse d'une telle bassesse sans honte… Était-il en train de la manipuler ? De jouer avec ses nerfs pour la convaincre de le laisser dormir chez elle ? Quoi qu'il en soit, s'il espérait la faire fléchir en se décrivant comme un dévoyé, son plan était absurde !

— Est-ce que vous êtes vraiment sincère ?

Sir Roger se redressa à grand-peine. De nouveau, il n'était plus qu'une silhouette à contre-jour dans l'encadrement de la porte. Son corps musclé se tenait droit, dessiné en noir dans la lumière, si grand, si imposant en dépit de la légère déformation de son épaule blessée… Lucy ne pouvait plus discerner son visage, mais quand il lui répondit, sa voix prit un accent amer qu'elle n'avait pas perçu dans la déclaration qu'il venait de faire :

— Est-ce que je t'ai déjà donné la moindre raison d'avoir une meilleure opinion de moi ?

— Non, absolument pas !

Il parut un peu surpris par sa réponse si franche mais elle devina un rapide sourire, vite effacé sous son regard sérieux.

— Tout ce que je t'ai dit est vrai, néanmoins, je ne pense pas que mes poursuivants aient été envoyés par un père insulté. Je les soupçonne de me chercher pour une tout autre raison.

Lucy prit le temps de réfléchir. Quelque chose la troublait, depuis la nuit pendant laquelle Thomas était arrivé avec son maître blessé…

— Les deux hommes qui sont venus pour vous à l'auberge ne ressemblaient pas à ceux de Lord Harpur, admit-elle.

Sir Roger la regarda quelques secondes d'un air songeur.

— Comment sais-tu à quoi ressemblent ses hommes ? Est-ce que tu sais quelque chose à son sujet ?

Lucy ne put réprimer une moue nerveuse. Elle en savait très long sur Lord Harpur, mais elle n'avait aucune intention d'en parler — pas même à ce chevalier qui lui paraissait pourtant de plus en plus proche au fil de leurs discussions.

— Tout le monde le connaît, ici.

Le regard de Sir Roger se fit plus inquisiteur encore et Lucy préféra se détourner de peur de se trahir.

— J'ai travaillé dans l'une de ses fermes avant de revenir vivre ici, dit-elle pour se justifier.

— Sommes-nous sur ses terres ? Je pensais que cet endroit appartenait au Lord de Legh.

— Oui, c'est bien lui le seigneur de cette région. Je ne vivrais pas là si nous étions sous le contrôle de Lord Harpur, répondit Lucy avant d'enchaîner rapidement : Passez-moi la cuiller.

Le chevalier parut surpris de ce changement de sujet

si soudain mais obtempéra. Lucy attrapa la cuiller à bout de bras pour ne pas avoir à s'approcher de lui et se concentra de nouveau sur sa cuve. Elle reprit son long travail d'écumage, laissant tomber la mousse dans un pot posé sur le sol.

À présent qu'elle était penchée sur sa bière et ne le regardait plus dans les yeux, elle se sentit suffisamment en sécurité pour dire :

— Ce qui a pu se passer entre Lord Harpur et vous ne me concerne pas et si vous estimez à présent que vos problèmes n'ont rien à voir avec lui en fin de compte, je m'en moque aussi. Je ne vois pas pourquoi je devrais vous aider.

Loin de paraître impressionné par sa fermeté, Sir Roger s'approcha, s'appuyant sur le bord de la cuve pour la regarder fixement.

— Moi je sais pourquoi : parce que tu es bonne et compatissante. Je sais que tu l'es.

— Qu'est-ce qui vous fait croire une chose pareille ? répliqua Lucy avec un rire amer.

Il pencha la tête, un demi-sourire sur les lèvres.

— Je me souviens bien des soins que tu m'as prodigués, quand tu croyais que j'étais inconscient. Tes gestes étaient si doux, et tu me traitais avec une intense gentillesse. Tu étais peut-être en colère contre moi — pas sans raison, je dois bien l'admettre — mais je pense que tu n'auras pas le cœur de chasser un homme désespéré.

Lucy frissonna en comprenant que Sir Roger avait senti ses mains courir sur son corps dénudé — et qu'il s'en souvenait. À force de repenser à ces muscles fermes sous ses doigts, son cœur se mit à battre plus fort. Incapable de soutenir le regard du chevalier, elle baissa la tête de plus belle.

— Je ne veux pas mettre mon fils en danger.

Sir Roger posa une main étonnamment tendre sur son épaule et elle sursauta.

— Je te jure que je ne laisserai personne vous faire du mal, ni à toi ni à ton fils.

— Navrée. Je ne peux pas prendre ce risque.

Les doigts de Sir Roger se crispèrent imperceptiblement et Lucy leva enfin les yeux. Il la regardait toujours, sans ciller. Ses yeux étaient plus durs et, l'espace d'un instant, toute trace de fatigue disparut de son visage.

— Que tu le veuilles ou non, tu es déjà impliquée dans cette histoire, ma colombe, déclara-t-il. Tu as menti pour moi. Aujourd'hui, pendant que je me reposais près de la route, j'ai entendu un échange entre un homme de Mattonfield — le meunier, je pense, d'après ses vêtements — et un homme qui recherchait deux étrangers. L'inconnu a donné de l'argent au meunier en échange d'informations. Quand j'ai repris le chemin de l'auberge, j'ai rencontré ce même meunier et je lui ai dit que j'allais te voir. J'ai même prétendu que nous étions de vieux amis.

— Pourquoi diable avez-vous fait une chose pareille ?

La gorge nouée, Lucy se crispa sur sa cuiller pour maîtriser sa colère. Elle préférait ne pas imaginer Sir Roger en train d'échanger des politesses avec Samuel Risby... Il lui racontait seulement cela pour faire pencher la balance en sa faveur ; comment aurait-il pu deviner l'effet que ses paroles avaient sur elle ?

Sir Roger recula de nouveau et retourna s'appuyer contre le montant de la porte.

— Le cavalier cherchait un étranger, expliqua-t-il. Tu m'as déjà fait passer pour ton époux et j'ai pensé qu'il serait plus sûr de continuer à faire semblant de bien nous connaître.

— Vous avez dit à Samuel Risby que vous étiez mon mari ? s'écria Lucy, abasourdie.

— Bien sûr que non ! Je ne suis pas stupide, répliqua Sir Roger d'une voix dure qui laissa Lucy entrevoir l'homme qu'il devait être, en temps normal. Je ne voulais pas être pris en flagrant délit de mensonge par des gens qui savent sans doute que nous ne sommes pas mari et femme.

Lucy sentit ses joues s'enflammer, honteuse tout à coup. Elle devinait aisément ce que Samuel Risby avait dû imaginer en apprenant qu'un homme aussi séduisant que Sir Roger la connaissait bien. Le chevalier ne pouvait pas le savoir, bien sûr, et sa prudence avait créé une situation étrangement tentante — même si tout cela n'avait rien de nécessaire.

— Toute la ville sait que je n'ai jamais eu d'époux et il a déjà fallu de nombreux mois pour que les habitants tolèrent ma présence ici !

Sir Roger parut troublé. Lucy, agacée de devoir rentrer dans les détails, lui indiqua la cour, où Robbie jouait toujours, d'un signe de tête.

— Je suppose que cela vous choque, reprit-elle. Vous pensiez peut-être que j'étais une respectable veuve. Je comprendrais que vous ne vouliez pas vivre sous le toit d'une femme si peu morale…

Elle sentit la pointe d'espoir qu'elle avait mise malgré elle dans sa voix. À présent que Sir Roger savait ce qu'elle était, elle pourrait peut-être le convaincre de partir. Hélas, il se contenta de hausser les épaules — et grimaça sous la douleur causée par ce simple geste.

— Non, cela ne me choque pas. De toute manière, je ne suis pas en mesure d'exiger mieux pour le moment. Je vivrai n'importe où tant que l'on accepte de me recevoir. Ton frère et moi ne sommes pas les seuls à revenir de la guerre. Pourquoi ne pas faire croire que je suis le père de ton fils et que je viens de rentrer ? L'habit de mari serait le déguisement idéal pour moi, tant que je suis recherché.

— Je refuse de prétendre que vous êtes mon époux ! s'écria Lucy, hors d'elle. Je n'ai dit cela que parce que je n'arrivais pas à trouver une autre raison pour justifier votre présence dans mon lit. Mais personne ne viendra vous chercher ici de nouveau.

Sir Roger sourit et son visage entier s'illumina. Il passa une main dans ses cheveux, les chassant de son visage. En un instant, il parut moins malade, moins fatigué.

— De nouveau ? Tu envisages donc de me laisser rester ?

— Je n'ai pas dit cela, répondit prudemment Lucy.

— Je t'en prie, Lucy, accorde-moi l'asile chez toi encore une fois…

Sur ce, il se tut et la regarda, attendant sa réponse. Lucy le dévisagea. Elle le haïssait de la mettre dans une telle position mais, en même temps, ne pouvait ignorer son attirance pour lui. Ce noble, avec son sourire qui la faisait frémir et ses yeux noirs pénétrants qui la vidaient de ses forces, se révélerait être comme tous ses pairs. Il allait se servir d'elle tant qu'elle lui serait utile, puis il l'abandonnerait. C'était un homme tel que lui qui l'avait mise dans la situation honteuse et intenable dans laquelle elle était ; une situation dont elle ne pourrait jamais se sortir.

Tandis qu'elle se demandait ce qu'elle allait lui répondre, Sir Roger prononça quelques mots, quelques mots simples qu'elle n'aurait jamais cru entendre dans sa bouche :

— S'il te plaît.

Stupéfaite, elle se redressa d'un bond et Sir Roger attrapa sa main par-dessus la cuve. Lucy sentit une flamme délicieuse monter le long de son bras. Elle tenta de résister mais ne s'écarta pas.

— Je n'ai personne d'autre que toi, Lucy.

Quand Thomas l'avait conduit chez elle, Sir Roger s'était montré exigeant, autoritaire, méprisant. Il lui avait donné des ordres comme si elle avait été sa servante. Il s'était montré ingrat et impoli. À présent, il lui parlait simplement, sans tenter de la séduire, de la charmer, et sans la bravade à laquelle elle s'attendait de sa part.

Indécise, Lucy ne sut que faire.

— Je ne sais pas, répondit-elle. Laissez-moi réfléchir.

Elle libéra sa main et ramassa le saut d'écume.

— Attendez ici, ordonna-t-elle.

Il se recula courtoisement pour la laisser sortir et elle rougit quand elle dut passer près de lui. Arrivée au ruisseau, elle vida son seau et le remplit d'eau claire. Elle prit aussi quelques instants, accroupie sur la berge, songeuse. Qu'allait-elle faire ? Son bon sens l'incitait à refuser. Autoriser Sir Roger à rester la mettrait inévitablement en danger, à un moment ou un autre, sans compter la tentation à laquelle elle risquait de succomber.

Toutes ces émotions ne lui feraient aucun bien, surtout quand le moindre contact physique avec cet homme éveillait en elle des pensées qu'elle aurait préféré oublier et enflammait son corps à tel point qu'elle ne le maîtrisait plus complètement. Mieux valait se montrer logique, pratique, raisonnable. Par exemple, Sir Roger avait été très utile le matin même, avec les deux vagabonds.

Elle pourrait avoir besoin d'aide pendant la période animée qui précédait toujours la foire de St. Barnabas. Même si les habitants de la ville évitaient en général son auberge, le beau temps et la chaleur attireraient les voyageurs de passage ; des voyageurs qui se moquaient de boire la bière d'une femme déshonorée, mère d'un bâtard. Bien sûr, Sir Roger était blessé, mais son bras valide lui permettrait tout de même de porter des charges et d'alléger le travail de Lucy.

Évidemment, elle poserait des conditions claires. Elle en fit mentalement la liste en retournant au cabanon. S'il refusait une seule de ses exigences, elle ne l'accueillerait pas chez elle et le laisserait tenter sa chance seul face aux hommes qui le pourchassaient.

Elle commençait à faiblir. Roger en savait assez long sur les femmes pour deviner à quel moment le refus clair et net devenait une hésitation et allait mener à un accord. Lucy accepterait rapidement de l'accueillir. D'ailleurs, il s'était attendu à devoir lutter plus longtemps. L'avait-il surprise dans un moment de faiblesse, causé par les soucis qui, manifestement, l'avaient bouleversée ? Et quels étaient ces soucis ? Elle les avait vaguement mentionnés mais avait refusé de s'étendre sur le sujet — pourtant, il était évident qu'elle avait pleuré. Très vite, il repensa à ses longs cils noirs et à ses beaux yeux encore plus magnifiques quand ils étaient ainsi cerclés de rouge. La beauté de Lucy chassa bien vite ses interrogations.

Il jeta un dernier coup d'œil au cabanon, étirant sa nuque dans l'espoir de soulager son épaule douloureuse. L'air était poussiéreux, étouffant à l'intérieur. Lucy devait avoir commencé à épousseter la poutre centrale et abandonné en cours car une extrémité était propre et l'autre encore recouverte de toiles d'araignées. Il sortit pour respirer plus librement et prit une profonde inspiration. L'air frais lui fit du bien après qu'il eut passé un si long moment dans l'odeur entêtante et un peu écœurante de la bière et de la poussière.

Le petit garçon de Lucy le regardait par-dessus la barrière de l'enclos à poules. Roger s'appuya sur la barrière et examina l'enfant. Ses boucles, beaucoup plus brunes que les cheveux de sa mère, retombaient sur son front crasseux. Il ouvrait de grands yeux noisette. Roger songea que son visage lui rappelait vaguement quelqu'un, mais qui ?

Devait-il parler ? Dire quelque chose à l'enfant ? Il n'avait pas vraiment d'expérience de ce genre de situation. La dernière lettre qu'il avait reçue du Yorkshire lui avait appris que son demi-frère avait eu deux fils et les rencontrer serait une nouvelle épreuve à surmonter quand il atteindrait York. S'il atteignait York un jour…

Il entendit soudain le pas de Lucy approcher et se retourna pour lui sourire. Elle se figea immédiatement, comme s'il venait de la gifler. Tout son corps se tendit. On aurait dit un chat prêt à bondir. Sans doute se battrait-elle comme une louve si elle avait peur pour la sécurité de son fils.

— Je ne vais pas faire de mal au petit, murmura Roger, blessé qu'on puisse le croire capable d'une chose pareille.

— Robbie ne connaît pas beaucoup de gens, dit Lucy avec un regard un peu triste en direction de son enfant. Je ne… Nous n'avons pas beaucoup d'amis ici.

Sa voix se brisa et Roger sentit le poids de sa solitude. C'était étonnant, d'ailleurs : cet endroit était son foyer.

Elle avait grandi ici. Elle aurait dû avoir tissé des liens avec les habitants.

Contrairement à ce que Roger avait craint, le garçon ne semblait pas effrayé par lui. Tandis qu'il le regardait, le petit fit des bulles en babillant, un jouet de bois à la main.

— *Seval !* lança-t-il avec un grand sourire en montrant son trésor à Roger.

En un éclair, la colère s'effaça des yeux de Lucy et son visage devint soudain si affectueux que Roger sentit son estomac se nouer. Robbie le dévisageait toujours avec une petite moue et Roger se surprit à sourire. L'enfant fit encore une bulle et renifla. Attendri, Roger prit le cheval de bois entre ses mains. Il était grossièrement sculpté et un peu humide (mais Roger préférait ne pas savoir d'où cela venait…). Il fit caracoler le petit cheval en imitant des bruits de sabots. À sa grande surprise, le visage du gamin se fendit d'un grand sourire et il se mit à glousser.

— Merci de me le prêter, dit Roger d'une voix très sérieuse. Si ton cheval était à ma taille, je pourrais partir et laisser ta mère tranquille. Ce serait plus agréable pour tout le monde.

Derrière lui, il entendit Lucy renifler. Était-elle agacée ou amusée ? Roger fit trotter le petit cheval jusqu'à Robbie et le lui rendit avant de se retourner. Lucy s'était avancée en silence et était assez près de lui à présent. Elle avait plaqué une main sur ses lèvres et son regard était indéchiffrable. Roger retint son souffle.

La jeune femme leva un peu son autre main, comme si elle voulait le toucher. Roger sentit son corps se crisper, anticipant la douceur de cette main sur sa peau, mais elle se pencha vers son fils et lui caressa la joue.

Elle jeta en même temps un rapide regard à Roger, et ses yeux trahirent un léger sourire.

— Vous pouvez rester ici, annonça-t-elle, mais à certaines conditions.

Roger dut se retenir pour ne pas crier victoire.

— Je t'écoute.

Lucy se redressa et entreprit de compter sur ses doigts.

— Vous devrez payer pour vos repas et ce que vous buvez, commença-t-elle. Je sais que vous n'avez pas d'argent pour le moment, mais quand vous en aurez, je tiens à ce que vous me remboursiez.

Son visage sérieux, anguleux, était levé vers lui. Elle s'humecta nerveusement les lèvres et la pointe de langue rose que Roger aperçut réveilla ses désirs.

— Ensuite, vous dormirez dans l'autre chambre, je veux récupérer la mienne. Personne ne monte jamais à l'étage, donc vous pourrez facilement vous y cacher si j'ai des clients.

Roger leva une main pour l'interrompre et sourit.

— Je dormirai volontiers dans cette chambre, *si* c'est ce que tu veux, mais je n'ai pas l'intention de me cacher. J'ai déjà passé assez de temps enfermé.

Lucy serra le poing et pinça les lèvres, ce qui lui donna une moue adorable. Roger avait tellement envie de l'embrasser…

— Si vous ne vous cachez pas, comment voulez-vous justifier votre présence ?

Roger ne put réprimer un nouveau sourire.

— Je te l'ai déjà dit, répondit-il. Nous avons déjà inventé une histoire crédible, pourquoi ne convaincrait-elle plus ? Je ferai semblant d'être ton époux.

Lucy ne le rabroua pas mais passa devant lui pour se pencher sur la clôture et prendre son fils dans ses bras. Elle déposa un petit baiser aimant sur le front de Robbie.

— Ce mensonge a fonctionné quand j'ai chassé ces deux clients qui ne voulaient pas payer, insista Roger. Tu sais, je pense que ma présence ici pourrait vraiment t'aider.

Au même instant, le gros chat roux apparut et bondit vers le ruisseau avec quelque chose dans la gueule. Robbie se mit à se tortiller pour se libérer en faisant de grands gestes en direction de l'animal. Roger lui fit un clin d'œil et l'enfant lui répondit par un grand sourire où pointaient quelques dents — un sourire qui réchauffa Roger plus qu'il ne l'aurait cru. Lucy reposa son fils par terre et le petit partit à la poursuite du chat.

— Très bien, dit-elle en rougissant un peu. Si cela devient nécessaire, je vous autorise à vous faire passer pour mon époux — mais ce ne sera qu'une façade.

Ses joues avaient la teinte de jeunes boutons de roses. Elle était vraiment ravissante…

— Bien sûr, répliqua-t-il. Si c'est ce que tu désires. Je suis soumis à ton bon vouloir et je ferai tout ce que tu me demandes si cela peut me permettre de rester ici.

Il ponctua sa promesse d'un regard entendu. Si jamais elle voulait obtenir autre chose de lui, il serait ravi de le lui donner et avait bien l'intention de le lui faire comprendre.

— As-tu d'autres conditions ?

— Une seule. Si vous vivez dans cette auberge, vous devrez m'aider à tenir la maison.

— J'ai déjà accepté de payer mes repas et ma boisson ! s'écria Roger. Pourquoi devrais-je travailler ?

Il avait pensé profiter de son séjour pour se reposer et reprendre des forces ; avoir la liberté de réfléchir à ce qu'il ferait au retour de Thomas, à ce que sa vie lui réserverait à l'avenir. Brasser et servir de la bière ne faisait absolument pas partie de son plan !

— Vous travaillerez parce que c'est nécessaire. De plus, comment puis-je être sûre que vous reviendrez me payer ? Qui me dit que vous n'allez pas partir quand cela vous conviendra et ne jamais remettre les pieds ici ?

— Pourquoi donc partirais-je ? demanda Roger, surpris.

Lucy croisa les bras et lui lança ce regard sceptique qui avait le don de le traverser, de mettre à nu ses secrets les plus enfouis.

— Vous avez l'air d'un homme capable de faire cela, c'est tout. Un homme qui se vante comme vous de ses conquêtes n'incite pas à la confiance, vous savez. Je pourrais tout à fait me réveiller un matin et découvrir que vous êtes parti après avoir vidé mon garde-manger, et je serais ruinée !

Roger voulut protester mais ne trouva rien à dire. L'accusation de Lucy était peut-être insultante, elle n'en était pas moins justifiée…

— Écoute, nous nous sommes quittés en colère et cette querelle n'aurait jamais dû avoir lieu. Si je reste ici, je te promets de faire de mon mieux pour que nous soyons amis. Je ne partirai pas sans te prévenir. Et si c'est si important pour toi, je veux bien t'aider. Veux-tu que je brasse la bière ?

Elle lui lança un regard sévère, illuminé par une pointe de malice qu'il n'avait encore jamais vue dans ses yeux.

— Oh ! non ! Je ne vous confierai jamais quelque chose d'aussi important. C'est moi qui m'occupe du brassage, dit-elle avant de lui montrer le seau qu'elle avait posé par terre. Remplissez-le à la rivière et apportez-le-moi dans l'auberge.

Sur ce, elle s'éloigna vers la maison dans un froissement de jupes sans même s'assurer qu'il la suivait. Roger la regarda partir, réprimant les répliques cinglantes qui lui montaient aux lèvres. Il prit une profonde inspiration, tenta de se calmer et ramassa le seau de sa main valide pour descendre docilement au ruisseau.

Chapitre 11

— Je veux me laver.

— Maintenant ?

— Pourquoi pas ? C'est la deuxième chose que je t'avais demandée après les vêtements, si je me rappelle bien. De toute manière, la nuit tombe — tu penses vraiment avoir d'autres clients à cette heure-ci ?

Lucy serra les dents. Son invité n'avait sans doute pas eu l'intention de lui faire remarquer à quel point sa salle était vide mais cela lui faisait tout de même mal.

Sir Roger posa son seau et frotta l'épaisse barbe qui recouvrait ses joues.

— Je pue, déclara-t-il en reniflant ostensiblement son aisselle avec une moue dégoûtée.

— Pas du tout, répliqua Lucy, indignée. Je vous ai très bien lavé pendant votre sommeil !

Sir Roger eut un petit sourire en coin, se remémorant peut-être tout ce qu'elle avait fait pour lui. Se souvenant tout à coup des soins intimes qu'elle lui avait administrés, Lucy frissonna.

— D'accord, j'ai peut-être un peu exagéré, reprit-il d'un air boudeur.

— Vous savez où est le ruisseau, maintenant. Vous n'avez pas besoin de ma permission pour vous y baigner.

De nouveau, Sir Roger passa les doigts dans ses boucles emmêlées et sur ses joues.

— Il faut que je me rase et j'ai besoin d'eau chaude pour cela.

Toujours agacée par sa mention de l'auberge désespérément vide, Lucy croisa les bras. Elle n'avait aucune envie de l'aider, à cet instant.

— Si vous voulez de l'eau chaude, vous aurez besoin de bois, dit-elle avec un nouveau regard vers la porte. La hache est dans le cabanon et je vous prierai de ne pas vider tout mon stock de bûches. Je n'ai pas de grand baquet mais celui que j'ai devrait vous suffire. Vous pouvez vous en servir près du feu.

Elle regarda Sir Roger fixement pendant qu'il digérait ses paroles. Un homme de son rang, qui avait dû ne connaître que luxe et privilèges toute sa vie, n'avait sans doute jamais préparé seul son bain. Il devait toujours avoir eu des serviteurs prêts à lui obéir et à suivre le moindre de ses ordres. Lucy compta une douzaine de battements de cœur avant qu'il n'acquiesce brièvement et se retourne. Il avait oublié le seau. Lucy le vida dans la marmite de fonte accrochée au-dessus du feu puis attendit encore douze battements de cœur avant de sortir.

Ce qu'elle vit dehors la bouleversa et elle eut honte de sa froideur. Sir Roger tournait le dos à la porte, penché sur le petit tas de bûches, et commençait tout juste à fendre du bois. Lucy le regarda attraper la hache de la main droite et la lever à peine plus haut que son épaule. Il poussa un gémissement et l'abattit. La hache atteignit la bûche mais laissa à peine une marque de lame dans le bois. Après plusieurs tentatives, ses gémissements se firent plus forts mais ses coups ne devenaient pas plus efficaces… Lucy s'attendit à le voir abandonner ; cependant, Sir Roger avait manifestement plus d'énergie qu'elle ne le pensait et poursuivit son travail. Après une demi-douzaine de coups supplémentaires, il marmonna un juron et lâcha son outil par terre. Le dos courbé, les mains sur les hanches, il s'étira péniblement. Lucy vit alors une petite tache rouge apparaître sur son épaule.

— Vous saignez !

En l'entendant, Sir Roger sursauta. Il la regarda par-dessus son épaule avant d'inspecter sa tunique. Il étendit sa main sur le devant, sous son bras. Heureusement, de ce côté, l'étoffe n'était pas tachée.

— Dans le dos, précisa Lucy.

Elle s'approcha et lui montra l'endroit. Sir Roger se contorsionna pour mieux voir. Quand Lucy toucha son épaule, examinant la tache, elle le vit sourire. Soudain, elle fut curieuse de le voir sans sa barbe.

Il palpa sa plaie et inspecta ses doigts.

— Cela s'est à peine rouvert. J'ai de la chance de ne pas avoir perdu plus de sang, même quand tu as enlevé la flèche : après tout, tu n'as même pas eu besoin de ton tisonnier.

Soudain, son regard se brouilla, rappelant à Lucy qu'elle ne l'avait aidé à retirer la pointe que la veille et qu'il avait passé plusieurs jours dans un état d'inconscience. Sir Roger reprit sa hache et la leva une nouvelle fois. Hélas, avant d'avoir frappé la bûche, il dut s'interrompre et baisser de nouveau le bras d'un air désemparé.

— J'ai bien peur d'être obligé de prendre mon bain froid, au final. Je n'ai pas assez de force pour continuer.

— Pourquoi ne pas avoir utilisé votre bras gauche ? demanda Lucy, surprise par sa persévérance.

Sir Roger examina la hache en silence.

— Pourquoi ? Parce que cela ne m'aidera pas à remuscler mon bras droit. Je vais devoir me reposer avant de réessayer.

— Et rouvrir votre plaie vous aidera à guérir ? Si vous voulez être sûr de ne jamais retrouver vos forces, continuez comme cela, répliqua Lucy en lui arrachant la hache des mains.

Sir Roger baissa la tête, d'un air triste de vaincu. Lucy eut brusquement envie de le serrer dans ses bras pour le réconforter.

— Ce n'est pas le bois, le problème, soupira le chevalier.

Je n'ai pas l'habitude de rester oisif ou d'échouer quand j'entreprends quelque chose. Je n'aime pas cela…

Il lança un pauvre petit sourire à Lucy.

— Je suis un soldat. Je me suis déjà baigné dans des eaux très froides et je le faisais tout le temps quand j'étais enfant, dans le Yorkshire. Je pense que je vais suivre ta première suggestion et me laver dans le ruisseau.

Il ne se plaignait pas, ne se lamentait pas sur son sort. Cependant, il avait toujours la tête basse quand il prit la direction du ruisseau. Si jamais il s'était montré colérique ou capricieux, Lucy l'aurait sans doute laissé se laver seul dans l'eau glacée ; mais elle comprit pourquoi il avait tellement voulu repousser ses limites et courut derrière lui.

— Attendez ! Ne prenez pas votre bain à la rivière. C'était injuste de ma part de vous obliger à couper du bois dans votre état… Je vais le faire pour vous.

— Je te l'ai dit, le bois n'a pas d'importance, répondit Sir Roger en la dévisageant. Je n'ai pas envie que tu t'épuises juste parce que tu as pitié de moi.

— Ce n'est pas de la pitié, le rassura Lucy — entendant elle-même son mensonge sonner faux. Vous êtes mon invité et je ne vous ai pas traité en tant que tel. Si vous allez chercher de l'eau, je vais couper votre bois.

Il fronça les sourcils.

— Tu n'as pas besoin de faire cela.

— Je sais, répondit simplement Lucy. Mais je veux le faire.

Lucy venait tout juste de fendre la plus grosse bûche quand une voix inconnue appela l'aubergiste depuis l'entrée de la maison. Un voyageur solitaire se tenait près de la porte. Lucy alla à sa rencontre, et l'inconnu s'installa confortablement sur le banc posé devant la demeure pendant qu'elle lui servait un verre de bière, heureuse à l'idée d'avoir un client. Elle lui tendit son gobelet avec un sourire et une petite révérence, retrouvant facilement ses vieilles habitudes : pour que les clients consomment plus, il valait mieux se montrer accueillante, voire charmeuse. Elle s'assit près de lui sur le banc et écouta attentivement la description de tout ce qu'il comptait vendre à la foire de St. Barnabas. Au bout de quelques minutes, Sir Roger passa le coin de la maison, son seau à la main. Il s'immobilisa dès qu'il aperçut le voyageur et le jaugea d'un air soupçonneux.

— Qui est-ce ? demanda-t-il froidement.

— Un client, répondit Lucy avant de gratifier l'homme d'un sourire chaleureux. Et un client dont nous avions grand besoin, *mon époux*. Ne le fais pas fuir avec ta mauvaise humeur.

Sir Roger jeta encore un regard noir à l'homme qui, heureusement, ne s'en formalisa pas. Pourquoi est-ce que le chevalier se montrait si hostile ? Ne savait-il donc pas que la vocation d'une auberge était d'accueillir des visiteurs de passage ?

— Apporte l'eau à l'intérieur et fais rentrer Robbie, reprit-elle d'une voix ferme. Notre fils doit avoir faim.

L'expression abasourdie qu'afficha Sir Roger fut tout simplement extraordinaire. Après une courte hésitation, il fit ce qu'elle lui demandait, prit la main de Robbie et le conduisit à l'intérieur.

— Ne vous préoccupez pas de mon époux, monsieur, murmura Lucy au voyageur. Il est de mauvaise humeur depuis qu'il s'est brûlé en brassant la bière, la semaine dernière.

— Il ferait peut-être mieux de s'occuper d'un travail d'homme plutôt que de faire le vôtre, répondit l'inconnu.

Lucy força un éclat de rire et s'approcha encore un peu de l'homme avec un sourire séducteur.

— Oui, c'est certain, roucoula-t-elle. Allons, pourquoi ne pas boire un autre verre pour voir à quel point ma bière est bonne ?

— Pas ce soir. Je dois reprendre la route, répondit-il.

Sur ce, il paya son dû et partit.

Tandis que Lucy récupérait son gobelet, Sir Roger émergea de la maison.

— Qui était-ce ?

— Un client, voyons. Pourquoi vous être comporté de cette manière avec lui ?

Sir Roger observa l'homme, qui était déjà sur la route.

— Tu ne le connais pas et tu t'es tout de même assise si près de lui…

— En quoi est-ce que cela vous concerne ? répliqua Lucy, surprise.

— Il aurait pu faire partie des hommes qui me recherchent.

Lucy se redressa, agacée.

— Non, ce n'est pas l'un d'eux. Je les ai vus, vous vous rappelez ? De toute manière, vous ne pouviez pas être sûr de vous quand vous l'avez vu, alors, si vous ne voulez pas attirer les soupçons, je vous conseille de ne pas vous donner en spectacle comme cela.

Sir Roger eut une petite moue avant de soupirer d'un air résigné. Il s'assit là où le voyageur s'était installé peu de temps auparavant.

— Tu as raison, j'imagine, admit-il — quoiqu'il parût peu convaincu. Cela dit, je t'ai trouvée très sèche avec moi. Si je dois passer pour ton époux, ne devrais-tu pas, de ton côté, faire semblant d'être plus aimante ? Un baiser, une caresse… pour donner plus de réalisme à notre histoire.

Un frisson traversa Lucy et elle sentit son estomac se nouer en pensant aux mains de Sir Roger sur sa taille, l'attirant dans ses bras. Cette idée la séduisait beaucoup plus qu'elle ne l'aurait dû.

— Vous ne connaissez visiblement pas beaucoup de couples mariés !

— Je connais quelques femmes mariées, répondit Sir Roger. Voyons, est-ce si difficile de feindre un peu d'affection à mon égard ?

Il repoussa ses cheveux en arrière et la dévisagea avec sérieux.

— D'ailleurs, tu n'aurais peut-être même pas besoin de faire semblant.

Lucy en eut le souffle coupé.

— Que voulez-vous dire ?

— Je sais que tu me trouves séduisant, murmura Sir Roger d'une voix sensuelle. Je le vois à chaque fois que tu me regardes : tes joues rosissent et tes yeux deviennent plus brillants.

Lucy prit une courte inspiration. Elle n'avait pas pensé être si transparente ! La flamme traîtresse dont le chevalier venait de parler échauffait déjà sa gorge et monterait sans doute vite à son visage.

Elle le jaugea en silence. Puisqu'il avait réveillé ses émotions, elle ne se priverait pas du plaisir de le contempler, mais s'il pensait qu'elle allait s'abandonner dans ses bras, il se trompait lourdement !

— Vous êtes un bel homme, je le concède, mais ne vous faites pas d'illusions. Tout ce que mon corps peut vous révéler n'est qu'un réflexe sur lequel je n'ai aucun contrôle. Si je respire du poivre, j'éternuerai. Cela ne veut pas dire que cela me plaît ou que je voudrais plonger mon visage dans le poivre une seconde fois.

Sir Roger éclata de rire, les yeux brillants.

— Tu me compares à du poivre ? Dis-moi, as-tu beaucoup d'expérience en matière d'épices ?

— Suffisamment, en tout cas, pour savoir qu'elles sont tentantes mais qu'on doit les employer avec modération, répliqua Lucy.

— Est-ce la seule raison qui te retient ?

Lassée de cette conversation, Lucy voulut s'éloigner, mais Sir Roger l'attrapa par la manche. Son regard se fit plus intense — plus dangereux, aussi.

— La nuit de mon arrivée, poursuivit-il, malgré la douleur que je ressentais, j'ai bien remarqué le désir qui brûlait en toi comme un feu insatiable. Pourquoi ne pas m'embrasser à nouveau, si tu en as tellement envie ? Tu as peur de ne plus savoir t'arrêter, après ?

Lucy sentit sa gorge se nouer et la flamme dont Sir Roger parlait brilla plus encore que jamais.

— Je pourrais m'arrêter, ce n'est pas le problème, répondit-elle froidement.

Pourtant, comment savoir si elle possédait vraiment cette force en elle ?

Lucy eut le temps de donner à Robbie son repas de potage et d'œufs ainsi que de le préparer pour dormir avant même que la cuve ne soit remplie au quart d'eau chaude. Sir Roger attendait également, assis près du feu, en mâchonnant son bout de pain sec avec un reste de fromage. Gyb, lui, tournait en rond dans la salle. Il finit par grimper sur la table et posa un rat mort devant Sir Roger. Lucy le chassa avec un grondement sévère.

— Ton chat est bien trop effronté, remarqua Sir Roger.

— Ce n'est pas mon chat, répondit Lucy en regardant l'animal repartir avec sa proie dans la gueule. Il est arrivé un jour, sans prévenir, et a décidé de rester. J'ai pensé qu'il me serait utile pour chasser les nuisibles. Si un jour cela ne lui convient plus, je suis sûre qu'il repartira.

— Je ne suis donc pas la première créature dans le besoin à avoir éveillé ta pitié.

L'air sérieux de Sir Roger ne suffisait pas à dissimuler son regard moqueur.

— Non, vous n'êtes pas le premier mâle bagarreur, convaincu que toutes les femelles sont à sa disposition, à venir ici !

— Est-ce donc ainsi que tu me vois ?

Cette fois, il ne tenta même pas de cacher son sourire amusé.

— Ai-je tort ? répliqua Lucy, bien décidée à le défier.

Sir Roger se contenta de rire et continua à manger.

Quand Lucy prit Robbie dans ses bras et souhaita la bonne nuit à Sir Roger, celui-ci la dévisagea d'un air surpris.

— Tu n'as pas mangé, dit-il.

— J'ai dîné avant votre arrivée, rétorqua Lucy.

Son estomac vide menaçait de la trahir par un gargouillement sonore. Elle posa Robbie à terre et passa un doigt le long du bord de l'écuelle de son fils pour récupérer les restes d'œuf et le lécha avant de rassembler les quelques croûtes de fromage qui restaient.

— Votre bain est prêt. Je vais vous laisser seul.

— Tu ne peux pas aller te coucher : j'aurai besoin de toi pour refaire mon pansement.

Il commença à retrousser sa tunique pour la passer par-dessus sa tête et Lucy aperçut son ventre recouvert d'un duvet brun qui remontait sur son torse. Un peu gênée, elle détourna le regard et ignora son désir grondant. Elle avait déjà vu cet homme à demi nu — et plus encore —, mais elle ne pourrait supporter de rester dans la même pièce que lui pendant qu'il se lavait.

— Vous n'aurez qu'à m'appeler quand vous aurez fini, murmura-t-elle.

Sans laisser à Sir Roger le temps de protester, elle prit Robbie dans ses bras et monta l'escalier. Elle attendit dans sa chambre que le chevalier l'appelle, en essayant désespérément de ne pas penser à son corps, nu, couvert d'eau et de savon.

Elle en profita pour installer confortablement Robbie dans son berceau puis, dès qu'elle entendit son nom, ressortit rapidement. À peine avait-elle passé la porte qu'elle faillit percuter Sir Roger de plein fouet. Il l'attendait devant la chambre.

Il lui tournait le dos mais fit volte-face dès qu'elle apparut sur le seuil. Ils se retrouvèrent un instant l'un en face de l'autre, bien plus près que Lucy ne l'aurait voulu.

Il ne portait que sa tunique, de travers et détrempée par l'eau qui coulait encore le long de ses membres. Tandis que Lucy le regardait, une goutte tomba de ses cheveux et s'écrasa sur sa peau nue, près de sa clavicule. Lucy serra le poing pour s'empêcher de l'essuyer. Il ne s'était pas entièrement rasé, se contentant de tailler proprement sa barbe et de recouper ses cheveux qui bouclaient à présent le long de sa mâchoire. Cela lui donnait l'air plus jeune et beaucoup plus innocent — mais aussi encore plus séduisant qu'avant…

— Je ne vous ai pas entendu monter ! lâcha Lucy, le souffle court.

Sir Roger pressait la compresse de son vieux pansement contre sa blessure. Se concentrant sur sa plaie, Lucy souleva la compresse. Son épaule était en bien meilleur état que ce à quoi elle s'attendait. Le trou laissé par la flèche était profond et les chairs rougies, mais la peau qu'elle commença à palper autour n'était plus aussi chaude ou irritée que lorsque Sir Roger était inconscient.

Lucy continua à passer le bout de ses doigts sur la cicatrice et sur le torse de Sir Roger, pour l'examiner en douceur. Son patient lâcha un petit soupir sous ses caresses. Avait-il conscience, comme Lucy, des étincelles que ses formes musclées et encore humides provoquaient en elle ?

Elle replia la compresse pour appliquer la partie propre sur la blessure de Sir Roger et, comme elle l'avait fait la veille, passa les bandages autour de son épaule pour tout maintenir en place. C'était une tâche plus facile, maintenant qu'il était debout et non plus alité. Il pouvait au moins suivre ses instructions, lever le bras à sa demande, pencher la tête. Oui, il lui obéissait en silence, sans la quitter des yeux un instant.

La maison était à présent plongée dans la pénombre et Lucy en fut heureuse : l'obscurité dissimulait ses joues rouges. Elle noua enfin le bout du bandage et resta là quelques instants, sans bouger, les mains encore posées sur le torse de Sir Roger, jusqu'à ce qu'une petite toux la tire de ses pensées. Le chevalier baissa les yeux pour inspecter son travail. Quand il palpa le bandage, le bout de ses doigts effleura brièvement ceux de Lucy et elle s'écarta très vite.

— La blessure est propre, maintenant, murmura-t-elle. Gardez-la au sec.

— Cela ne devrait pas être très difficile, puisque je suis propre, moi aussi, répondit-il avec un petit sourire suggestif.

En effet, il était propre, sentait bon, et son corps encore un peu humide avait un charme irrésistible. Craignant de perdre le contrôle de ses émotions, Lucy s'échappa dans sa chambre sans un mot et referma la porte derrière elle. Elle pressa son front brûlant contre le mur froid. Le désir qui l'animait était comme une fièvre sur le point de la plonger dans le délire…

Quand Robbie se réveilla dans la nuit, comme il le faisait toujours, il trouva Lucy debout, bien réveillée et qui arpentait la chambre de long en large. Trop troublée par la présence de Sir Roger dans la chambre d'à côté, elle était incapable de trouver le sommeil.

Lucy était décidément une maîtresse de maison épuisante. Quand les premières lueurs du jour réveillèrent Roger, il se tira à grand-peine de son matelas et descendit pour trouver la jeune femme déjà levée, en train de travailler dans la salle. Robbie avait encore pleuré pendant la nuit, réveillant Roger plusieurs fois. À chaque fois, heureusement, la voix douce de Lucy qui berçait son fils le replongeait dans un doux sommeil.

À présent, dans la lumière matinale, il pouvait voir les cernes noirs sous ses yeux, preuves de sa nuit blanche. Elle le salua en silence d'un petit signe de tête et lui passa un gobelet de bière. De toute évidence, elle était trop fatiguée pour discuter avec lui.

— Robbie a été bien bruyant, cette nuit, grommela Roger en regardant le petit qui dessinait avec son doigt dans les cendres de l'âtre. Il ne fait donc jamais de nuit complète ?

Le garçon créait consciencieusement des motifs dans la poussière volatile, sans s'occuper d'eux, et son doigt humide de salive était déjà tout gris.

— Il ira mieux quand sa dent sera sortie, répondit

Lucy. J'ai tout fait pour qu'il soit le plus calme possible, mais c'est difficile.

Elle dévisagea un instant Roger de ses yeux fatigués et rougis.

— Bien sûr, d'habitude, ses pleurs ne dérangent personne, puisque je suis seule.

Roger chercha une réplique cinglante, mais le bâillement exténué de Lucy le poussa au silence. Elle avait certainement passé une nuit bien pire que la sienne et le moindre commentaire supplémentaire la mettrait sans doute en colère… Ils burent donc sans un mot, mâchant leur pain sec. Leur silence n'était troublé que par les demandes incessantes de Robbie et les efforts de Lucy pour l'occuper à des jeux simples.

Roger songea que le travail des femmes était décidément bien plus dur et plus fatigant que ce qu'il avait toujours cru. Dès qu'il eut fini son déjeuner, Lucy lui demanda de nettoyer la cheminée, en dépit des protestations de Robbie qui voyait sa belle œuvre détruite.

— Un peu de patience, lui répéta Roger, las, tandis qu'il sortait le seau de cendres.

Il revint, prit l'enfant sous son bras valide comme un paquet et le posa devant la porte, près du tas de cendres qu'il avait laissé pour lui.

— Voilà, tu n'as qu'à jouer ici et te fatiguer un peu pour que ta mère et moi passions une bonne nuit !

Robbie gloussa et entreprit de se couvrir méthodiquement de cendres tandis que Roger préparait le feu pour la journée. Penché dans la cheminée, il disposa le bois en pyramide et l'alluma, conscient du regard critique de Lucy dans son dos. Heureusement pour son orgueil, le petit bois prit feu à sa première tentative. Il se retourna vers la jeune femme avec un sourire triomphant.

Mais Lucy le gratifia seulement d'un petit signe de tête.

— Très bien, mon seigneur, dit-elle, acerbe. Je ne savais pas si un noble comme vous serait capable de faire un travail de serviteur comme celui-ci.

— J'ai été soldat, remarqua-t-il. Je sais prendre soin de moi-même quand je n'ai pas le choix.

— Tant mieux, parce que vous n'avez pas fini : il y a encore beaucoup de travail. Commencez par les joncs.

Roger ravala sa déception. Tout son beau travail ne lui avait même pas valu le moindre compliment sincère. D'ailleurs, pourquoi les compliments de Lucy lui importaient-ils à ce point ?

Comme il était hors de question pour lui de passer pour un fainéant ou un incapable, il se mit immédiatement à l'œuvre et étala des joncs frais sur le sol, en les piétinant pour les aplatir jusqu'à avoir le front couvert de sueur. Quand il eut effectué une partie de la tâche, il prit le temps de souffler un peu, adossé au mur pour laisser passer ses vertiges.

Lucy vint le voir, comme si son état l'inquiétait.

— Je ne suis pas encore aussi énergique que je l'aurais voulu, admit-il, la mort dans l'âme.

La jeune femme le jaugea, les sourcils froncés. Avait-il donc l'air aussi faible que cela ? Il *se sentait* faible, en tout cas… Lucy lui effleura le front du dos de la main et ses paupières papillonnèrent.

— Je vais m'occuper du reste, dit-elle à mi-voix.

Elle finit de disposer les joncs au sol et ordonna à Roger de couper des légumes pour leur repas. Il reconnut instantanément le couteau qu'elle tira du comptoir : c'était celui qu'il lui avait emprunté pour se libérer.

— Tu me confies une arme, maintenant ?

Lucy leva vers lui ses grands yeux gris aux longs cils.

— Vous n'avez aucune raison de me faire du mal, donc je ne vois pas pourquoi je vous empêcherais de toucher à une lame. De plus, vous portez déjà une chemise qui ne vous appartient pas, vous n'avez plus de vêtements à découper. Autant vous occuper de ces légumes.

Sa voix restait froide et distante, mais ses yeux s'illuminaient d'une pointe d'amusement. Dès que Roger lui sourit, cependant, toute trace d'humour disparut de son regard et elle rougit un peu. D'un geste maladroit, elle lui tendit le couteau, la lame en avant.

— Vous ne pouvez pas couper de choux à main nue. Je suis certaine que vous saurez vous servir de cela.

— Ne tiens jamais un couteau de cette manière, sauf si tu as l'intention de poignarder quelqu'un, lui dit-il en attrapant le couteau par la poignée.

Sa main se referma sur celle de Lucy et il attendit qu'elle lâche la première. Ils étaient si proches l'un de l'autre qu'il put même voir ses paupières frémir quand leurs peaux se touchèrent. Il aurait pu se réjouir de voir si clairement qu'elle était attirée par lui si son propre corps n'avait pas également réagi à ce contact. Lucy libéra sa main, laissant le souvenir de sa chaleur dans la paume de Roger.

Il examina ensuite le sac de légumes presque vide, se demandant comment on devait couper des oignons. Après le mépris de Lucy pour ses capacités et le fait qu'elle l'ait empêché de finir d'étaler les joncs par terre, il était bien décidé à ne pas lui demander d'aide.

Heureusement pour lui, il parvint à accomplir sa tâche seul. Il était peut-être trop faible pour manier une épée, mais il savait encore se servir d'un couteau à lame courte — assez pour trancher un chou et des oignons, en tout cas. Hélas, cela ne suffisait pas. Lui qui avait autrefois rêvé de briller dans la lice, il était décidément tombé bien bas… Il imagina le cou de l'homme qui lui avait tiré dessus sur la table, à la place des légumes, et se mit à les découper vigoureusement.

Une fois la marmite remplie, il la porta jusqu'à la cheminée et la déposa sur son trépied, au-dessus des flammes. Suivant les consignes de Lucy, il ajouta un peu de bière à la mixture, une poignée d'orge et l'os de jambon qu'elle lui donna. Son estomac gargouilla quand il mélangea la soupe mais, vu le peu de nourriture dans le bouillon, Roger se dit qu'il ne mangerait sans doute pas à sa faim ce soir encore…

Le fait de rester penché au-dessus de la table lui avait

laissé une crampe dans la nuque et avait réveillé la douleur dans son épaule. Il s'appuya le long du mur, près du feu, et se massa pour détendre ses muscles. Il savoura ce bref moment de répit, admirant les jambes fuselées de Lucy qui écrasait consciencieusement les joncs pour qu'ils restent en place. Pendant qu'il avait achevé la préparation du ragoût, elle-même avait presque terminé son propre travail. À la voir bouger, on aurait cru qu'elle dansait.

Roger commença à siffler une gigue française qu'il avait apprise pendant ses voyages. Lucy s'immobilisa, surprise, une jambe pliée et le pied posé sur la pointe. Cette posture faisait ressortir la courbe de sa hanche, la finesse de sa taille et le généreux arrondi de ses seins. Roger aurait facilement pu se laisser aller à la regarder un moment, si elle ne l'avait pas dévisagé d'un air aussi soupçonneux. Il lui expliqua ce qu'il faisait et elle leva les yeux au ciel, rajustant sa jupe, comme si cela confirmait simplement sa première opinion de lui : qu'il n'était qu'un bon à rien.

— Nous pourrions danser ensemble et finir d'écraser ces joncs en moitié moins de temps, proposa-t-il avec un sourire charmeur.

En dépit de la fatigue que lui causait sa blessure, il avait besoin de bouger. La simple idée de pouvoir prendre Lucy dans ses bras et la serrer contre lui pour danser le mettait de bonne humeur. Certaines danses, ses préférées, impliquaient plus de contacts que de simples prises de main accompagnées de saluts courtois. Lucy ne refusa pas immédiatement sa proposition. Elle parut même y réfléchir sérieusement, mais finit par secouer la tête.

— Cela fait bien trop longtemps que je n'ai pas dansé, dit-elle. Je suis sûre que je vous décevrais ; vous devez être habitué à mieux…

Roger s'était attendu à essuyer un refus, bien sûr, mais pas à une telle excuse. Elle aurait pu arguer qu'elle n'avait pas de temps à perdre en divertissements ou qu'elle le soupçonnait de manigancer quelque chose. Mais non, elle semblait simplement douter de ses propres capacités…

— Oh ! je suis certain que tu ne me décevras pas, répondit gentiment Roger.

Il vint se placer face à elle, marchant en rythme comme au début d'un bal élégant, prenant son temps pour savourer le regard de Lucy posé sur lui. La jeune femme parut hésiter, mal à l'aise, le dos très droit et les bras ballants. Elle ne le quittait pourtant pas des yeux. Elle pouvait nier tout ce qu'elle voulait, Roger voyait bien qu'elle se préparait à danser et son sang se mit à battre plus fort contre sa tempe.

La peau fine et laiteuse de la gorge de Lucy se tendit quand elle leva la tête pour continuer à le regarder. Ses yeux brûlaient d'une flamme intense à travers ses cils. Très vite, elle se détourna, montrant une pudeur inattendue qui échauffa encore plus Roger. Pouvait-il vraiment croire à ce soudain accès de modestie ? La salle lui parut brusquement plus chaude, plus petite, les enveloppant comme un cocon pour protéger cette intimité venue de nulle part. Roger ravala sa salive, le cœur battant. Il désirait tellement cette femme, qui se tenait devant lui en silence…

— Il y a des choses que l'on n'oublie jamais, tu sais, même si cela fait très longtemps que l'on n'a pas essayé, murmura-t-il en lui tendant la main. On m'a toujours dit que j'étais bon danseur. Si ma lady l'accepte, je serai heureux de l'instruire.

Lucy croisa obstinément les bras, les lèvres pincées. Frustré, Roger dut faire preuve de patience. Il avait dit ce qu'il ne fallait pas et, une fois de plus, Lucy se réfugiait derrière sa froideur.

— Je ne suis pas une lady, Sir Roger, et vous le savez très bien ! lâcha-t-elle.

Roger avait dit cela pour plaisanter, pour faire semblant de participer à un vrai bal, mais il fallait bien admettre que Lucy avait raison. Elle se tenait peut-être avec la même élégance que toutes les nobles qu'il avait fréquentées, cependant elle n'était certainement pas l'une d'entre elles. Elle était supérieure. Elle avait en elle plus de passion que toutes ces femmes mièvres, timides qui passaient leurs journées à minauder… Oh ! il aurait tellement voulu voir la réaction de son frère, Hal, s'il pénétrait un jour chez leur père avec Lucy à son bras. Vêtue de soie brodée d'or, elle fascinerait n'importe quel homme.

Le défi qui perçait dans la voix de la jeune femme éveilla de plus belle le désir qui dormait sous la chair de Roger. Il recula sa main face à cette rebuffade, mais quelque chose fit tout à coup battre son cœur plus vite :

— Depuis que nous nous sommes rencontrés, c'est la première fois que tu m'appelles par mon nom…

Elle le dévisagea d'un air surpris.

— Vraiment ? Je ne m'en suis pas rendu compte.

Roger acquiesça et s'approcha un peu plus, ragaillardi.

— Vraiment. Mais cela ne va pas, tu sais : si je dois jouer le rôle de ton époux, je ne peux pas être *Sir* Roger. Appelle-moi simplement par mon prénom.

Lucy recula dans un recoin sombre de la pièce, l'air terrifiée par une telle proposition.

— Mais vous avez un titre !

Roger fut exaspéré par ce soudain souci de l'étiquette. Depuis la veille, Lucy passait son temps à lui donner des ordres, à le réprimander et à l'insulter sans le moindre respect pour son rang social. Il était trop tard pour se soucier de ce qui était ou non approprié, pas quand la main de Roger tremblait à la simple idée de prendre la sienne. Il s'humecta les lèvres, songeur.

Son titre avait toujours eu une immense importance à ses yeux. Il avait su dès l'enfance qu'il deviendrait Lord Danby, un jour, et cela l'avait poussé à mépriser toutes les femmes d'un rang inférieur — jusqu'à présent. Il avait toujours mis un point d'honneur à faire la distinction. Seulement, entendre son nom prononcé par Lucy satisfaisait un besoin profond qu'il n'avait même pas soupçonné.

— Au diable les *convenances* ! Il y a trois générations, mes ancêtres ne valaient pas mieux que les tiens : mon arrière-grand-père élevait des moutons. Mon grand-père a quitté la maison et gagné son titre de chevalier sur les champs de bataille et mon père…

Sa gorge se noua alors qu'il repensait à cet homme qu'il n'avait pas vu depuis si longtemps. Qu'aurait dit Lord Danby s'il avait entendu Roger déprécier leur nom avec une telle légèreté ?

— Mon père se contente maintenant de s'occuper des moutons à son tour. Il refuse de s'éloigner du village dans lequel il a grandi.

Il dévisagea gravement Lucy et conclut :

— Si je veux que tu m'appelles Roger, tu feras ce que je te demande !

Sa voix autoritaire parut intimider la jeune femme de plus belle. S'il la poussait trop loin dans ses retranchements, il risquait de la perdre pour de bon…

Finalement, au bout d'un silence interminable, elle s'humecta les lèvres et forma son nom sans un bruit, comme si elle en goûtait la saveur.

— Comment est-ce que je m'appelle, ma colombe ? demanda Roger à mi-voix, aussi doucement et tendrement qu'il le put.

Un sourire presque trop furtif pour être visible passa sur le visage de Lucy, comme souvent, et Roger en eut le cœur serré. La chair laiteuse de la gorge de sa compagne se teinta de rose et sa peau reprit des couleurs jusqu'au creux de son corsage. Son cou, ses joues, sa poitrine le suppliaient de les caresser, de les embrasser.

— Roger, murmura-t-elle d'une voix incertaine.

Aucune chaleur, aucune tendresse dans son regard… Elle était loin de faire preuve de l'amour qu'une épouse aurait dû avoir pour son mari, et ne montrait même pas la passion essoufflée, libérée, incontrôlable que Roger rêvait de voir chez elle. Mais, pour le moment, il allait devoir faire avec ce qu'il avait.

— Merci, dit-il donc.

Lucy parut surprise.

— C'est la première fois que vous me dites *merci*, Roger.

— Disons que c'est un bon jour pour essayer de nouvelles choses, dans ce cas. Alors, dansons-nous ? demanda-t-il en lui tendant la main, conscient de son audace.

Les pommettes de Lucy rosirent. Sa main frémit un instant, mouvement nerveux qui attira l'attention de Roger. Hélas, elle passa très vite ses mains dans son dos, là où il ne pourrait les saisir. Seulement, Roger n'avait pas l'intention d'abandonner aussi facilement. Il s'approcha d'elle et lui prit les mains tout de même, dans un semblant d'étreinte. Il attira fermement la jeune femme à lui, sans lâcher ses doigts, levant les mains à la hauteur de son buste. Son cœur s'emballait. Il n'avait pas souvent la chance d'être aussi près d'elle… Il se remit alors à siffler et avança d'un pas en rythme. Lucy recula dans un même mouvement, maintenant un semblant de distance entre eux. Ils se mirent alors à danser ensemble en rond, lentement, dans un sens puis dans l'autre, sans se quitter des yeux. Quand ils arrivèrent à la mesure pendant laquelle l'homme doit glisser son bras autour de la taille de sa partenaire pour la porter dans ses bras, Lucy s'écarta vivement.

— Vous n'êtes pas encore assez fort, dit-elle. Vous risquez de vous faire mal à l'épaule.

— Je prends le risque, répondit Roger, trop échauffé pour s'arrêter là.

Lucy secoua encore la tête, un peu tristement peut-être. Roger vit-il réellement une pointe de regret dans son refus ? Ou bien l'imaginait-il simplement ?

— Vous ne savez donc pas vous arrêter avant qu'il ne soit trop tard ? demanda Lucy. Je vous remercie, cependant : cela faisait bien longtemps que je n'avais pas dansé avec quelqu'un — encore moins un noble ! Voulez-vous finir d'écraser les joncs tout seul ? Je dois aller chercher des œufs et m'occuper de la bière.

Elle lui fit une petite révérence qui parut étrangement mièvre à Roger et sortit rapidement, la tête baissée. En passant la porte, elle appela Robbie et, avant même que Roger ait pu protester, elle avait disparu dans la cour. Il l'entendit encore gronder son fils à cause de la cendre dont il s'était couvert, puis leurs voix s'éloignèrent.

Lucy avait-elle donc été si troublée de se trouver dans les bras de Roger ? Était-ce la raison de cette fuite si inattendue ? Il n'avait plus qu'à l'espérer… En tout cas, lui avait été bouleversé. Il avait pourtant fait danser un grand nombre de femmes dans sa vie, pour les conduire ensuite dans des recoins sombres ; mais il n'avait pas du tout eu l'intention de faire la même chose avec Lucy. Elle méritait mieux.

Tout en sifflotant pour lui-même, il reprit le travail de la jeune femme là où elle s'était arrêtée et écrasa consciencieusement les tiges des joncs avec ses talons. Il fit de son mieux pour ne pas imaginer Lucy dans ses bras — pour danser ou pour beaucoup d'autres choses…

Chapitre 12

La fraîcheur commençait déjà à tomber quand Lucy rentra avec trois œufs. Roger était alors assis sur le banc, tranquillement adossé au mur, près de la cheminée. Il commença à se justifier d'avoir arrêté son travail pour se reposer, mais Lucy ne le regarda même pas, entreprenant immédiatement de casser les œufs dans le potage. Elle remua consciencieusement le ragoût en restant dos à lui.

— Nous devrions manger tôt. Je pourrais avoir des clients et je veux être prête à les recevoir.

Roger acquiesça gravement. En dépit de son épuisement, Lucy paraissait pleine d'espoir. Lui, en revanche, restait dubitatif. Personne n'était venu de la journée. Roger fit la liste des clients qu'il avait vus ou entendus depuis qu'il était là : les voix joyeuses pendant qu'il était alité, les deux ivrognes qui avaient voulu partir sans payer, et le voyageur de la veille dont il avait été si jaloux quand il avait vu Lucy assise tout près de lui. À sa connaissance, aucun autre passant ne s'était arrêté pour boire un verre depuis son arrivée. Cet endroit était loin d'être aussi prospère que ce à quoi il s'attendait après la description que Thomas lui en avait faite.

Et ce n'était pas plus mal. S'il n'y avait ainsi presque jamais de clients, il ne serait pas obligé de mentir et risquerait moins de dévoiler une information dangereuse par inadvertance. Pour le moment, il se contentait de se cacher de ses poursuivants, mais quand son bras aurait retrouvé son ancienne force, il prendrait peut-être le risque de se faire connaître pour attirer les hommes qui le traquaient. Le roi Edward récompenserait sans doute généreusement celui qui pourrait lui dire qui empêchait ses messagers de faire leur devoir — du moins, si c'était bien pour cela que Roger était poursuivi.

— Personne ne s'est présenté aujourd'hui, remarqua-t-il. Je doute qu'on vienne à une heure pareille.

Lucy baissa les yeux d'un air désespéré.

— Vous croyez que je ne le sais pas ?

Elle commença à faire le tour des quelques chandeliers posés sur les meubles de la salle, tenant sa mèche d'une main tremblante. Roger l'interpella alors avec douceur :

— Viens t'asseoir un moment et te reposer un peu. Je vais m'en occuper.

Il lui prit la mèche des mains et acheva d'allumer les bougies tandis que la jeune femme prenait sa place près du feu. Une fois que la pièce fut éclairée, Roger remplit deux gobelets de bière. Il revint s'asseoir près de Lucy et étendit ses jambes. Tous deux burent en silence, perdus dans leurs pensées, comme deux vieux amis qui n'ont pas besoin de parler pour se sentir bien. Une sensation que Roger n'avait pas éprouvée depuis longtemps l'emplit tout entier. Il lui fallut quelques minutes pour comprendre ce qui se passait.

Il était serein. Paisible.

Pendant son séjour en France, il avait passé presque toutes ses nuits dans des campements, en compagnie d'hommes bruyants et de femmes volages. Même chez son père, dans le Yorkshire, l'atmosphère avait toujours été assombrie par l'animosité de sa mère envers le demi-frère de Roger ou les tensions entre ses parents à cause de la présence de ce fils bâtard. Il était si bon de pouvoir savourer un verre de bière sans craindre l'explosion de la prochaine dispute…

Sans bouger la tête, Roger jeta un rapide coup d'œil à

Lucy. Elle avait les yeux fermés et son visage était tranquille, apaisé. Quand elle rouvrit les paupières et voulut se lever, Roger la retint par la manche.

— Rien ne presse.

— Si, répondit-elle, en tout cas, si vous voulez manger…

Néanmoins, elle se rassit et ne tenta plus de quitter le banc.

— Est-ce que tu travailles toujours aussi dur ? Ou est-ce que tu te fatigues exprès pour me prouver quelque chose ? demanda Roger avec douceur.

— Je n'ai rien à prouver ! s'écria Lucy.

Sa colère s'envola cependant très vite, comme si elle n'avait pas voulu réagir aussi vivement. Elle se frotta les yeux d'un air épuisé.

— Peut-être bien que si, au fond, admit-elle. C'est très dur, parfois, de gérer l'auberge toute seule.

Elle baissa les yeux avant de lui jeter un petit coup d'œil en coin.

— Quoi qu'il en soit, dit-elle, j'ai bien l'intention de profiter de votre aide tant que vous êtes là.

Roger fut tenté de lui rappeler qu'il pouvait l'aider d'une autre manière, mais il se retint. Ils étaient assis à côté l'un de l'autre dans une certaine intimité. Un sous-entendu maladroit risquait de briser cette précieuse bulle de calme. Pour le moment, Roger était simplement heureux de pouvoir profiter de la compagnie de Lucy sans se sentir obligé de l'entraîner dans le lit le plus proche. Il but une gorgée de bière et embrassa la salle vide du regard.

— Thomas m'avait dit que cette auberge était la meilleure du Cheshire.

— Est-ce que vous vous moquez de moi ?

Lucy redressa la tête et, une fois de plus, ses yeux s'emplirent de fureur. Décidément, naviguer entre les sautes d'humeur de cette femme, c'était comme avancer les yeux bandés dans un buisson de ronces : on ne savait jamais quand on se ferait griffer ! Elle était à la fois exaspérante et tellement — *tellement* — séduisante. Sa colère lui donnait des couleurs et enflammait ses yeux de telle manière que, dans ces moments-là, Roger la désirait plus que toutes les autres femmes qu'il avait connues. Mais, pour le moment, le plus urgent était de rentrer dans ses bonnes grâces. La sérénité qu'il avait à peine eu le temps de goûter risquait de voler en éclats s'il ne trouvait pas un moyen de faire la paix. Et vite.

— Ne te mets pas en colère, Lucy. Je ne me moquais pas, dit-il en posant doucement la main sur son poignet si fin. Je suis simplement surpris de voir à quel point ta vie est difficile, après tout ce que ton frère m'a raconté.

Lucy s'affala un peu plus sur le banc et sa rage parut se calmer. Elle lui lança un petit sourire triste.

— Je suis certaine que Thomas sera surpris, lui aussi, quand il verra à quel point les choses ont changé.

Elle baissa les yeux sur la main de Roger et il la retira à regret.

— Autrefois, c'était un endroit animé, beau et chaleureux…

Elle se mordit la lèvre, comme si elle craignait de laisser échapper un sanglot.

— À présent, je ne suis plus qu'une serveuse dans une maison trop grande pour que je puisse l'entretenir seule.

— Tu t'en occupes donc vraiment sans l'aide de personne ? J'avoue que je ne t'ai pas crue tout de suite quand tu me l'as dit.

Roger passa une main dans ses cheveux. C'était bien plus agréable maintenant qu'il avait réussi à les recouper proprement.

— Mon père est mort. Thomas était à l'étranger. Aucun homme ne met le nez dans mes affaires.

Lucy paraissait fière d'affirmer cela et Roger dut se retenir pour ne pas lui faire remarquer que l'auberge serait sans doute plus prospère si un homme la dirigeait.

— Qu'est-il arrivé à ton père ?

— Un ulcère l'a emporté l'été dernier. Depuis, je vis

seule ici avec Robbie, répondit-elle, les dents serrées. Maintenant que Thomas est revenu, l'auberge lui revient.

Roger s'adossa au mur et croisa les jambes.

— Tu préférerais qu'il reparte pour la France ? murmura-t-il. Je pourrais sans doute facilement le convaincre de rejoindre la Compagnie du Nord, si c'est ce que tu désires.

— Est-ce là ce que vous comptez faire vous-même ?

La jeune femme avait levé vers lui un regard surpris.

— Parfois, oui, parfois non. Je change souvent d'avis, admit Roger. Je pourrais retourner sur le continent, pour essayer d'y faire fortune, ou bien rester et me marier.

Il faillit parler à Lucy de la fille de Robin de Monsort, mais préféra garder cela pour lui.

— Il y a quelques jours à peine, je pensais que j'allais mourir… Il est encore trop tôt pour que je songe à mon avenir.

— Quoi que Thomas décide, l'auberge sera toujours à lui et il pourra en prendre possession dès qu'il le choisira, marmonna Lucy.

Roger acquiesça : il comprenait l'amertume qu'elle devait ressentir. Thomas était, comme lui, un second enfant dont les droits surpassaient ceux des autres enfants de la famille. C'était peut-être moralement inacceptable, mais c'était comme cela. Lucy travaillait sans relâche chaque jour, et ce serait Thomas qui en tirerait les bénéfices. Dans une telle situation, n'importe qui à sa place aurait été en colère.

— Tu en veux à ton frère ?

— Non ! s'écria-t-elle vivement. Enfin… Peut-être. Je l'aime, mais il est le fils de la famille et cela lui donne droit à tout l'héritage, même si c'est uniquement grâce à moi que cette auberge tient toujours debout. De plus, Thomas n'a jamais déçu notre père comme je l'ai fait.

— Je sais ce que tu ressens, ma colombe, soupira Roger.

— Vous avez un frère, vous aussi ?

Pour une fois, Lucy semblait curieuse, intriguée.

— Oui : Hal.

Roger s'appuya sur ses cuisses et examina ses ongles. Ses pensées se tournèrent vers son demi-frère, qui n'hériterait de rien à la mort de leur père mais qui avait toujours reçu tout son amour. Changerait-il de place avec Hal, s'il le pouvait ? Ce n'était pas la première fois qu'il se posait cette question… Être un bâtard aimé de son père n'était-il finalement pas plus important qu'être un fils légitime que l'on ne voyait que comme un maillon supplémentaire dans la longue histoire de la famille ?

Lucy le dévisageait en silence. Finalement, elle demanda :

— Hal, c'est le diminutif de Henry ?

Roger acquiesça.

— C'est donc pour cela que vous avez prononcé ce prénom quand les deux hommes ont demandé qui vous étiez. Que cela doit être agréable de penser si facilement à son frère…

— Oui, j'imagine, répondit Roger.

Il sentit une boule de tension se former dans sa gorge. Hal n'aurait sans doute pas été ravi que son nom ait été sali dans de telles circonstances. Avait-il pardonné à Roger ses tentatives de séduction auprès de sa femme ? Est-ce que le petit rôle qu'il avait joué dans la réconciliation entre son frère et sa belle-sœur avait suffi à le racheter ? Roger n'avait aucun moyen de le savoir tant qu'il n'affronterait pas son frère, lors de son inévitable retour à Wharram.

Lucy avait-elle décelé la pointe d'ironie dans sa réponse ? Non, visiblement elle avait pris cela pour une approbation sincère. Tant mieux, songea Roger.

— Thomas et moi avons trois ans d'écart, dit-elle après un court silence, les sourcils froncés. Nous nous entendons comme la plupart des frères et sœurs, je suppose. Il a passé son enfance à voler mes poupées pour s'amuser. Il avait l'habitude de prendre tout ce qu'il désirait dans le garde-manger et d'essayer de me faire accuser. Il n'a jamais eu beaucoup de temps à m'accorder dans notre jeunesse ; il pensait que les filles étaient une perte de temps, quand il pouvait passer ses journées à jouer.

Thomas avait bien changé, dans ce cas, car pendant son séjour en France, il avait développé un certain goût pour la compagnie des femmes. Mais cela, il valait peut-être mieux ne pas le dire à Lucy.

— De nombreux hommes retournent en France pour vendre leur talent aux compagnies libres. Ton frère pourrait être l'un d'entre eux, si tout se passe comme nous l'espérons. Avec un peu de chance, tu pourras garder ton auberge.

Lucy serra les mains sur son gobelet et regarda vaguement la salle mal éclairée. Le feu faisait danser des ombres sur les joncs étalés au sol. Ses yeux s'étaient emplis de tristesse et de gros cernes noirs se dessinaient en dessous. En cet instant, elle avait l'air à la fois mélancolique et solennelle. Si Roger se trouvait épuisé par sa journée de travail, comment se sentait-elle, elle qui avait moins bien dormi et s'était levée plus tôt que lui ? Depuis la mort de son père, elle avait dû passer toutes ses soirées seule, assise sur ce banc face au feu, sans personne à qui parler. Aimait-elle la solitude ? Roger, lui, n'aurait pas pu supporter cela.

— Quand Thomas rentrera, tu auras de la compagnie, au moins, tenta-t-il dans l'espoir de la consoler.

Cependant, Lucy n'accueillit pas cette idée avec la joie à laquelle il s'était attendu.

— Pensez-vous qu'il reviendra ? Ni vous ni moi ne pouvons rien faire pour nous en assurer.

Elle était restée immobile jusque-là, mais redressa soudain la tête pour mieux regarder Roger. Elle se tourna vers lui comme elle l'avait fait, la veille, pour discuter avec le voyageur.

— Dans quoi avez-vous entraîné mon frère ?

L'accusait-elle d'avoir causé du tort à Thomas ? Roger ravala sa frustration. S'ils avaient dû quitter la demeure de John Harpur précipitamment, c'était à cause du gamin !

Sans doute n'aurait-il pas dû s'accuser aussi bêtement, mais il ne l'avait fait que pour ne pas avoir à dire à Lucy à quel point son frère pouvait être stupide, parfois. Cependant, maintenant qu'il entendait avec quelle amertume elle parlait de Thomas, il regrettait de s'être donné tant de mal. Son écuyer avait-il laissé derrière lui une traînée de pères ou d'époux en colère, à travers la France et l'Italie, sans que Roger l'ait su ?

Non, les hommes qui les pourchassaient n'avaient sans doute aucun lien avec cela et Lucy avait certainement raison. Il ne resterait plus à Roger qu'à mener son enquête quand il le pourrait.

Lucy le regardait avec une telle curiosité, un tel intérêt, qu'il sentit son orgueil gonfler, comme lorsqu'on l'admirait dans la lice.

— J'ai rencontré Thomas quand nous combattions ensemble comme mercenaires dans la Compagnie du Nord.

— Mais vous m'avez dit que vous étiez au service du roi, coupa Lucy.

— C'est vrai. Mais quand la dernière campagne française du roi Edward s'est achevée, nous avons rejoint la Compagnie du Nord pour y faire fortune, expliqua Roger sans lever les yeux de ses mains. Ma famille serait consternée d'apprendre que je suis tombé si bas : ce n'est pas une profession digne d'un chevalier. La plupart des mercenaires ne sont que des troupiers endurcis qui n'ont aucune raison de rentrer chez eux.

Il s'était toujours efforcé de rester à l'écart, de ne pas trop se mélanger aux plus rustres de ces hommes, mais le souvenir de certains des compagnons de beuveries de Thomas lui arracha une grimace.

— La succession bretonne doit être réglée et Edward est prêt à soutenir le duc de Bretagne. Il m'a donné une seconde chance dans l'armée et m'a ordonné de rendre visite à certains nobles du nord de l'Angleterre pour leur porter un message. Il leur demande de le rejoindre, de soutenir le duc avec lui. Thomas voulait rentrer en Angleterre et c'est pour cela qu'il m'a accompagné.

— Vous n'êtes donc que de simples messagers ?

Ce dédain agaça Roger.

— Je suis bien plus que cela, répliqua-t-il en se redressant un peu.

Ce mouvement envoya un éclair douloureux dans son épaule et il dut serrer les dents. Lucy jeta un coup d'œil à son bandage, l'air inquiète. Pouvait-il croire qu'elle se souciait de lui, après tout ?

Il soutint son regard avec sérieux, bien décidé à l'impressionner, à lui montrer l'importance de sa mission.

— Si les nobles que je dois voir au nom du roi répondent à son appel, il a promis de me récompenser. Ce ne sera sans doute pas une fortune, mais cela restera plus que tout ce que j'aurais pu gagner autrement. Même toi, tu peux comprendre que ma mission est essentielle, je suppose.

— Je ne me soucie pas plus de politique que des querelles des rois, répliqua Lucy, les bras croisés. Quelle différence cela ferait pour moi de savoir qui dirige la France, la Bretagne, ou même l'Angleterre ?

— Que veux-tu dire ? Bien sûr que c'est important !

— Pour un homme de votre rang, sans doute. Pour moi, cela ne change rien, dit-elle en retrouvant sa petite moue agacée. Je paie mes taxes et j'essaie de gagner assez d'argent pour manger à ma faim et nourrir mon fils. Les affaires de ces « grands hommes » que je n'ai jamais rencontrés n'ont aucune influence sur ma vie. Est-ce pour cela que vous avez rendu visite à Lord Harpur ?

Roger acquiesça et Lucy lâcha un petit rire.

— Il enverra des hommes et vous toucherez votre récompense pour cela, j'en suis sûre, mais cela m'étonnerait qu'il parte lui-même au combat. Par ici, tout le monde sait qu'il ne s'éloigne jamais de ses terres, pour quelque raison que ce soit.

En prononçant ces mots, Lucy frissonna, même s'il ne faisait pas vraiment froid dans la maison. Roger posa doucement une main sur son épaule. Quel était l'intérêt d'être dans une pièce un peu fraîche si l'on ne pouvait pas en profiter pour faire des câlins ? Lucy ne s'écarta pas de lui. Elle restait immobile, un peu crispée, mais quand

Roger murmura son nom, ses épaules se détendirent et elle s'appuya contre lui. S'agrippant à deux mains au bord du banc, elle regardait obstinément par terre.

— Est-ce que vous savez quand Thomas reviendra ? demanda-t-elle d'une petite voix.

Si Thomas avait réussi à échapper à leurs poursuivants, il s'était sans doute dirigé vers la demeure de Calveley. Cela signifiait deux jours de voyage aller, deux jours retour, et au moins une journée de plus pour l'inévitable hospitalité qu'on lui offrirait. Bien entendu, c'était en comptant sur le fait qu'il n'ait pas été rattrapé… Et si jamais il décidait de poursuivre seul leur voyage et de partir dans le Nord pour recruter de nouveaux mercenaires, Thomas pouvait bien rester absent pendant des semaines. Mais Roger ne voulut pas inquiéter Lucy davantage en lui expliquant tout cela. Il se contenta donc de hausser les épaules.

— Thomas aurait dû vous emmener ailleurs. Votre arrivée m'a mise en danger. Je n'aurais jamais dû accepter de vous laisser entrer ici.

Tout son corps tremblait sous les doigts de Roger. Il fut d'abord surpris par sa réaction, puis se souvint de ce qu'elle lui avait raconté quand il s'était réveillé : elle avait dû affronter seule les hommes qui étaient venus pour lui. En dépit de la férocité dont elle était capable, de sa détermination à lui faire face depuis qu'il était là, elle avait peur. Une telle intrusion devait être une grande épreuve pour une femme qui vivait seule. En effet, Thomas aurait dû conduire Roger ailleurs et ne pas infliger tout cela à sa sœur.

Il passa plus confortablement son bras autour des épaules de Lucy dans l'espoir d'apaiser son anxiété.

— Tu m'as pourtant laissé entrer, et je t'en remercie.

Il tenta de l'attirer contre lui, mais elle refusa de poser sa tête contre son torse. Encore une fois, Roger ne pouvait pas la blâmer. N'avait-il pas essayé de la séduire sans relâche depuis son arrivée ? Sans doute pensait-elle qu'il allait recommencer. Si seulement il pouvait lui faire comprendre qu'il n'en avait pas l'intention.

— Je t'ai dit que je ne laisserai personne te faire de mal, et je suis sincère, dit-il avec le plus grand sérieux. Tant que je serai ici, je te protégerai.

Lucy leva un instant les yeux, sans lui demander combien de temps il avait l'intention de rester. Roger savait bien que le moindre délai mettait sa mission en danger ; pourtant, il commençait à sentir qu'il ne logerait jamais assez longtemps à l'auberge pour réconforter cette femme comme il le voulait. Elle redressa la tête et le regarda de nouveau, plus longtemps, cette fois. Le feu faisait danser des ombres sur son visage, mettant en valeur ses pommettes proéminentes, ses longs cils et ses yeux bleu-gris si solennels. Ses lèvres veloutées étaient entrouvertes, en une moue tremblante qui éveilla les désirs de Roger. Il ravala sa salive pour humidifier sa gorge soudain très sèche et attira un peu plus Lucy vers lui.

— Une femme ne devrait pas vivre seule, murmura-t-il en lui caressant doucement la joue. *Tu* ne devrais pas rester seule.

Lucy se crispa et son regard se chargea de soupçons. Elle s'écarta un peu et Roger maudit en silence le fossé qui se creusait une fois de plus entre eux. Non, cette fois, il ne la laisserait pas se murer dans sa colère. Il leva les mains pour se protéger le visage avec un sourire, bien décidé à lui faire oublier ses paroles maladroites.

— Ne sors pas tes griffes, je t'en prie. Je parlais de protection, pas d'autre chose !

— Je n'ai besoin ni de protection ni d'autre chose.

Elle renifla, hautaine, et se redressa.

— Je sais m'occuper de moi-même.

Roger effleura sa propre tempe du bout des doigts, là où elle l'avait frappé avec son bol avant de lui lancer son plus beau sourire.

— Et avec quoi te défends-tu ? Tes bols, ton gourdin et tes genoux ? J'avoue que c'est assez efficace.

Lucy se mordit la lèvre une nouvelle fois. Oh ! comme Roger aurait aimé l'embrasser pour faire la même chose !

— Quand on est trop pauvre pour avoir des serviteurs, on fait ce que l'on peut, dit-elle sourdement.

— Pourquoi ne pas payer une fille pour t'aider ? suggéra Roger. Je suis sûr qu'il y en a beaucoup qui n'attendent que cela dans les villages de la région.

— Mais personne ne les autoriserait à travailler ici ! Quelle mère respectable enverrait sa fille vivre sous le toit d'une femme comme moi ? Avant que je n'apporte la honte sur ma famille en me déshonorant, nous avions beaucoup de clients. Certains venaient encore quand mon père était vivant, mais depuis que je m'occupe seule de l'auberge, les gens de Mattonfield refusent de venir boire ici.

Sa lèvre trembla comme si elle était sur le point de fondre en larmes.

— Thomas n'héritera pas d'une affaire florissante à son retour, j'en ai bien peur.

Roger serra les dents. Peu lui importait Thomas ! Le gamin serait obligé de s'activer à son tour s'il voulait avoir des clients. C'était son problème et Lucy n'aurait jamais dû en porter le poids.

La jeune femme lâcha la louche dans la marmite et sortit de la maison pour aller chercher Robbie. Elle rentra bientôt avec son fils dans les bras. La tête du petit dodelinait sur l'épaule de sa mère. Lucy regarda Roger par-dessus les boucles brunes de l'enfant en le serrant contre sa poitrine. Elle était pâle, désespérée.

— Je suis souillée pour toujours à cause de ce que j'ai fait. À cause de Robbie.

— Où est son père ? demanda Roger avec douceur.

Lucy avait déjà refusé de répondre à cette question et il s'attendait à une nouvelle rebuffade, mais elle se contenta de soupirer. Au fond, il se souciait moins de l'homme qui avait engendré Robbie que de l'amant, qui avait possédé Lucy suffisamment longtemps pour qu'elle tombe enceinte. Quel genre d'homme était-il ? Qu'avait-il de si particulier pour qu'elle ait pris le risque de se déshonorer en l'invitant dans son lit ?

— C'était…

Une curieuse expression emplit ses grands yeux. Elle serra ses bras de plus belle autour du corps somnolent de son enfant, dans une étreinte qui excluait tout le reste du monde. Un tel amour était émouvant à voir et Roger comprit soudain qu'être aimé par Lucy serait une bénédiction pour n'importe qui.

Elle installa Robbie sur le banc et commença à servir le potage dans des bols. Elle tournait le dos à Roger mais continua son récit :

— Je n'avais aucune importance pour cet homme, et c'est bien mieux ainsi.

Elle alla poser les bols sur la table d'un geste un peu trop sec. Ses joues étaient rouges de colère — cela n'avait rien à voir avec le rose de confusion qui apparaissait par moments sur ses pommettes. Roger ne dit rien, bouleversé par l'amour inconditionnel qu'elle portait à son fils et la haine qu'elle semblait éprouver pour le père. Lucy s'installa à table, en face de Robbie et commença à le nourrir, en prenant de temps à autre une bouchée pour elle.

Roger commença à manger, lui aussi. Le potage le réchauffait et avait du goût mais, comme tout ce qu'il avait mangé depuis son arrivée, il n'était pas assez riche pour remplir son estomac ou le réconforter comme un bon repas le faisait en général. Il pensa de nouveau à la table toujours bien garnie de son père et se mit à saliver.

— Je donnerais n'importe quoi pour un bon mouton du Yorkshire, dit-il avec regret, ou un ragoût de porc… Un agneau rôti… Des bouchées farcies…

Roger se laissa emporter par sa rêverie, imaginant dans son assiette tous ces délices qui défilaient devant ses yeux quand Lucy le rappela brutalement à la réalité :

— Arrêtez !

Elle le dévisageait, furieuse, sa cuiller suspendue à mi-chemin entre le bol et la bouche de Robbie.

— Je ne fais que rêver un peu, répliqua-t-il, agacé. J'ai toujours méprisé mon père pour son obsession de l'élevage, mais maintenant, je comprends mieux pourquoi cela lui importait tant.

Les landes du Yorkshire l'appelaient, comme souvent, avec leurs haies pourpres et leurs pâturages parsemés de moutons blancs. Oui, il aurait aimé pouvoir y retourner.

Robbie tira la manche de Lucy, clairement indigné de voir son souper interrompu comme cela. Elle lui donna une nouvelle cuillerée de potage en marmonnant :

— Est-ce que vous vous rendez compte de la torture que cela représente d'entendre parler de tous ces mets quand on a le ventre vide ?

Roger réalisa soudain qu'il ne l'avait pas vue manger depuis le reste d'œuf et de fromage que Robbie avait abandonné dans son assiette, la veille. Ce n'était pas étonnant qu'elle soit aussi mince. Ses pommettes délicates et sa taille si fine, si facile à enlacer n'étaient que le résultat de la faim… Même en cet instant, elle donnait plus de ragoût à son fils qu'elle n'en mangeait elle-même — et elle avait davantage rempli le bol de Roger.

— Tu me crois gâté, n'est-ce pas ? dit-il en reposant sa cuiller dans son bol.

Lucy ne répondit pas tout de suite.

— Je pense que vous avez l'habitude d'être obéi et d'obtenir tout ce que vous voulez, dit-elle finalement avec une franchise qui désarma Roger.

Il aurait pu lui parler des longues journées qu'il avait passées en France sans savoir quand il pourrait savourer un autre repas, ou des heures passées comme écuyer dans le Northumberland à satisfaire toutes les demandes de son seigneur, ou même du mépris qu'il avait essuyé après chacune de ses défaites en tournoi… Mais à quoi bon ?

— Peut-être que tu as raison, admit-il humblement. Quand notre vie nous offre des privilèges et des avantages simplement parce qu'on est né dans la bonne famille, il est facile de penser que tout cela nous est dû.

Changeant de sujet, il indiqua le bol de Lucy d'un petit signe de tête :

— Tu devrais manger plus. Finis ce qui te reste, l'enfant peut manger avec moi.

— Je ne…

Roger coupa court à ses protestations d'un regard autoritaire et elle se tut, l'air abasourdie. Il lui prit la main. Sa paume était glacée mais il sentit la sienne s'échauffer, rien qu'en la touchant. Leurs doigts s'entremêlèrent et le cœur de Roger battit plus fort. Il soutint son regard songeur, animé par une pointe d'intérêt qu'elle semblait bien décidée à dissimuler.

— Tu l'as dit toi-même : j'ai l'habitude d'obtenir ce que je veux, chuchota-t-il dans un sourire.

Il s'attendait à une réponse amère, mais Lucy baissa simplement les yeux, examinant leurs mains jointes. Un petit sourire dansait sur ses lèvres. S'il levait la main de Lucy jusqu'à ses lèvres, est-ce que le regard de la jeune femme retrouverait sa dureté, ou bien se chargerait-il de passion ? Il lui caressa la paume avec son pouce, dessinant de petits cercles sur sa peau, puis guida sa main jusqu'à son bol.

— Je *veux* que tu manges, dit-il.

Il laissa sa main contre celle de Lucy un long moment avant de la retirer, à contrecœur.

Il tourna ensuite Robbie vers lui et commença à le faire manger. Lucy les regarda l'un et l'autre quelques instants. Quand elle fut rassurée de voir que son fils ne se souciait pas de quel bol provenait sa nourriture, elle se mit à manger son potage avec un enthousiasme qui émut Roger.

Quand elle eut fini, elle se leva et tendit la main pour prendre le bol vide de Roger. Leurs doigts s'effleurèrent quand il le lui donna et elle sourit.

— Vous devez penser que j'ai une piètre opinion des gens de votre sexe ou de votre rang. C'est peut-être vrai, mais mes expériences passées ne m'ont pas donné l'occasion de voir les choses autrement. Un homme a la liberté de séduire qui il veut et de détruire la réputation de toutes les femmes qu'il désire, personne ne le jugera. Seulement, quand une femme a un enfant hors mariage, *elle* est déshonorée pour toujours à moins que le père ne reconnaisse le bébé, dit-elle amèrement. Le père de Robbie a refusé d'admettre qu'il était sien. À cause de cela, nous vivons tous les deux dans la honte.

En effet, cela expliquait sans doute pourquoi elle haïssait tant ce mystérieux séducteur…

— Peut-être qu'il n'était pas certain d'être le père, suggéra Roger.

Lucy se redressa brusquement.

— Qui vous permet de m'insulter de la sorte ? Le père de Robbie était mon premier… mon seul…

— Je ne voulais pas t'insulter, crois-moi. Cependant, beaucoup de femmes sont prêtes à séduire un homme dans l'espoir de donner un père à leur enfant.

Il examina Lucy quelques instants. Elle paraissait profondément indignée. Certes, son accusation était injuste et il devait se justifier, même si cela risquait de ternir un peu plus l'opinion qu'elle avait de lui. Il rassembla son courage et avoua :

— Cela m'est arrivé.

— Vous avez un enfant ? demanda Lucy en s'affalant sur le banc, près de lui.

— J'ai *peut-être* un enfant. Seulement, je n'allais pas la reconnaître sans preuve.

— *La* reconnaître ? C'est une fille ? Et vous l'avez laissée vivre dans le déshonneur ?

— Je n'étais pas sûr que ce soit la mienne ! protesta Roger. Sa mère était l'amante de mon frère, mais elle s'abandonnait volontiers dans mes bras quand il n'était pas là.

La réaction de Hal quand il avait découvert cette trahison pesait encore sur le cœur de Roger. Il avait au moins eu la présence d'esprit de ne pas lui avouer toute la vérité — c'était bien la seule chose honorable qu'il ait faite dans cette honteuse histoire. Il se frotta les yeux, las et accablé de regret.

— Je savais qu'elle ne se contentait pas de partager mon lit quand Hal était absent, mais je ne m'en souciais pas plus que cela. Je n'attendais pas de fidélité de la part d'une femme qui trompait déjà un autre homme. Seulement, quand il est devenu évident que l'enfant ne pouvait pas avoir été conçu par Hal, elle a prétendu que j'étais forcément le père. Je lui ai dit que je n'avais pas de preuve de cela et je… Je l'ai chassée.

Roger fronça les sourcils, assailli de nouveau par les échos des larmes et des cris, des suppliques et des prières qu'il s'était efforcé de ne pas entendre, à l'époque.

— Vous avez donc laissé cette femme et son enfant vivre dans la honte ?

Lucy paraissait horrifiée par son aveu.

— Kitty est morte en couches.

Quand Roger avait appris cela, sa première réaction avait été un profond soulagement. À présent, le simple souvenir de ce qu'il avait fait l'écœurait et il se prit la tête dans les mains. Comment avait-il pu être aussi insensible ?

— Je n'ai jamais vu l'enfant mais il paraît qu'elle me ressemble. Peut-être que Kitty disait la vérité, finalement, soupira-t-il. En tout cas, mon frère pense que je suis le père.

— Et regrettez-vous votre comportement ?

Sur la défensive, Roger croisa les bras et détourna le regard. Était-ce une accusation ? Ou bien lui offrait-elle l'absolution, à sa manière ?

— Je ne peux pas revenir sur les erreurs que j'ai faites.

— Vous pourriez accepter de voir cette petite fille. Elle serait sans doute heureuse de connaître son père, dit Lucy avec plus de gentillesse que n'en méritait Roger, vu les circonstances.

— Un homme comme moi ? J'en doute fort !

Il gigota, de moins en moins à son aise sur le banc. Comment pourrait-il agir en père, après tout ce qu'il avait fait dans sa vie ?

— L'enfant ne manque de rien, on s'occupe bien d'elle et je pense qu'il vaudrait mieux qu'elle n'entende jamais parler de moi. Je ne veux pas gâcher sa vie.

— Facile à dire. Je suppose que c'est comme cela que vous vous donnez bonne conscience, répliqua Lucy.

Elle se leva et prit Robbie dans ses bras avant de jeter un regard glacial à Roger.

— Je vais me coucher.

Il la suivit dans l'escalier, la gorge nouée. Il ne supporterait pas qu'ils se séparent sur ces mots si durs… Hélas, Lucy lui tournait obstinément le dos. Quand elle ouvrit la porte de sa chambre, il l'appela, désespéré. Elle se tourna lentement vers lui.

— Auriez-vous épousé le père de Robbie, s'il avait reconnu son fils ?

Elle se mordit la lèvre et le regarda avec une gravité qui donna à Roger l'envie de la prendre dans ses bras.

— Il était déjà marié.

Roger attendit que la porte se referme sur elle avant de s'enfermer dans sa propre chambre et de s'effondrer sur son matelas. Il était si fatigué qu'il croyait pouvoir s'endormir facilement, mais à chaque fois que le sommeil arrivait, son esprit luttait pour rester éveillé et il repensait à la femme qui dormait de l'autre côté de l'étroit couloir sombre. Lucy avait su envahir son esprit comme un lierre enserre un tronc et ses paroles dures, implacables, résonnaient encore à ses oreilles.

Roger plia son bras raidi par la blessure et par la douleur sourde qui palpitait encore sous sa peau. Le désir qui montait en lui avait de plus en plus besoin d'être assouvi ; hélas, il ne voyait aucun moyen d'y parvenir.

Au bout d'un long moment, il parvint finalement à retrouver une certaine paix et à plonger dans une légère somnolence. Soudain, un cri aigu perça le silence et le fit sursauter. Il comprit rapidement que Robbie avait recommencé ses accès de rage nocturnes et lâcha un juron. Il roula sur le côté, recouvrit son oreille de son bras dans l'espoir d'étouffer les pleurs de l'enfant, mais tous ses efforts furent inutiles. Bon sang, cet enfant ne se tairait donc jamais ? songea-t-il, exaspéré.

N'y tenant plus, il se leva, enfila son pantalon et sa chemise avant d'entrer dans la chambre de Lucy en tapant du pied. La jeune femme était debout près de la fenêtre. Elle tenait Robbie dans ses bras et le berçait en douceur. Ses cheveux étaient détachés. Elle était pieds nus. Sa longue chemise de lin descendait jusqu'à ses mollets, dévoilant ses chevilles fines. En dépit de la fraîcheur nocturne, Roger sentit son corps s'enflammer. Quand elle le vit, Lucy ouvrit de grands yeux. Ses lèvres formèrent un petit sourire qui s'évanouit très vite quand elle commença à s'excuser du remue-ménage.

En un éclair, la colère de Roger fondit comme neige au soleil. Il s'avança vers elle et tendit les bras.

— Donne-moi le petit.

L'air soudain terrifiée, Lucy serra son fils contre elle.

— Pourquoi ?

— Parce que tu as l'air exténuée et pas moi, dit Roger avec douceur.

Il posa une main sur son épaule, conscient de la douceur de la peau de Lucy sous ses doigts. Elle frissonna, comme un oiseau qui lutte pour se libérer d'un piège — et pourtant, Roger avait connu assez de femmes pour savoir que c'était bien le désir qui la poussait à réagir comme cela.

— Va dormir. Je vais le surveiller. Je te promets qu'il ne risque rien avec moi.

Lucy hésita encore un instant mais, très vite, elle confia son enfant à Roger. Tenant le petit dans ses bras, il la regarda et surprit un éclat de soulagement mélangé à une autre émotion plus trouble au fond de ses yeux. Lucy s'approcha, tendit une main vers lui, mais la retira vivement. Roger s'arracha à regret à sa contemplation des courbes de Lucy, soulignées par sa chemise, et quitta la chambre. Arrivé au sommet de l'escalier, il regarda Robbie et soupira.

— Calme-toi, maintenant, dit-il à mi-voix. Je sais que

tu préférerais être dans les bras de ta mère — moi aussi, si tu veux tout savoir. Seulement, il semblerait qu'aucun de nous n'obtiendra ce qu'il désire, ce soir.

Robbie arrêta de pleurer, visiblement curieux face à lui, que ses larmes et ses cris paraissaient ne pas émouvoir. Roger avait eu raison : le caprice du petit était surtout destiné à faire réagir Lucy… L'enfant essaya de faire rentrer son petit poing dans sa bouche, étudiant Roger pour voir comment il réagirait.

— Tes dents te font mal, c'est cela ? Mon épaule aussi, murmura Roger. Descendons. On trouvera bien quelque chose pour endormir la douleur.

À la lueur des dernières braises, Roger trouva la bouteille de liqueur presque vide. Il versa ce qu'il restait dans un gobelet et s'installa sur le banc placé près de la cheminée. Ce qui apaisait ses douleurs ferait sans doute aussi du bien à Robbie. Il trempa donc le bout de son doigt dans son verre et, calant l'enfant dans le creux de son bras, le laissa lui mordiller le doigt. Il sentit bientôt la pointe acérée d'une dent toute neuve. Cela expliquait pourquoi Robbie était si agité.

Bientôt, ses dernières larmes séchèrent et il se mit à dodeliner de la tête, placide, dans les bras de Roger. Finalement, s'occuper d'un enfant était plus facile que ce qu'il pensait.

Roger ferma les yeux, buvant de temps à autre un peu de liqueur et laissant ses pensées s'envoler jusqu'à Lucy. Pourvu qu'elle ait réussi à s'endormir paisiblement, songea-t-il, maintenant que son fils n'était plus là pour la réveiller.

Ses efforts pour ne plus penser à elle ne servirent à rien. Pire encore, à chaque fois qu'il imaginait son visage, il se sentait un peu plus attiré par elle. Quand il comprit à quel point ses sentiments se renforçaient, il fut parcouru par un frisson glacé. Il ne pouvait pas se permettre de se laisser charmer par cette femme et, pourtant, il était en train de tomber amoureux comme un gamin !

Oui, *amoureux*. Ce simple mot le terrifiait. L'amour

était bien plus dangereux pour lui que tous les ennemis qu'il avait affrontés lors de batailles.

Soudain, une honte cuisante l'envahit quand il se rappela l'amertume de Lucy, la facilité avec laquelle elle avait condamné les hommes tels que lui. Quand Kitty l'avait nommé comme le père de son enfant, il avait tellement cherché à tout nier en bloc qu'il n'avait pas un seul instant pensé au désespoir de son amante. Heureusement, la fille de Kitty n'avait pas été abandonnée. Hal, toujours si moral, si pressé de faire le bien (à tel point que Roger l'enviait pour cela), s'en était chargé. Robbie, lui, n'avait personne à part Lucy. Et Lucy n'avait personne du tout pour s'occuper d'elle. Dans cette situation, il était normal qu'elle soit toujours en colère, prête à douter de tout ce que Roger pouvait dire. La fureur bouillait en elle comme dans une marmite couverte et trop chauffée.

Lucy n'avait pas eu l'équivalent de Hal, un homme bien prêt à assumer la responsabilité de l'enfant. Pas même un homme sans honneur qui aurait payé et serait parti. Eh bien, ce soir au moins, Roger pouvait la soulager de ce poids. Oui, il pouvait aider Lucy et cette conviction réchauffa son cœur au moins autant que la liqueur réchauffait son estomac.

Qui de Roger ou de Robbie s'était endormi le premier ? Il n'en savait rien mais, quand il se réveilla, Roger sentit la petite tête de l'enfant nichée dans le creux de son cou, sous son menton. Le corps chaud de Robbie pesait sur son torse. Déjà, l'aube commençait à se glisser sous la porte. Ils avaient dormi toute la nuit d'une traite.

Chapitre 13

Lorsque Lucy descendit de sa chambre, elle aperçut Robbie en train de jouer par terre, près de l'âtre, encore vêtu de sa chemise de nuit. Elle hésita un instant avant de passer la porte, ne sachant pas vraiment ce qu'elle allait découvrir et troublée à l'idée de faire face à Roger après ce qui s'était passé la veille.

Leur soirée avait été émouvante et unique : un mélange de violentes accusations et d'aveux intimes. Lucy trouvait bien sûr que le comportement de Sir Roger envers son ancienne maîtresse était répréhensible, alors pourquoi était-elle toujours aussi attirée par lui, maintenant qu'elle savait cela ? Peut-être à cause de la brève hésitation qu'il avait eue avant d'admettre qu'il ne pouvait pas changer le passé. Cela avait été un signe infime de regret — mais un signe néanmoins… Lucy prit une profonde inspiration pour contrôler ses émotions et entra dans la pièce.

Robbie avait attrapé Gyb au retour de ses aventures nocturnes et jouait avec lui. Roger était assis sur le tabouret, près du feu éteint, et surveillait le petit. Il ne portait lui-même que ses vêtements de nuit, un pantalon qui s'arrêtait aux genoux et la chemise que Lucy lui avait donnée. Il paraissait songeur, un peu triste, en regardant l'enfant s'amuser. Alors que Lucy s'approchait, il se tourna vers elle et lui sourit, la dévisageant d'un regard un peu sombre.

Pour la première fois depuis la dernière poussée de

dent de Robbie, Lucy s'était réveillée sans avoir à se faire violence pour ouvrir les yeux et éprouva soudain une étrange tendresse pour le chevalier qui lui avait offert cette nuit de repos. Quand Roger était entré dans sa chambre, la veille, le cœur de Lucy s'était emballé. Au premier abord, elle n'avait pas compris pourquoi il avait ainsi fait irruption devant elle. Pas un seul instant elle n'avait envisagé qu'il lui prendrait Robbie des bras d'un air si assuré. Elle frissonna en repensant à tous les délices inavouables qu'elle *avait* imaginés. Il était de plus en plus difficile de lui refuser son amitié… voire plus.

— Bonjour, lança Roger. Je ne savais pas à quelle heure te réveiller. Comme tu le vois, Robbie et moi nous sommes occupés en t'attendant.

Robbie lâcha le chat et se pendit en riant aux jambes de Lucy. Elle le prit dans ses bras et déposa un petit baiser sur sa joue rose. Roger la regardait toujours et Lucy fut tentée, fugacement, de le saluer de la même façon.

— Pourquoi vous en êtes-vous chargé, cette nuit ?

— Quand tu m'as parlé de ce qui t'est arrivé, j'ai réfléchi de nouveau à la façon dont j'ai réagi dans les mêmes circonstances, avoua-t-il d'un air un peu embarrassé. Je ne peux plus rien faire pour Kitty, maintenant, mais je peux au moins t'aider.

De toutes les raisons qu'il aurait pu énoncer, celle-ci était bien la dernière à laquelle elle s'était attendue !

— Vous avez fait cela juste pour soulager votre conscience ?

— Non ! protesta vivement Roger. Tu m'as fait regretter de ne pas m'être mieux conduit à l'époque, certes, mais j'ai aussi *envie* de t'aider. Je te promets que ma proposition était sincère.

Un flot d'émotions contradictoires envahit Lucy. Elle était déçue que Roger ait agi par culpabilité, au souvenir de ce qu'il avait fait subir à une autre, mais elle était en même temps heureuse de voir qu'il avait l'air de regretter ses actions passées.

— J'ai apprécié de pouvoir dormir, murmura-t-elle avec un sourire un peu gêné.

— De toute manière, je n'aurais pas dormi moi non plus tant qu'il pleurait, répondit Roger en lui rendant son sourire. J'ai déjà dressé suffisamment de chevaux pour savoir qu'un peu de fermeté fait souvent des miracles. D'ailleurs, un enfant fatigué est bien plus facile à calmer qu'un étalon agité.

— Mon fils n'est pas un cheval ! gloussa Lucy.

Elle s'interrompit rapidement et plaqua une main sur ses lèvres, surprise par son propre rire. Elle avait si peu d'occasions de s'amuser…

— C'est bien vrai, dit Roger en regardant Robbie, puis Lucy. Ses dents lui font moins mal quand il peut mordre quelque chose.

Lucy l'examina, intriguée. La veille, elle avait été atterrée d'apprendre qu'il avait laissé une femme dans la même situation qu'elle quand Lord Harpur l'avait chassée. Il était surprenant de le voir à présent si attentionné avec Robbie. Avait-il réellement honte de la manière dont il s'était comporté ?

— Merci, Roger, murmura-t-elle, soudain timide.

Cela faisait déjà quelques jours qu'elle pensait à lui sans songer à son titre, mais s'adresser à cet homme d'une façon si familière lui paraissait toujours aussi déplacé. Elle décida néanmoins de s'y habituer quand elle vit son regard s'illuminer en entendant son nom.

— C'était un plaisir, Lucy.

Roger la salua du chef comme il l'avait fait quand il l'avait invitée à danser. Il posa un instant sa main sur la tête de Robbie, puis la laissa descendre sur le bras de Lucy, faisant courir ses doigts de son coude à son poignet. Lucy sentit son estomac se nouer et se dégagea doucement en faisant glisser son fils au sol. Le petit trottina à quatre pattes jusqu'au comptoir et entreprit d'en sortir tous les bols pour les disposer par terre.

— Maintenant que tu es levée, je ferais mieux d'aller m'habiller, dit Roger en montrant les vêtements qu'il portait.

Lucy suivit son regard et se laissa aller à admirer un instant la peau de son torse visible dans la profonde ouverture en V de sa chemise. Un duvet de poils noirs s'étalait sous sa gorge, sauf à l'endroit où Lucy l'avait brûlé avec son tisonnier. La cloque disparaissait déjà, mais sa peau restait rosée et nue. Ses poils repousseraient-ils un jour ou bien la marque resterait-elle permanente ? Une émotion monta en elle, inattendue et involontaire. Elle préféra se détourner, déconcertée par ce désir qu'elle avait de plus en plus de mal à ignorer.

— Qu'y a-t-il ? demanda Roger.

Elle posa doucement un doigt sur la brûlure et Roger se crispa insensiblement. Lucy sentit son cœur battre sous sa main — deux fois moins vite que le sien.

— Je suis vraiment désolée pour cela, murmura-t-elle, le souffle court.

— Et je suis désolé de t'avoir poussée à te défendre ainsi.

Roger recouvrit la main de Lucy avec la sienne, piégeant ses doigts contre son cœur. D'un pas souple, il s'approcha d'elle et Lucy put voir les reflets dorés qui animaient ses yeux noisette.

— Est-ce que tu sais à quel point tu étais magnifique, ce soir-là ? souffla-t-il. Tu m'as dit que tu étais terrifiée, mais je n'ai connu aucune autre femme capable de réagir aussi rapidement que toi dans une telle situation. Je regrette seulement de ne pas avoir été assez réveillé pour avoir pu apprécier ton aide.

Ses lèvres restèrent entrouvertes. Sa barbe et sa moustache, bien taillées, encadraient sa bouche si gourmande, si tentante. Lucy s'humecta instinctivement les lèvres et vit Roger lui sourire tendrement. Il pencha un peu la tête sur le côté.

Un flot d'excitation envahit le corps de Lucy, montant de plus en plus jusqu'à ce que son cœur se serre. Comment pourrait-elle résister plus longtemps à cet homme ? Elle sonda les yeux de Roger. Ils l'interrogeaient en silence. Quelle réponse liraient-ils ?

Soudain, un grand bruit brisa le silence qui les enveloppait, tirant Lucy du charme qui l'avait figée sur place. Roger et elle sursautèrent, cherchant la cause du brouhaha.

Robbie avait trébuché sur la flasque d'huile de lampe que Lucy avait rangée depuis que les nuits raccourcissaient. L'huile s'était renversée, imprégnant les joncs et formant une grande flaque entre le comptoir et la cheminée. Lucy, agacée, poussa un cri et courut récupérer Robbie avant qu'il ne se roule dans l'huile. Désemparée, elle regarda le liquide s'étaler sur le sol. Toute son huile était perdue…

Quand elle releva les yeux, Roger avait quitté la pièce.

Ni lui ni elle n'osèrent parler de ce qui avait failli se passer entre eux quand Roger redescendit, tout habillé. Il avait lancé un grand sourire à Lucy, mais elle l'avait accueilli les bras croisés, gardant ses distances. Il parut ravaler sa frustration et lui demanda ce qu'elle voulait qu'il fasse pour l'aider. Elle le chargea de changer la paille du poulailler tandis qu'elle allait écumer la bière qu'elle faisait fermenter. Robbie, lui, suivit son nouvel ami jusqu'à l'enclos à poules, incapable de résister au plaisir de jouer avec lui et les volatiles.

Enfermée dans le cabanon, Lucy repensait à ce baiser que le chevalier et elle avaient failli échanger. Il fallait à tout prix qu'elle trouve un moyen de contrôler ses émotions, si elle ne voulait pas commettre une erreur qu'elle risquait de regretter toute sa vie. Quelle bêtise d'avoir eu la faiblesse de lui montrer à quel point il la fascinait !

— Plus jamais, marmonna-t-elle en versant le fond de la cuve dans un tonnelet propre.

À partir de ce moment, décida-t-elle, elle serait polie avec lui mais ne passerait plus une seule soirée assise au coin du feu, elle ne danserait plus avec lui et, même si

Robbie passait ses nuits à pleurer, elle laisserait la porte de sa chambre bien fermée.

Elle traîna la cuve contenant le grain détrempé dehors, pour le conserver jusqu'au prochain passage de Mary Barton. Cependant, ce qu'elle découvrit dans la cour la bouleversa et elle ne put que regarder sans bouger, abasourdie.

Roger avait fini son travail et, puisqu'il ne savait pas quoi faire ensuite, il avait pris un balai pour s'entraîner à l'épée. Lucy s'adossa au montant de la porte et l'admira, fascinée. Ne la voyant pas, Roger poursuivit ses exercices, enchaînant souplement les attaques dans le vide. Ses pieds dansaient, avançaient puis reculaient avec une légèreté étonnante pour sa taille. Il se fendit et frappa plusieurs fois son adversaire invisible. Sa maîtrise du mouvement coupa le souffle de Lucy et elle fut tentée de l'applaudir. Robbie, tout aussi captivé qu'elle, avait même arrêté de jouer pour s'approcher et le regarder faire, en extase.

Plus Lucy admirait la prouesse de Roger, plus son cœur battait fort. Depuis le début, elle avait eu conscience de l'attrait physique qu'elle ressentait pour lui, mais cela avait été facile à ignorer quand l'arrogance de Roger et sa confiance aveugle en lui l'invitaient à donner des ordres à tout va… Ce n'était pas la beauté de Roger qui l'avait entraînée au bord du gouffre et l'avait presque poussée à l'embrasser. Non, elle avait été séduite par sa gentillesse de la veille et sa sincérité quand il l'avait remerciée pour ce qu'elle avait fait. À présent, le dos bien droit et la tête haute, il se métamorphosait sous ses yeux, devenait le chevalier qu'elle n'avait pas encore vu en lui.

Il avait plus de facettes qu'un rayon de miel au soleil et savait être doux et gourmand quand il le décidait.

Avait-elle été trop dure avec lui ? Finalement, elle n'avait pas besoin de s'isoler ou de le fuir, tant qu'elle prenait soin de garder ses distances et de ne pas se noyer dans ses yeux capables de l'hypnotiser, de lui faire oublier les convenances. Si elle y parvenait, son cœur et ce qui restait de sa vertu ne courraient aucun danger.

Au bout de quelques minutes, elle vit que Roger commençait à fatiguer. Le bras qui tenait son épée de fortune se mit à trembler légèrement. Roger s'avança lentement vers le poulailler pour s'y appuyer. Faire autant d'exercice avec une blessure pas encore guérie n'était sans doute pas sage. Heureusement, aucune tache de sang n'apparut sur l'étoffe tendue de sa chemise, au niveau de ses épaules.

Roger fit encore quelques mouvements, visiblement conscient de la fatigue qui engourdissait son bras. Finalement, il lâcha son balai et s'étira longuement avant de s'affaler, appuyé sur la barrière. Il secoua tristement la tête et murmura quelque chose dans sa barbe. Tout son corps semblait si abattu que Lucy en eut le cœur brisé. Elle s'avança vers lui.

— C'était merveilleux ! s'écria-t-elle.

En entendant sa voix, Roger se raidit.

— Depuis combien de temps es-tu là ?

Son visage restait dur, comme s'il était sur ses gardes. Quelques mèches de cheveux s'étaient collées sur ses tempes humides de sueur. Lucy eut soudain terriblement envie de le recoiffer.

— Je suis là depuis assez longtemps pour comprendre que vous avez dit la vérité : vous êtes un grand chevalier, répondit-elle avec un sourire.

Roger haussa les épaules. Il parut néanmoins flatté par son compliment et la gratifia d'un grand sourire. Un peu gênée d'avoir montré autant d'enthousiasme, Lucy indiqua sa petite brasserie d'un vague signe de la main.

— Je ferais sans doute mieux de…

— Laisse-moi t'aider, proposa Roger. Ce que tu fais me fascine.

Lucy recula et son cœur battit plus fort. Oubliant sa propre fascination, elle retrouvait peu à peu son bon sens coutumier.

— Inutile, protesta-t-elle. Je peux m'en occuper toute seule.

Roger parut blessé par son refus.

Elle aurait pu lui confier une dizaine d'autres tâches, mais elle ne put s'y résoudre. Profitant de son hésitation, Roger vint l'aider à soulever son seau et tous deux le portèrent dans le cabanon. Il lui posa de nombreuses questions au sujet du brassage de la bière et de ce qu'il fallait faire ensuite. Surprise par son intérêt soudain, Lucy se laissa aller à lui expliquer le procédé en détail. Peut-être que Roger regrettait comme elle le baiser qu'ils avaient failli échanger. Peut-être était-ce sa manière d'éviter d'aborder le sujet. Pourtant, s'il avait réellement voulu ne plus y penser, il aurait très bien pu laisser Lucy seule au lieu de l'accompagner dans la brasserie.

— Pourquoi est-ce que tu brasses encore plus de bière ? demanda Roger au bout d'un moment. Tu n'as pas l'air d'avoir beaucoup de clients.

Lucy serra les mâchoires. Comme si elle avait besoin qu'il lui rappelle que son auberge restait vide !

Elle mélangea la levure au grain dans la cuve et remua vigoureusement la mixture, comme si son énergie pouvait accélérer les choses. La tête baissée, elle plaça le lourd couvercle de bois sur le tonneau. Il était hors de question que Roger devine à quel point cette cuvée était importante… Elle devait à tout prix vendre assez de bière pour payer Risby à la foire, si elle ne voulait pas être humiliée une fois de plus. La menace qui pesait sur elle lui donnait des nausées. Le temps passait trop vite et elle n'avait pas encore gagné assez d'argent pour rembourser sa dette. De chaudes larmes lui montèrent aux yeux et elle dut les ravaler avant de répondre à Roger.

— Dans deux jours, il y aura la foire de St. Barnabas, à Mattonfield. Ma dernière cuvée ne tiendra pas jusque-là. Je ne peux pas me permettre de ne pas en faire une autre, même si je perds la précédente et celle-ci : il faut que j'essaye de vendre ma bière là-bas. J'ai des… des dettes à payer.

Lucy s'interrompit, sentant que Roger ne l'écoutait que

d'une oreille. Ses yeux étaient perdus dans le vague et un sourire enfantin dansait sur ses lèvres.

— Une foire ? Cela fait trop longtemps que je n'ai pas assisté à un tel événement ; j'ai hâte d'y être.

Stupéfaite, Lucy le dévisagea un instant.

— Ne vaudrait-il pas mieux que vous restiez ici ? Et si on vous reconnaissait ?

— Dans ce cas, les hommes qui me pourchassent devront enfin répondre de leurs actes. Je refuse de me cacher, Lucy. De plus, poursuivit Roger d'une voix plus enjouée, l'animation des foires me manque. Les jeux. La danse. La nourriture…

Il n'en dit pas plus, mais ses yeux s'adoucirent, émerveillé qu'il était à l'avance par les plaisirs qui l'attendaient. Pour Lucy, tout au contraire, une foire impliquait murmures dans son dos et regards hautains posés sur elle et sur son fils. Une foire impliquait d'affronter le jugement de tous ceux qui connaissaient son déshonneur. Il était hors de question que Roger voie à quel point on la méprisait, à Mattonfield !

— Je suis sûre que vous seriez déçu. Cette foire n'a rien à voir avec vos grands tournois, le prévint-elle. Mattonfield est une petite ville et la joute se fait à pied. Vous détesteriez.

— La joute !

Lucy sut immédiatement qu'elle n'aurait jamais dû dire cela : Roger se penchait vers elle, par-dessus la cuve, les joues rouges d'excitation. Il ressemblait à un petit garçon à qui l'on venait de promettre des cadeaux…

— Oui, à pied, répéta Lucy.

— Ce n'est pas un problème, vu que je n'ai plus de cheval, rétorqua Roger en riant. De quelle variante s'agit-il ?

— Je ne sais pas comment cela s'appelle. On court pour viser des anneaux ou frapper une cible montée sur un piquet, répondit Lucy en imitant vaguement le mouvement pour illustrer son explication.

— Cela s'appelle une quintaine. Les anneaux sont

appelés des bagues. Comment peux-tu penser que je détesterais ? Je m'entraînais beaucoup de cette façon quand j'étais écuyer. D'ailleurs, cela fait bien longtemps que je n'ai pas eu la chance de participer à une compétition…

— Pas même en France ?

— La guerre n'a rien à voir avec un tournoi, répliqua Roger d'une voix plus grave. J'aurais aimé le savoir avant de partir, pour être honnête.

Il se détourna un peu et Lucy contourna la marmite de grains bouillante pour poser une main sur son épaule. Leurs regards se croisèrent et Roger soupira, tentant probablement de chasser les images sombres qui avaient dû revenir le hanter à cette évocation.

— Cela me fera du bien de me souvenir de ce que j'aimais autrefois. D'ici le début de la foire, j'aurai retrouvé assez de forces pour marcher jusqu'à Mattonfield.

Soudain, il prit la main de Lucy.

— Tu seras là pour me regarder jouter, bien sûr !

Lucy réprima un soupir. Elle n'avait pas le droit d'empêcher Roger de faire ce qu'il voulait. Et puis, même si elle avait eu ce pouvoir sur lui, le sourire qui avait illuminé son visage quand elle avait mentionné la joute aurait suffi à la décider. De toute manière, s'il était vraiment concentré sur la compétition, s'il s'amusait vraiment, il ne remarquerait sans doute pas à quel point les habitants de la région la fuyaient.

— Bien sûr que je vous regarderai — et Robbie aussi.

Le sourire de son compagnon la réchauffa comme un feu en plein hiver.

Pendant les deux jours qui suivirent, l'activité principale de Lucy fut de brasser sa bière. Roger, de son côté, quand il ne la regardait pas faire ou ne travaillait pas à l'auberge, s'entraînait à l'épée. Un jour, un groupe de voyageurs en route pour Mattonfield s'arrêta et rit en voyant ce grand homme musclé manier un balai comme s'il s'agissait d'une épée. Lucy vit rapidement les mouvements de Roger devenir plus maladroits. Face à ce public inattendu, le chevalier redevenait un novice et Lucy ne décelait plus la maestria qui l'avait tant fascinée.

Elle sourit néanmoins aux visiteurs et plaisanta avec eux. Au final, elle parvint à vendre de la bière à deux d'entre eux — mais pas autant qu'elle l'aurait voulu.

Ils finirent par repartir et Lucy rentra avec leurs gobelets. Roger la rejoignit vite. Tout en étant consciente de son regard posé sur elle, Lucy cassa quelques œufs dans un bol.

— Quelque chose ne va pas ? demanda-t-elle sans lever les yeux.

— Je t'ai vue, avec les voyageurs qui viennent de s'arrêter, dit-il en s'appuyant sur la table. Dès que tu as un client, tu souris, tu plaisantes et tu le charmes…

— Je ne fais pas cela parce que j'apprécie ces hommes ! s'écria Lucy.

Elle n'avait pas pensé que Roger pût la surveiller avec autant d'attention. Elle prit son couteau et battit furieusement les œufs.

— Les clients de passage me permettent d'acheter de quoi nous nourrir, mon fils et moi, reprit-elle, les dents serrées. Si des sourires et la vague promesse d'un baiser peuvent les inciter à dépenser plus d'argent, alors j'en use sans modération.

Roger croisa les bras.

— C'est très calculateur…

— Je suis trop pauvre pour agir autrement.

Son estomac se noua tandis qu'elle repensait aux achats essentiels qu'elle avait à faire et aux dettes qui pesaient sur elle. Le visage rougeaud de Risby apparut devant ses yeux. Elle savait très bien ce qu'elle allait devoir faire pour le payer, si sa chance ne tournait pas avant la foire.

— Tu ne m'accordes jamais de sourire, mais à eux, oui, remarqua encore Roger.

Lucy fut blessée par son injustice : elle lui avait souri

de nombreuses fois et chacun de ses sourires avait été plus sincère, plus affectueux !

— Vous n'avez pas d'argent à dépenser et vous me devez déjà beaucoup.

— Et si je te remboursais, m'accorderais-tu un de ces sourires, ma colombe ?

Sa voix n'était pas moqueuse. Au contraire, quand Lucy soutint son regard, bien décidée à le faire taire, elle vit une telle honnêteté dans ses yeux que son cœur bondit de joie.

— C'est fort possible.

Le chevalier acquiesça avec un sourire :

— Dans ce cas, j'ai intérêt à gagner la joute, demain.

Lucy versa les œufs battus dans sa marmite de potage et la porta jusqu'à la cheminée. Pour la première fois depuis la visite de Risby, elle n'avait plus peur. Roger venait de lui promettre à demi-mot qu'il la paierait s'il gagnait. Elle pourrait alors s'acquitter de sa dette et ne serait pas obligée de se soumettre aux désirs du meunier comme une fille de joie…

Ce soir-là, alors que tout le monde se réchauffait près du feu, Roger raconta ses souvenirs de tournoi — les meilleurs, certainement : ceux où il avait triomphé. Robbie parut captivé par ses histoires et Roger fit galoper son petit cheval de bois par terre pour mieux illustrer son récit.

Lucy, elle, restait assise près de lui, fascinée par son enthousiasme et heureuse de ne plus penser à Risby. Au lieu de craindre le lendemain, elle se laissa aller à imaginer les banderoles colorées, les armures flamboyantes et les foules de spectateurs qui criaient le long des barrières. Elle tenta cependant de ne pas trop penser aux femmes qui devaient sans doute se battre pour capter l'attention des chevaliers après le tournoi, pendant les bals et les festins que Roger décrivait. Pourquoi n'avait-elle pas dansé avec lui tant qu'elle en avait eu la chance ? Elle songea aux jeunes femmes que le chevalier avait dû côtoyer toute sa vie : de petites créatures vertueuses, aux rires discrets, comme Katherine Harpur, qui passaient leurs journées dans l'oisiveté, attendant un époux pendant que leurs servantes s'occupaient d'elles. Ces femmes-là n'avaient jamais besoin d'élever la voix et n'oseraient sans doute jamais le faire. Sir Roger finirait sans doute par épouser une lady comme cela, un jour ; en attendant, il s'amusait à séduire des filles telles que Lucy.

Raison de plus pour résister à cette attirance, se dit-elle.

Robbie se lassa des contes de chevalerie de Roger bien avant Lucy et se mit à bâiller, se frottant les yeux de ses petits poings potelés. Lucy le prit sur ses genoux et le berça tendrement. Roger, interrompu dans son récit, le regarda avec une surprenante gravité. L'enfant était resté dans ses pas pendant des jours, mais cela n'avait pas semblé le déranger.

— Je devrais le monter dans la chambre maintenant, murmura Lucy quand elle sentit son fils devenir plus lourd dans ses bras. D'ailleurs, je crois que je vais aller me coucher moi aussi. Nous aurons une longue journée, demain. Si vous avez vraiment l'intention de gagner la compétition, je vous conseille d'aller dormir également.

Roger sourit puis, dans un élan inattendu, il caressa les cheveux de Robbie.

— C'est un bon garçon, dit-il en le regardant avant de lever de nouveau les yeux vers Lucy. Son père s'est privé de quelque chose de merveilleux en refusant de le reconnaître.

Lucy fronça les sourcils.

— Je pense qu'il se moquait de savoir si son fils était sage ou un vrai petit diable, tant qu'il n'avait pas à payer pour le nourrir.

Le mensonge qu'elle avait si souvent répété revint la hanter. Pourquoi n'avait-elle pas avoué dès le départ à Roger qui était le père de Robbie ? Après tout, Harpur n'était sans doute rien pour lui, comme elle-même n'avait compté en rien pour Harpur ! La gorge nouée, elle se leva, serrant son fils dans ses bras.

— Je ne pense pas que son père s'inquiétait même de savoir s'il était vivant ou mort, lança-t-elle amèrement. Un enfant mort-né lui aurait simplifié les choses ; il me l'a dit lui-même quand il m'a chassée.

Roger lâcha un juron, si violemment que Lucy sursauta. Son regard était noir, meurtrier, dans la pénombre de la salle.

— Les hommes disent parfois des choses stupides quand ils se sentent acculés ou quand ils sont en colère. Ils disent des choses cruelles qu'ils regrettent ensuite…

Devant le regard alarmé de Lucy, il eut un petit sourire.

— Par exemple, un homme peut tout à fait regretter de ne pas pouvoir s'amender et pourtant ne pas trouver le moyen de soulager sa culpabilité.

— *Lui ?* Regretter ? J'en doute fort, marmonna Lucy.

— Dans ce cas, il est encore plus idiot que je le croyais quand tu m'as dit qu'il t'avait abandonnée.

Lucy le regarda un instant sans rien dire. Comment répondre à une telle fièvre ? Comment réagir au désir brûlant qu'elle lisait dans ses yeux ? Peut-être qu'il ne pensait pas à Harpur, finalement, mais à lui et à l'enfant qu'il avait abandonné. Lucy baissa la tête et traversa rapidement la salle. Elle monta l'escalier sans se retourner et s'enferma dans sa chambre.

Elle coucha Robbie dans son berceau. Les joues du petitt étaient plus fraîches, maintenant que sa dent avait percé. Il ne devrait plus se réveiller en pleine nuit, songea Lucy. Elle pourrait enfin dormir paisiblement et Roger n'aurait aucune excuse pour envahir sa chambre sans y être invité. Elle regarda le mur qui les séparait, imaginant le chevalier allongé de l'autre côté.

Une profonde sensation de solitude l'envahit et elle se laissa tomber sur son matelas. Elle venait de passer quatre soirées en compagnie de Roger et ces moments avaient été les plus joyeux de sa vie… Lorsqu'il était arrivé, elle avait eu hâte de pouvoir le chasser de sa maison, mais elle avait fini par s'habituer à sa présence. Cependant, il ne resterait pas chez elle pour toujours. Quand il partirait, il lui manquerait sans doute plus qu'elle ne l'avait cru au départ. Un jour, il passerait sa porte pour ne plus jamais revenir et rien ne pourrait la consoler de cette perte.

Elle entendit Roger monter l'escalier et croisa les bras, la gorge nouée, tentant d'ignorer la douleur et le manque qui la consumaient.

Si elle se décidait à frapper à sa porte, il la laisserait entrer, c'était certain. Peut-être même qu'il serait différent de Lord Harpur, qu'il ne la chasserait pas dès qu'il aurait obtenu ce qu'il voulait. Peut-être qu'il la laisserait dormir avec lui jusqu'au matin… Lucy était prête à risquer ce qui restait de sa réputation pour cela. Seulement, elle ne pouvait pas se permettre de lui donner un tel pouvoir sur elle sans être assurée de recevoir quelque chose en retour. Ce serait idiot et imprudent. Elle resta donc allongée sur son lit, face au mur. Son sommeil fut agité, interrompu par des rêves flous dans lesquels le chevalier lui murmurait des mots passionnés qu'elle n'avait jamais entendus — ou même espéré entendre.

Roger attendait déjà dans la salle quand Lucy descendit, le lendemain matin. Il portait son gilet de cuir et avait jeté sa cape sur ses épaules.

— Tu es prête, ma colombe ?

Lucy passa une longue écharpe autour du petit corps de Robbie pour le porter sur sa hanche, avant d'enfiler sa cape grise pour le protéger du froid en même temps qu'elle.

— Pourquoi est-ce que vous m'appelez toujours comme cela ? demanda-t-elle tandis qu'ils entamaient la longue montée vers Mattonfield, tirant le petit chariot de bière de Lucy à tour de rôle.

— Parce que tu me rappelles une colombe : tu es petite, douce et toujours vêtue de gris, répondit Roger en lui jetant un rapide coup d'œil. Tu devrais porter plus de couleurs.

Un peu intimidée, Lucy joua avec le ruban vert qu'elle portait dans sa tresse — la seule note colorée qu'elle s'autorisait.

— Je doute que les habitants de la région apprécieraient de me voir parader dans des robes colorées, alors que je suis déshonorée.

— Et pourquoi te soucies-tu tellement de ce que ces gens pensent ?

Lucy baissa les yeux. Elle redoubla d'efforts pour tirer son chariot alourdi par le tonneau. Roger lui prit le bras et elle ralentit le pas une fois de plus pour lui permettre de marcher à côté d'elle. Elle n'osait pas le regarder, les épaules crispées. Sans un mot, Roger lui prit le chariot des mains et le tira à son tour.

Lucy l'examina un long moment. Il paraissait très sérieux, si différent de l'homme vigoureux et exalté qu'elle avait appris à connaître. Néanmoins, ses yeux étaient hantés par une flamme sombre.

— Pourquoi t'en soucies-tu ? répéta-t-il.

— Je déteste peut-être cet endroit, mais je dois y vivre. Je n'ai pas le choix. Si jamais j'avais la moindre chance de laisser tout cela derrière moi et de m'installer ailleurs, je le ferais sans hésiter.

— Pourquoi n'es-tu pas partie, dans ce cas ?

Roger lâcha le chariot et prit la main de Lucy pour admirer avec elle le paysage qui s'étendait devant eux.

Lucy en eut le cœur serré. Cela faisait si longtemps qu'elle rêvait de quitter cet endroit… et en cet instant, les questions pressantes de Roger lui montraient plus que jamais à quel point une fuite était impossible pour elle. Elle s'écarta et tourna lentement sur elle-même, embrassant la plaine du regard, contemplant amèrement le panorama qui s'étendait jusqu'à l'horizon brumeux.

— J'ai essayé de partir, une fois. Je suis allée travailler ailleurs, contre la volonté de mon père. Pas à Mattonfield. Là-bas, vers Bukestone.

— Que s'est-il passé ?

Lucy, surprise par la question du chevalier, caressa la main de Robbie avant de regarder, le cœur lourd, les collines que Roger avait dû gravir en venant.

— Je suis tombée enceinte et j'ai dû revenir à la maison.

— Navré, j'aurais dû m'en douter, répondit Roger d'un air contrit.

— Comment auriez-vous pu comprendre ce que j'ai dû vivre ? Vous n'avez pas eu à subir une telle honte et n'auriez d'ailleurs jamais eu à la supporter même si l'enfant de Kitty avait bien été le vôtre. C'est elle qui a été humiliée. Vous-même n'avez pas été touché par le scandale.

— J'aurais peut-être dû subir la même chose qu'elle, dit-il calmement. L'homme qui t'a abandonnée aurait dû être déshonoré, comme j'aurais dû l'être.

Lucy fut surprise de l'entendre admettre sa culpabilité si aisément. Finalement, elle poussa un profond soupir résigné.

— Certes, mais le père de Robbie a été épargné et vous aussi. Kitty et moi, en revanche…

Elle s'interrompit et reprit sa route jusqu'au sommet de la colline. Mattonfield s'étalait à leurs pieds sur l'autre flanc. Risby était là, en bas. Qu'est-ce qui l'attendait, au bout de cette route ?

Seigneur, jamais elle n'avait autant eu envie de quitter le Cheshire !

Chapitre 14

Lucy resta silencieuse pendant la fin de leur trajet. Roger ne comprenait pas sa réaction. Il lui avait seulement suggéré de quitter Mattonfield et de s'éloigner de tous ces gens qu'elle détestait tant. Était-elle simplement fatiguée ? Le poids de Robbie endormi contre sa poitrine l'avait-il épuisée ? Elle regardait droit devant elle, les lèvres pincées. Cela faisait des jours que Roger n'avait pas vu cette expression sur son beau visage et il en fut peiné.

À chaque fois qu'il tentait de renouer le dialogue, Lucy se contentait de répondre par un mot ou deux, l'air ailleurs. Au bout d'un moment, Roger commença à se demander — à voix haute — s'il trouverait des hommes susceptibles de rejoindre la Compagnie du Nord et Lucy leva enfin les yeux vers lui.

— Vous gagnez de l'argent en convainquant des hommes d'aller se faire tuer ?

— Non, je ne gagne rien en les recrutant et je n'oblige personne à nous rejoindre. Mais pour des hommes désespérés, qui n'attendent plus rien de l'avenir, c'est un moyen comme un autre de faire fortune en prenant une part des butins, expliqua Roger.

Quelque chose, au sujet de ces hommes du Nord dont il parlait, la troubla, mais elle ne chercha pas à l'interroger.

— Quand Thomas et moi avons quitté la France, nous avions tous les deux empoché une part du butin de notre dernière campagne. Ce n'était pas beaucoup, mais assez pour nous donner envie de continuer.

Il donna un coup de pied dans une pierre, au milieu du chemin.

— Quel dommage que mon argent se soit trouvé dans ma sacoche, sur mon cheval, quand Thomas l'a emmené ! Mais je garde l'espoir d'obtenir plus d'or encore en repartant sur le continent.

— Vous voulez repartir ? demanda Lucy d'une voix où perçait l'incrédulité. De combien d'or avez-vous donc besoin ?

— Suffisamment pour pouvoir garder la tête haute. Je ne veux pas rentrer chez mon père sans le sou.

De nouveau, Lucy pinça les lèvres.

— Tu parais bien surprise. Refuserais-tu de l'argent, si on t'en proposait ?

— Bien sûr que non, répondit-elle. Mais je ne tuerais jamais pour en obtenir, pas plus que je n'enverrais d'autres personnes à la mort.

— Je comprends : tu préfères séduire des hommes que tu n'aimes pas, répliqua froidement Roger.

Lucy rougit instantanément et lui lança un regard noir.

— Les hommes ont leurs armes et nous avons les nôtres. Je doute fort que les deux sexes soient capables de se comprendre ou d'approuver les méthodes de l'autre.

Une fois de plus, elle pressa le pas et prit de l'avance, traînant son chariot derrière elle. Roger la regarda marcher devant lui, songeur. Elle n'aurait pas pu être plus claire : les femmes gagnaient leur fortune par le mariage. Certains hommes faisaient de même pour s'enrichir. Au fil des ans, de nombreuses femmes avaient tenté de séduire Roger et lui-même avait visé si haut qu'il avait failli épouser Jane de Monsort.

Mais avec un enfant illégitime, comment Lucy pouvait-elle escompter trouver un mari ? Ce n'était pas étonnant qu'elle paraisse toujours si inquiète et que la moindre discussion à propos d'argent la bouleverse tant… Il se jura alors de lui payer tout ce qu'il lui devait. Si ce n'était pas grâce à la joute, il reviendrait s'acquitter de sa dette quand il aurait été récompensé par le roi.

Ils achevèrent leur trajet en silence et atteignirent enfin les premières maisons de la ville. Là, une vieille femme presque aussi large que haute s'approcha d'eux et Lucy lui confia Robbie. L'inconnue couvrit l'enfant de baisers avant de lancer un regard soupçonneux à Roger qui s'attardait derrière avec le chariot.

— Amenez-le aux jeux si vous le pouvez, dit Lucy. Notre ami va participer à la joute.

Sur ce, ils s'éloignèrent et Roger, un peu troublé, remarqua :

— Vous n'avez pas fait semblant d'être ma femme.

— Inutile. La veuve Barton sait qui est le père de Robbie.

Mattonfield, située à flanc de colline, était une petite ville mais l'animation qui y régnait surprit Roger. Une large route montait jusqu'à la place du marché, longée d'un côté par l'église et ouverte de l'autre sur les champs et le chemin qui menait à l'auberge. Autrefois, Roger n'aurait prêté aucune attention à un endroit aussi modeste, le considérant comme trop petit pour mériter son intérêt ; mais, après sa longue réclusion, cette ville minuscule suffit à l'exciter.

Il suivit Lucy tandis qu'elle faisait quelques emplettes. Elle acheta un peu de lin pour coudre une nouvelle chemise à Robbie, un petit pot d'huile de lin pour rénover les bandes de toile qui masquaient les fenêtres ainsi que le bol le plus petit qu'elle put trouver pour remplacer celui qui était fissuré. À chaque achat, la petite bourse de cuir qu'elle portait à la ceinture se vidait un peu plus et Lucy pâlissait davantage. Partout, on l'accueillait avec une froideur qui révolta Roger, mais, sans doute habituée à cela, Lucy gardait la tête haute et faisait semblant de ne rien remarquer.

Finalement, elle s'arrêta.

— J'ai fini. Je vais m'installer à l'angle de la rue d'à côté pour essayer de vendre ma bière.

— Tu ne viens pas voir le tournoi ? demanda Roger, incapable de masquer sa déception.

Il aurait tellement aimé lui montrer ses talents. Lucy le regarda, l'air aussi déçue que lui.

— Je suis navrée, mais je ne peux pas manquer une telle occasion.

Roger acquiesça gravement, repensant aux quelques emplettes qu'elle venait de faire. Tout ce que la jeune femme avait acheté lui était essentiel et elle ne s'était accordé aucune fantaisie. D'ailleurs, elle n'avait rien pris pour elle. Pourtant, Roger l'avait bien vue lorgner les pâtisseries au miel et les quelques dentelles d'un étal. Sans un mot, il l'aida à traîner son chariot jusqu'au coin de rue qu'elle avait indiqué.

— Bonne chance, lui dit-il avec sincérité.

— Vous aussi.

Lucy sourit et ajusta le col de la chemise de Roger. Ce faisant, elle effleura son cou et il sentit son cœur battre fiévreusement. Roger se rendit ensuite sur la place où la joute était organisée, sentant encore la chaleur de la main de Lucy dans son cou. Des garçons de ferme et des apprentis, vêtus de gilets rembourrés et de casques démesurés s'affrontaient à grands coups d'épées de bois. D'autres participants entraient dans la quintaine et couraient vers les cibles montées sur piquets pivotants ; ou bien attrapaient du bout de leur lance les anneaux suspendus à des cordelettes. La mêlée n'avait jamais attiré Roger, mais la simple idée de participer de nouveau à une quintaine l'excitait comme un enfant.

Roger s'approcha du maître de guilde élégamment habillé qui s'occupait de la compétition. Il lui donna son nom sans chercher à en inventer un autre. De toute manière, s'il était encore poursuivi, sa prouesse à la joute suffirait à attirer l'attention sur lui.

Sûr de lui, Roger entra dans la lice et prit la lance qu'un

écuyer lui tendait, heureux d'entendre un murmure de curiosité sur son passage. Gagner allait être facile, avec l'entraînement qu'il avait. Il n'avait qu'une chose à faire : courir sans quitter sa cible des yeux pour la frapper et se baisser avant que le sac de grain suspendu en face du bouclier ne vienne le frapper dans le dos. Il avait déjà fait cela des centaines de fois, tant à pied qu'à cheval.

Il leva la lance et la cala sous son épaule pour garder son équilibre. Un éclair de douleur traversa son bras et il lâcha un gémissement, incapable de maintenir sa lance à la bonne hauteur. Les dents serrées, Roger raffermit néanmoins sa prise et se remit en position. Face à la lice, il prit une profonde inspiration puis courut aussi vite que possible vers la cible de bois.

Quand il arriva à sa hauteur, la vague douleur s'était muée en une flamme qui brûlait tout le haut de son corps de l'intérieur. La pointe de la lance tremblait et, lorsque Roger eut parcouru toute la longueur de la lice, un ruisseau de sueur coulait le long de son dos. L'impact de la lance contre le bouclier de bois déchira son épaule presque aussi violemment que lorsqu'il avait été frappé par la flèche. Sa lance glissa sur le bord de la cible. Sous le choc, Roger ne se baissa pas assez vite et le sac de grain lancé à pleine vitesse le heurta brutalement dans le dos, lui coupant le souffle pendant quelques instants.

Tremblant de tous ses membres, Roger jeta sa lance à l'écuyer qui attendait. De toute façon, il aurait été incapable de la tenir plus longtemps… Il regarda ses mains traversées de spasmes, incrédule. Un ou deux rires résonnèrent dans le public et Roger, hors de lui, chercha les coupables des yeux. Hélas, il y avait trop de monde pour qu'il puisse les identifier.

Soudain, il comprit ce que tous ces gens voyaient : il n'avait rien d'un chevalier en armure, accompagné par ses valets. Non, il n'était qu'un homme, seul, vêtu d'une cape rapiécée et d'une chemise mal taillée. Il n'était rien pour eux. Le feu qui avait embrasé son bras et son épaule monta à ses joues. Humilié, Roger baissa la tête et quitta la place en courant. Alors qu'il s'apprêtait à se cacher dans une ruelle, quelqu'un l'appela. Il fit volte-face et découvrit Lucy qui se frayait un chemin à travers la foule pour le rejoindre.

— J'ai vu ce qui s'était passé. Je ne comprends pas… Que vous est-il arrivé ?

— À ton avis ? Je ne suis pas assez fort et j'ai échoué ! aboya Roger, incapable de supporter l'idée que Lucy ait été témoin de son humiliation. Je croyais que tu ne devais pas venir !

La jeune femme recula d'un pas, désarmée face à son éclat de colère, et Roger fut encore plus honteux. Une fois, déjà, sa fureur avait fait fuir Joanna et l'avait poussée dans les bras de son frère. Il ne pouvait pas se permettre de commettre la même erreur avec Lucy…

— Je suis désolé, tu ne mérites pas que je te traite si mal. Ce n'est pas contre toi que je suis en colère, reprit-il en faisant de son mieux pour étouffer sa déception. Allons, viens avec moi.

Hélas, au lieu de le suivre, elle resta campée devant lui, les poings sur les hanches.

— Qu'attendez-vous vraiment de moi, Roger ?

La gentillesse de Roger avait transformé le choc de Lucy en colère. Il lui tendit la main mais, quand elle refusa de la prendre, il saisit la sienne. Il l'attira alors à lui, en caressant doucement ses bras. Elle se laissa faire, de mauvaise grâce, et demeura raide devant lui.

— Je veux profiter de ta compagnie, répondit-il. J'ai besoin d'un verre et je ne veux pas le boire seul.

Lucy redressa la tête et le jaugea, froidement. Roger lui sourit.

— Je veux boire avec *toi*.

Enfin, le regard de Lucy retrouva sa douceur. Elle jeta un coup d'œil par-dessus son épaule vers la rue dans laquelle elle avait prévu de vendre sa bière.

— Nous ferions mieux de nous servir dans mon tonneau, puisque aucun de nous n'a d'argent…

Roger la suivit en silence. Ils retrouvèrent le chariot poussé contre un mur. Le tonneau était presque vide.

— Il y en avait beaucoup plus quand je me suis éloignée ! s'écria Lucy en découvrant cela. Pourtant, je ne suis partie que quelques minutes.

— Deux hommes se sont servis, lança un vieillard depuis son jardin, où il s'occupait d'une douzaine d'oies brunes.

Lucy s'effondra contre le mur, la tête dans les mains. Roger voulut poser une main sur son épaule pour la consoler, mais elle s'écarta brutalement avec un sanglot qui lui brisa le cœur. Il s'assit sur le bord du chariot, attendant patiemment que la jeune femme retrouve son calme.

Quand elle leva les yeux vers lui, ses joues étaient humides et très pâles. Elle remplit deux gobelets de bière et en tendit un à Roger. En dépit de ses propres émotions, il vit sa main trembler. Perdre sa bière semblait l'avoir bouleversée…

— Tu pourras en refaire, suggéra-t-il dans l'espoir de la réconforter.

— Je sais, acquiesça-t-elle avec un petit sourire triste. Mais pas pour aujourd'hui.

— Cette journée était importante pour moi aussi, soupira Roger. C'était ma première chance de prouver que je suis encore capable de tenir une lance.

Il but sa bière en une gorgée et Lucy remplit son verre une seconde fois.

— Vous ne retournerez sans doute jamais en France. Pourquoi tenez-vous tellement à être capable de vous battre ?

— Il ne s'agit pas de cela ! Si je ne peux plus tenir une lance dans la lice, ma carrière est finie aussi sûrement que si j'étais incapable de tenir mon arme sur le champ de bataille. Si je ne peux plus tenir une lance, je ne peux plus jouter. Et sans cela, alors…

Roger s'interrompit, écrasé par l'énormité de son échec. Il examina le sol, la terre entre ses pieds, jusqu'à sentir

Lucy qui venait s'asseoir près de lui. La chaleur de la jeune femme, si proche, mit tous ses sens en alerte. Le chariot était petit et elle dut se serrer contre lui. Ce contact envoya une nuée d'étincelles dans le corps de Roger. Pour la seconde fois, ce jour-là, sa main se mit à trembler — mais pour une bonne raison…

— Si je ne peux plus jouter, je ne sais pas ce que je ferai de ma vie. J'ai toujours voulu entrer dans la lice et je n'ai jamais connu autre chose. Quand j'avais sept ans, on m'a envoyé m'entraîner pour devenir écuyer. J'avais l'habitude de regarder mon maître jouter et je faisais vœu de devenir le meilleur chevalier du Yorkshire, un jour. Le meilleur d'Angleterre.

— Et vous l'étiez, murmura Lucy. Vous pourrez le redevenir.

Elle voulait lui faire plaisir, sans doute, mais Roger soupira, regrettant d'avoir tellement exagéré ses prouesses passées. Adossé au mur, il leva le visage vers le ciel pour profiter d'un rayon de soleil. Il ferma alors les yeux pour se détendre et replongea dans ses souvenirs de jeunesse ; à l'époque où la vie ne l'avait pas encore écorché, quand il était encore ambitieux et bien décidé à se faire un nom. L'espace d'un instant, il fut triste pour ce garçon de dix-sept ans qui n'allait pas devenir l'homme qu'il espérait être…

— Je n'ai jamais été aussi doué que cela, admit-il à mi-voix. Je m'entraînais et passais assez de temps à cheval pour me convaincre que je travaillais suffisamment, mais il m'aurait fallu bien plus d'efforts pour réussir. J'aimais la gloire passagère de la victoire et le frisson de la compétition. J'aimais attirer l'attention sur moi, mais je n'étais pas assez sage pour accepter que les choses ne se passent pas toujours comme je le voulais.

Roger secoua tristement la tête, abattu par le poids de ses erreurs.

— Je voulais une vie simple : faire fortune et gagner l'estime de mes pairs dans la lice, boire du bon vin et partager le lit de gentilles femmes. J'ai cru que la guerre serait un frisson excitant, que ce serait comme les tournois. Hélas, au combat, j'ai vu des hommes et des chevaux se noyer dans leur propre sang, des villes en flammes et des femmes qui criaient pitié. Après cela, je crains de ne plus jamais pouvoir mener une vie simple.

— Est-ce que vous voulez savoir ce que je pense ?

Roger regarda Lucy, pressé d'entendre ses conseils.

— Vous devriez arrêter de vous lamenter sur votre sort ! déclara-t-elle en se relevant, les poings sur les hanches. Vous profitez de privilèges et de libertés que la plupart des gens n'ont pas, mais vous restez là, à vous prendre en pitié et à pleurnicher ! Tout ce que vous avez à faire, c'est vous demander ce que vous voulez vraiment et y aller !

Les paroles de la jeune femme frappèrent Roger comme une claque en plein visage.

— Tu ne sais pas ce que tu dis ! répliqua-t-il.

— Vous êtes vivant, vous avez un nom et de l'argent.

Lucy regardait au loin et Roger se rendit soudain compte qu'elle était tournée vers son auberge, invisible de l'autre côté de la colline.

— Vous avez un foyer où rentrer et une famille qui vous aime, continua-t-elle.

— Qui m'aime ? Peut-être, oui. Je suis le second fils de mon père, mais également son héritier. Cela n'a aucun sens…

Lucy fronça les sourcils.

— Mon père a eu un enfant avec sa maîtresse quelques mois à peine avant que ma mère ne tombe enceinte. Il a fait venir son fils — Hal — chez nous. Nous avons été tous les deux élevés ensemble. Mon père m'a toujours préféré son bâtard et il ne s'en est jamais caché.

La colère et la frustration qu'il avait gardées cachées au fond de lui pendant toutes ces années firent soudain surface, incontrôlables.

— Hal était mon idole, quand j'étais petit : il était le grand frère idéal à mes yeux. Bien sûr, à cause de sa naissance, il a toujours été destiné à devenir mon écuyer, mais il ne voulait pas de ce destin tracé pour nous deux. Moi, j'ai pris soin d'embrasser la vie d'héritier, pour rendre mon père fier de moi. Hélas, j'avais beau essayer par tous les moyens de gagner l'amour de mon père, je n'ai jamais réussi…

Le visage de Lucy restait de marbre.

— Je l'ai vu pour la dernière fois deux semaines avant mon départ d'Angleterre, poursuivit Roger. C'était l'été cinquante-six, et je venais d'essuyer une série de défaites en tournoi. Hal et moi nous étions disputés — c'était ma faute, même si je n'avais pas commis toutes les horreurs dont il m'accusait. Je suis allé à York pour participer au tournoi et suis rentré ensuite à Wharram sans l'épouse que mon père attendait. Le père de ma fiancée avait décidé que je ne méritais pas sa fille, après mon échec dans la lice. J'ai bien vu que mon père était très déçu, même s'il a tout fait pour le cacher. J'ai donc décidé d'abandonner la gaieté des compétitions pour les horreurs de la guerre. Quand je suis devenu mercenaire, je suis tombé plus bas encore. Je ne sais même pas si je pourrai un jour me racheter aux yeux de ma famille, faire oublier le mal que j'ai causé et les vies que j'ai peut-être détruites. Comment puis-je rentrer chez moi, alors que je n'ai rien accompli de bien ?

Lucy avait à présent l'air aussi triste que lui.

— Mon père était furieux quand je suis partie travailler ailleurs, murmura-t-elle, la lèvre tremblante, et il le fut encore plus quand je suis rentrée, en disgrâce. Il n'a jamais caché son dégoût. En fait, je suis convaincue que s'il n'avait pas déjà été malade, il m'aurait jetée dehors et laissée mourir de faim, comme le prêtre le lui avait conseillé. Pendant les mois qui ont précédé sa mort, à chaque fois qu'il me regardait, je voyais sa déception dans ses yeux. J'ai dû supporter ce poids chaque jour. Cela n'a pas été facile, mais j'ai tenu le coup jusqu'au bout.

Roger serra les poings.

— Cette humiliation m'a au moins été épargnée : mon père est aveugle. Ses yeux ne trahissent plus ses pensées.

Sa mâchoire se crispa instinctivement, mais le poids de sa culpabilité était trop lourd à porter. Il *fallait* qu'il s'en libère.

— Il a perdu la vue par ma faute… Cela fait partie des nombreuses erreurs qui m'ont déshonoré aux yeux de ma famille.

Lucy le jaugea, de ses grands yeux gris-bleu, si perçants qu'ils semblaient lire les secrets de l'âme de Roger. Il ne voulait pas lui parler de ce jour terrible, dans le Yorkshire, quand son obstination à prouver sa valeur avait causé une atroce tragédie… Hélas, il en avait déjà trop dit pour s'arrêter.

Une fois que Lucy saurait ce qu'il avait fait, elle le mépriserait elle aussi, mais il avait besoin de s'épancher. De tout avouer à cette femme qui s'était déjà montrée si compréhensive.

— Quand j'ai été adoubé, j'ai beaucoup travaillé et j'ai beaucoup *fait travailler* les autres. Je défiais tous les hommes que je connaissais pour me mesurer à eux, jusqu'à ce que…

Sa gorge se noua au souvenir de ce que son ambition avait provoqué. Il n'était alors qu'un jeune chevalier, jaloux d'un frère que leur père préférait, décidé à prouver aux siens qu'il était digne d'eux. Un nuage obscurcit un instant le soleil, étouffant par contrecoup toute lumière et toute chaleur dans le cœur de Roger. Il baissa la tête, bouleversé et honteux.

— Cela s'est passé il y a presque dix ans, en novembre. Cela faisait des heures que je chevauchais dans la lande pour m'entraîner à la joute, exaspéré par mes échecs. Mon père m'a dit d'abandonner, de me reposer. La nuit tombait déjà et le temps était humide. Il avait raison, nous aurions dû rentrer au chaud ; mais j'ai cru qu'il me jugeait incapable de faire mieux. J'étais furieux. Je voulais lui prouver qu'il avait tort et j'ai insisté pour continuer notre entraînement.

Il battit des paupières pour chasser les larmes qui montaient en lui et sentit la main de Lucy se glisser doucement dans la sienne. D'un seul coup, libérer sa conscience devant cette femme silencieuse, dans ce moment de calme, ne lui parut plus si terrible.

— Ma lance l'a atteint au visage. Des éclats de bois l'ont rendu aveugle et il a perdu l'usage de son bras dans la chute.

Roger plia son bras droit et le leva jusqu'à sentir le muscle se crisper.

— J'imagine que c'est ma punition... Ce serait logique, après tout.

— Est-ce que votre père serait d'accord ?

La voix de Lucy était douce, compatissante. Ses doigts emprisonnèrent les siens. Quand Roger avait besoin d'empathie, elle ne lui servait que des reproches. Mais quand il s'attendait à son mépris, elle le surprenait à chaque fois par sa bonté compréhensive...

— Quand j'étais inconscient, dans ton auberge, j'ai cru voir mon père apparaître pour m'accuser. Ce n'est qu'à mon réveil que j'ai compris qu'il ne s'agissait que d'un rêve. Tout le monde m'en a voulu, sur le moment, sauf lui : il a accepté le fait que ce ne soit qu'un accident. Il ne m'a jamais blâmé pour cela. Peut-être qu'il n'attendait rien de mieux de ma part.

Roger ne put retenir un petit rire amer.

— Sa réaction rend mes échecs encore plus durs à supporter, tu sais. Parfois, je pense que si je disparaissais, si je laissais ma place à Hal, tout le monde serait soulagé — et moi le premier.

— Que voulez-vous dire ?

— Qu'il soit bâtard ou non, il n'en demeure pas moins que Hal est un meilleur homme que moi. Il a même épousé la femme avec qui j'ai eu une aventure et elle est certainement bien plus heureuse avec lui qu'elle ne l'aurait été avec moi.

Roger soupira, se rappelant sa dernière querelle violente avec Joanna. Il n'avait pas pu s'empêcher de se montrer cruel et méprisant, allant jusqu'à la faire douter de l'amour que son frère lui portait.

— Je me suis très mal comporté avec elle et le peu que j'ai fait pour améliorer la situation n'a pas racheté toute la douleur que j'ai causée autour de moi.

Il s'interrompit un instant, puis leva les yeux vers Lucy.

— Tu n'as jamais eu envie de recommencer ta vie ailleurs, pour ne plus traîner le poids de tes erreurs passées ? demanda-t-il. Si chose n'a pas fonctionné la première fois, cela ne veut pas dire qu'on est condamné à l'échec, n'est-ce pas ?

Lucy se redressa, le regard de nouveau dur et distant.

— Où voulez-vous que j'aille ? Je suis condamnée à vivre avec mes erreurs. J'ai déjà supporté longtemps les ragots et les sanctions. Mon chemin est tracé et je dois le suivre, même si je me déteste pour ce que je suis devenue. Seuls les lâches s'enfuient.

— Tu me trouves lâche ? s'écria Roger en se levant à son tour.

Lucy soutint son regard sans peur.

— Et vous ? Vous trouvez-vous lâche ?

— J'ai combattu et j'ai tué des ennemis en bataille. Personne n'a le droit de m'accuser de lâcheté !

Son sang battait sous sa tempe. Il s'attendait à une longue dispute, mais Lucy lui lança un sourire tendre, un peu triomphant même.

— Dans ce cas, rentrez chez vous sans fortune et sans épouse. Vous verrez bien si votre père vous accepte tel que vous êtes.

Roger ferma les yeux, amer. Rentrer chez lui en disgrâce…

Peut-être que Lucy avait raison. Peut-être était-il lâche, après tout. Il était déjà resté à l'auberge bien plus longtemps qu'il ne l'avait prévu — ou voulu. Il prit le temps d'examiner les collines lointaines, à peine visibles dans la distance. Thomas était sans doute en train de voyager ou de se cacher quelque part. Et les hommes qui avaient essayé de tuer Roger devaient y être aussi. Cependant, il ne pouvait pas se cacher éternellement : il avait des hommes à recruter pour la Compagnie du Nord et devait encore s'occuper du message du roi. La marche depuis l'auberge jusqu'à Mattonfield ne l'avait pas fatigué et la demeure du Lord de Legh était proche, à présent. Il n'avait rien laissé chez Lucy, ce qui voulait dire qu'il n'aurait même pas besoin d'y retourner.

Hélas, Lucy était toujours là, à ses côtés, et il n'avait pas envie de la quitter. Toutes les excuses qu'il s'était répétées durant ces derniers jours n'étaient que des prétextes pour rester un peu plus longtemps avec cette femme qui le fascinait tant.

— Peut-être que j'emporterai tes recettes de bière dans le Yorkshire pour me faire un nom en tant que brasseur, plaisanta-t-il.

— Vous seriez incapable de brasser la bière aussi bien que moi !

Lucy tenta de paraître offensée, mais sa voix s'émaillait d'une note d'humour et Roger vit ses yeux briller.

— Dans ce cas, je t'emmènerai là-bas et tu pourras tout m'apprendre.

Roger commença à rire. Au bout d'un instant, néanmoins, il s'interrompit et regarda Lucy. *L'emmener…*

— Est-ce que tu m'accompagnerais, si je te le demandais ?

La jeune femme se détourna sans répondre ; pas assez vite, cependant, pour empêcher Roger de surprendre une pointe de désir dans ses grands yeux. Avait-elle envie de le suivre ? Ou simplement de fuir cet endroit ? Il eut soudain très envie de le savoir.

— Lorsque j'aurai rempli ma mission et que je me serai débarrassé des hommes qui m'ont attaqué, je rentrerai chez moi, Lucy. À présent, je crois que je ferais bien de retourner sur la place : je veux réessayer la joute.

Lucy acquiesça avec un petit sourire.

— Est-ce que tu resteras pour me regarder ? demanda Roger, plein d'espoir.

La jeune femme jeta un rapide coup d'œil à son tonneau

presque vide et ses joues pâlirent. Elle retrouva soudain son air anxieux.

— Je ne peux pas. J'ai un problème à régler de mon côté.

Elle paraissait si soucieuse que Roger sentit son cœur se briser. Il prit les épaules de Lucy et l'attira à lui. Elle ne résista pas, le laissa même l'enlacer.

— Est-ce que je peux t'aider ?

Elle eut un nouveau sourire amer et triste, donnant à Roger l'impression désagréable que quelque chose de très important lui échappait.

— Non, pas cette fois. Cela ne concerne que moi.

Elle soupira et appuya un instant son front contre l'épaule de Roger. Il la serra plus fort, enveloppant son corps fin de ses bras comme si cela allait suffire à la protéger. Il se sentait déchiré entre les acclamations qui provenaient des jeux, depuis la place, qui l'appelaient, et son désir de découvrir la cause du désespoir de Lucy. Finalement, elle releva la tête et le repoussa avec douceur.

— Allez-y ! Ne manquez pas votre chance.

— Dans ce cas, acceptes-tu de me donner une faveur à porter, *ma lady* ?

Lucy parut surprise, puis dénoua le ruban vert qu'elle portait dans les cheveux pour le déposer dans la main tendue de Roger. Elle ne lui laissa pas le temps de la remercier et se hissa sur la pointe des pieds pour déposer un baiser furtif sur ses lèvres — si léger que Roger eut presque l'impression de l'avoir imaginé. Il n'eut même pas la présence d'esprit d'enlacer Lucy pour la garder encore un peu contre lui.

— Pour vous porter chance, murmura-t-elle.

Elle se détourna ensuite, la tête baissée. Roger repartit vers la place, le cœur léger, sa main encore fourmillante après avoir tenu celle de Lucy. Il avait déjà reçu de nombreuses faveurs — des foulards de soie, des rubans brodés d'or — offertes par des femmes titrées et des filles de riches marchands ; mais rien ne lui avait fait autant plaisir que le baiser de Lucy.

— On est de retour ! s'écria le maître de guilde en le voyant approcher.

Ce disant, il le dévisagea par-dessus son nez aquilin, comme on regarderait une miche de pain grouillante d'asticots.

Roger montra les anneaux du doigt. Il allait devoir tous les attraper s'il voulait gagner. Une fois la lance passée dans la bague, le nœud qui le maintenait se défaisait et l'anneau glissait le long de la lance. Cela demandait plus de précision que la cible pivotante, mais moins de puissance physique.

— Il faut toutes les bagues pour gagner ?

L'homme confirma d'un signe de tête. Cette fois, Roger se prépara à la douleur. Il planta ses pieds dans le sol, plia les genoux pour supporter le poids de la lance et prit une profonde inspiration quand on la lui donna. Il referma les doigts sur la garde et ignora les flammes qui embrasèrent son épaule. Très vite, il trouva instinctivement le point d'équilibre.

Il avança ensuite vers le premier anneau, pesant chaque pas. Cela allait être plus long et il souffrirait sans doute plus, mais s'il ne courait pas, il avait plus de chances de viser juste.

Arrivé près de l'anneau, il leva sa lance dans un grognement et ajusta sa posture. La bague glissa jusqu'à la garde. Il attrapa de la même manière le deuxième anneau, puis le troisième. En dépit de sa douleur, Roger entendit vaguement un murmure surpris traverser la foule. Quand il récupéra le quatrième anneau, le public acclama joyeusement. Il ignora les cris et se concentra sur le dernier. Huit pas de plus, et il y serait. Avec un rugissement, Roger redressa son bras, visa et décrocha le dernier anneau sans la moindre hésitation.

Un tonnerre d'applaudissements s'éleva. Cela faisait si longtemps qu'il n'avait pas entendu cela… Étourdi par le bruit de la foule en délire, il remarqua à peine l'écuyer qui vint récupérer la lance ou la bourse rebondie qu'on glissa dans sa main. Le seul visage qu'il aurait vraiment voulu voir ne se trouvait pas parmi les centaines d'autres. Il sourit vaguement au maître de guilde qui se répandait en félicitations et quitta la place pour retourner dans la ruelle où il avait laissé Lucy. Elle serait sans doute surprise de le voir revenir avec des pièces de monnaie plein les mains. Il lui offrirait un nouveau ruban et achèterait une poupée de bois articulée à Robbie. Ce soir-là, ils mangeraient tous du gâteau au miel. Roger pourrait aussi donner à Lucy l'argent qu'il lui devait, et ensuite…

Il sourit tout en marchant. Il avait d'abord plaisanté en proposant à Lucy de le suivre dans le Yorkshire, mais cette idée folle commençait à prendre racine en lui. À présent qu'il avait de l'argent, l'emmener à Wharram lui paraissait moins absurde. Quand il lui avait parlé de Joanna, il n'avait pas été tout à fait honnête : il ne l'avait pas aimée, pas au début en tout cas. Hélas, quand il avait accepté ses sentiments, il était déjà trop tard. Il ressentait aujourd'hui la même chose pour Lucy et il était hors de question qu'il reproduise son erreur.

Mais si elle acceptait de le suivre ? Oh ! si elle le suivait, il serait si heureux de l'avoir dans sa vie… Serait-il seulement capable de trouver le bonheur à nouveau si jamais elle refusait ? Sans doute pas. Et il préférait ne pas y penser.

Il n'y avait pas d'auberge à Wharram Danby, seulement quelques maisons dont les habitants servaient de la bière à leur porte aux gens du village. Le père de Roger serait certainement ravi de produire de la bonne bière sur ses terres et n'hésiterait sans doute pas à payer pour la construction de l'auberge.

De toute manière, même s'il ne donnait pas d'argent, Roger construirait lui-même une belle maison où Lucy et Robbie vivraient et où il pourrait leur rendre visite quand il le désirerait. Il imaginait déjà Lucy l'accueillant par un baiser, le sourire aux lèvres, et le serrant dans ses bras. Il se vit passer de longues soirées avec elle près du feu, pendant que Robbie jouerait par terre ; des soirées comme celles qu'ils avaient déjà partagées, sauf que, dans cette nouvelle auberge, la cheminée ronflerait, illuminerait toute la salle car le bois serait moins rare. Après cela, ils passeraient de bonnes nuits au lit, l'un contre l'autre. Leurs corps alanguis s'abandonneraient lentement au sommeil. Oui, ce serait enfin une maison où il aurait plaisir à revenir.

Un foyer. Il s'immobilisa au milieu de la rue et passa la main dans ses cheveux, plus heureux qu'il ne l'avait jamais été. Voilà qu'il commençait à penser comme son frère, à avoir envie d'un avenir qu'il avait pourtant si longtemps repoussé. À présent, l'idée de couler des jours paisibles avec la femme qu'il aimait l'attirait plus que jamais.

Le coin de rue où il avait laissé Lucy était vide et son chariot avait disparu.

— Vous savez où est allée Miss Carew ? demanda-t-il, surpris, à l'homme aux oies.

Le vieillard cracha par terre et indiqua la rivière de la main.

— Essayez au moulin de Risby. Ils parlaient ensemble, tout à l'heure.

Roger songea que Lucy ne lui avait pas dit qu'elle avait besoin de pain ou de malt… Pourtant, quand il approcha du moulin, il vit son chariot abandonné près du bâtiment. La porte était fermée. Roger ne prit pas la peine de frapper et entra immédiatement.

Ce qu'il découvrit à l'intérieur le figea sur place. Il ne put détourner les yeux, envahi par une nausée soudaine, un dégoût incontrôlable.

Deux personnes étaient installées dans la petite pièce mal éclairée et poussiéreuse. L'homme était debout, les jambes écartées et les yeux mi-clos. C'était le meunier, sans le moindre doute. Roger eut besoin de quelques secondes pour comprendre que la femme qui lui tournait le dos, accroupie, une main posée sur la ceinture de Risby, était Lucy.

Chapitre 15

Roger eut l'impression qu'on venait de le poignarder en plein cœur et en eut le souffle coupé. Il s'agrippa au montant de la porte pour ne pas perdre l'équilibre et dut faire plus de bruit qu'il ne le croyait car le meunier ouvrit soudain les yeux et le dévisagea.

— Attendez votre tour ! lança-t-il. Elle n'a pas encore commencé, avec moi !

Lucy se retourna dans un sursaut et son visage pâlit d'horreur. Elle indiqua la porte d'une main tremblante.

— Partez !

Le meunier lui prit la tête et l'obligea à se concentrer à nouveau sur lui, sans la moindre douceur.

— Tu n'as pas commencé, répéta-t-il froidement en appuyant sur ses épaules pour l'empêcher de se lever.

Lucy jeta encore un regard désemparé à Roger, par-dessus son épaule.

— Je vous en prie, partez, sanglota-t-elle.

Roger s'avança néanmoins, furieux, et arracha la main de la jeune femme de la ceinture de Risby.

— Je pars, mais tu viens avec moi !

Le souffle court, Lucy se libéra et s'enfuit en courant, la tête baissée.

— Où vas-tu, Lucy ? s'écria le meunier.

Roger se campa devant lui, montrant les dents comme

un loup en chasse pour l'empêcher de quitter son moulin, puis suivit Lucy dehors.

Elle courait à toute vitesse en direction de la rivière et de la route qui contournait la ville. Ignorant les appels de Roger, elle continua sa course sans se retourner. Il dut forcer son allure pour enfin pouvoir lui prendre le bras et l'arrêter. Elle se débattit, mais Roger n'allait pas la laisser lui échapper, cette fois.

Il la prit par la taille et la tint devant lui, plus brutalement sans doute qu'il ne l'aurait voulu. Elle luttait entre ses bras comme une colombe emprisonnée dans les serres d'un aigle. Depuis plusieurs jours, Roger rêvait de l'attirer contre lui et le baiser qu'ils avaient failli échanger, si peu de temps auparavant, l'avait rendu fou de désir. Mais rien ne se passait comme il l'avait imaginé…

— Que faites-vous ici ? lui demanda-t-elle entre ses dents. Comment m'avez-vous trouvée ?

— J'ai gagné la compétition, et la bourse. Je voulais te le dire mais tu n'étais plus dans la rue où je t'ai laissée, répondit Roger, exaspéré en pensant à tous les projets dont il avait rêvé sur le chemin. Est-ce le père de Robbie ?

— Non ! s'écria Lucy, crispée, avec une moue écœurée.

— Est-ce ton amant, alors ?

Était-ce pour cela qu'elle se refusait à lui ? Était-ce parce que le meunier avait déjà su gagner son affection ?

L'orgueil de Roger se révolta à cette idée. Lucy était-elle réellement capable de s'offrir à un homme aussi répugnant ? Elle gardait les yeux baissés et luttait toujours pour se libérer. Le cœur brisé, Roger la lâcha et recula d'un pas.

— Ton silence est éloquent. J'ai donc raison.

Lucy parut plus dégoûtée que jamais et le dévisagea, méprisante.

— C'est à cela que ressemble l'amour, selon vous ? Cela en dit bien plus long sur vous que sur moi, Sir Roger ! Me croyez-vous vraiment capable d'aimer un homme tel que lui ? N'avez-vous donc rien appris à mon sujet ?

Sa lèvre se mit à trembler et sa voix s'éteignit lamentablement. Roger, désemparé, vit de grosses larmes lui monter aux yeux.

— Je lui dois de l'argent et je ne peux pas le payer. C'est lui qui a suggéré un autre moyen pour rembourser ma dette, lâcha-t-elle dans un souffle.

Soudain, Roger comprit ce qui venait de se passer et dut réprimer un haut-le-cœur. Lucy ne faisait pas cela par amour. Pas même par désir. Ce n'était qu'une transaction, froide et déshumanisée. Était-ce mieux ou pire que la croire amoureuse ? Roger n'en savait rien…

— Tu étais prête à t'offrir à lui ?

— Pas entièrement, protesta-t-elle. Il y a d'autres moyens de satisfaire un homme, vous devez le savoir !

Elle plongea le visage dans ses mains et lâcha un nouveau sanglot déchirant.

— Pendant tout le temps que j'ai passé chez toi, je te croyais vertueuse. Maintenant, je sais que j'aurais pu me payer une heure de bon temps sans problème, si j'avais eu de l'argent.

— Certainement pas. Mon corps m'appartient et j'en fais ce que je veux.

Cette fois, les yeux de Lucy étaient enragés, froids, sans les larmes qui les avaient envahis quelques instants plus tôt.

— Est-ce donc toute la valeur que tu accordes à ton corps ? demanda Roger, découragé.

— N'est-ce pas la valeur que les hommes lui accordent ?

Elle se redressa, belliqueuse, les épaules en arrière. Sa poitrine tendit l'étoffe de sa robe défraîchie et Roger ne put s'empêcher d'admirer un instant ses courbes délicates.

— Vous auriez été prêt à me payer pour me posséder, vous venez de l'admettre ! De combien d'autres femmes comme moi avez-vous profité dans votre vie ? Et combien d'entre elles avaient vraiment envie de faire cela avec vous, à votre avis ? Avez-vous seulement pris le temps de vous demander pourquoi elles acceptaient votre argent ?

— J'ai rarement été obligé de payer pour des galipettes.

— Pas en pièces de monnaie, peut-être, marmonna froidement Lucy.

Roger repensa alors aux femmes qu'il avait connues. Kitty. La servante de Lord Harpur. Même Joanna qu'il avait à peine réussi à convaincre de l'embrasser et de le caresser. Sans compter toutes celles dont il se souvenait à peine. Une profonde solitude l'envahit soudain.

— Est-ce que tu essaies de me dire qu'elles n'acceptaient de partager mon lit que pour ce que je pouvais leur offrir ? J'ai toujours cru qu'elles m'aimaient…

— C'est justement ce que je veux vous faire comprendre ! cria Lucy. Certaines avaient peut-être des sentiments pour vous, et les autres n'avaient simplement pas le choix, mais vous ne leur avez jamais posé la question ! Il ne vous est même pas venu à l'esprit que vous auriez dû le faire. Moi, au moins, je suis assez honnête pour ne pas faire semblant d'avoir des sentiments pour Risby et je sais très bien qu'il n'en a pas pour moi. Dites-moi, qu'aurais-je dû faire, selon vous ? Comment suis-je censée survivre sans argent et sans personne pour m'aider ?

Elle montra la maison du meunier d'un geste brusque.

— Peu importe qui vous êtes : des hommes pauvres comme lui… Des hommes riches comme vous… Comme le père de Robbie…

Elle s'approcha de Roger, tremblante de colère et les joues rouges.

— Vous tous, vous utilisez les femmes comme moi jusqu'à ce qu'elles vous ennuient, puis vous nous laissez réparer nos vies et nos réputations du mieux que nous le pouvons.

Elle croisa les bras, le souffle court et les yeux dans le vague, comme si sa colère se muait en une sorte de terreur.

— Vous n'imaginez pas ce qu'il m'en coûte de faire cela ; à quel point je meurs un peu plus à chaque fois, en priant pour que cela finisse vite. Vous n'en savez rien et vous vous permettez de venir me juger ? Comment osez-vous ?

Roger recula, intimidé par tant de fureur. Il l'avait

suivie pour lui dire à quel point il avait été déçu, à quel point ce qu'il avait vu dans le moulin l'avait écœuré… et voilà qu'elle l'attaquait.

— Si la mère de votre enfant bâtarde n'était pas morte en couches, aurait-elle une vie bien différente de la mienne, à présent ? reprit Lucy. À combien d'autres hommes s'est-elle offerte parce qu'elle en avait envie et à combien parce qu'elle avait peur de mourir de faim ?

Ces dernières paroles vidèrent Roger des forces qui lui restaient. Il secoua faiblement la tête, incapable de se défendre face à de telles accusations.

— Vous n'avez rien à dire ? Dès que nous nous sommes rencontrés, vous avez essayé de m'entraîner dans votre lit !

— Oui, j'ai essayé, mais je voulais que tu le fasses de ton plein gré, protesta Roger. Je voulais que cela ait de l'importance.

— De l'importance ? Pour vous ou pour moi ?

Lucy éclata soudain de rire. Un rire fort et aigu, sans la moindre pointe d'humour. Un rire qui n'était en fait qu'un flot de douleur qui avait longtemps lutté en elle et se libérait enfin. Le barrage qui contenait ses émotions venait de céder et Roger se sentit profondément désarmé.

— Je sais que vous me désirez et vous savez que je vous désire aussi, avoua-t-elle, enfin calmée. J'ai résisté. J'ai essayé d'ignorer ces sentiments, ces élans qui ne m'apporteront au final que malheur et solitude, mais cela n'a pas été facile.

Elle tendit une main et la posa doucement sur la joue de Roger pour caresser sa peau. Son geste était si inattendu, après tant de colère, que Roger se laissa faire sans réfléchir. Lucy le regardait dans les yeux, le perçant de part en part de son regard brûlant.

— Maintenant que vous savez quelle sorte de femme je suis, voulez-vous encore de moi ?

Oh oui, il voulait encore d'elle ! En dépit de ce qu'il avait vu, la simple idée de toucher cette femme enflammait son corps. Elle se laissa aller dans ses bras, la poitrine pressée contre son torse, éveillant ses désirs. Il avait tellement envie de l'embrasser…

— Vous avez de l'argent, maintenant, reprit-elle à mi-voix. Avez-vous l'intention de dépenser vos gains dans mon lit ?

Sa main, toujours posée sur la joue de Roger, descendit le long de son torse et s'arrêta à sa taille. Traversé par un éclair de désir, Roger retint son souffle. Son sexe se dressa contre l'étoffe de son pantalon. Lucy baissa un instant les yeux sur sa ceinture, puis les releva triomphalement.

— Voulez-vous que je fasse cela pour vous, au lieu de le faire à Risby, et que j'utilise votre argent pour le payer, *lui* ? souffla-t-elle.

Un dégoût soudain jeta une chappe glacée sur Roger et son sang bouillant se figea. Il serra les dents. Lucy recula et il comprit trop tard qu'elle avait senti ses muscles se crisper.

Elle lâcha un sanglot désespéré, tourna les talons et s'enfuit de nouveau.

Le cœur brisé, Roger la regarda s'éloigner, n'osant pas la poursuivre une seconde fois. Il se sentait vide, sans force. Toute l'excitation qui l'avait empli depuis sa victoire dans la lice s'était évanouie.

Il laissa Lucy partir.

Dans sa hâte et sa détresse, elle avait oublié son chariot devant le moulin. Roger se pencha sur le bord et regarda son contenu. Le peu de nourriture qu'elle avait acheté — à peine assez pour survivre. Le bol et le tissu. Le tonneau presque vide. Une profonde culpabilité l'envahit. Lucy avait quitté son chariot et abandonné toute possibilité de vente pour le consoler après son échec. Des hommes en avaient profité pour voler sa bière. Si elle l'avait laissé se morfondre seul, elle aurait peut-être gagné de quoi rembourser sa dette… Mais elle avait choisi d'écouter patiemment ses apitoiements, sans lui montrer à quel point elle était bouleversée par ce qui l'attendait. Elle avait préféré le pousser une seconde fois dans la lice plutôt que de lui parler de ses problèmes — et Roger avait ignoré ses soupçons. Il l'avait abandonnée. Égoïste et uniquement centré sur lui-même, comme toujours !

La colère qui avait pesé sur ses épaules autant qu'une cotte de mailles s'envola, remplacée par des remords encore plus lourds. Il lui avait avoué toutes ses erreurs, ce jour-là, et elle était restée compréhensive, bienveillante. Il n'avait même pas osé lui confier le pire : ses efforts pour séduire la femme de son frère, si grossiers que celle-ci avait fini par le fuir, horrifiée. Une petite voix amère lui murmurait que Lucy avait raison, qu'il ne valait pas mieux que le meunier, en fin de compte. Et pourtant, il s'était permis de la juger. De la condamner, sans même chercher à comprendre ses motivations.

Roger recompta les pièces qu'il avait gagnées à la joute, et qui lui paraissaient sales, à présent. Soudain, il prit sa décision et entra de nouveau dans le moulin. Risby était assis sur une chaise. En entendant la porte s'ouvrir, il leva les yeux et esquissa un sourire malsain mais, dès qu'il vit que Lucy n'était pas revenue, sa bouche forma une moue hautaine.

— Elle attend dehors ? Ou vous l'avez effrayée ?

— Elle est partie, répondit Roger d'une voix si calme qu'il s'étonna lui-même. Elle ne reviendra pas.

— Je vous connais, non ?

Le meunier l'étudia un instant, puis fronça les sourcils.

— Oui, reprit-il. C'est vous que j'ai croisé sur le chemin de l'auberge, il y a quelques jours.

— En effet, et comme vous le voyez, je suis bien arrivé à destination.

Roger s'avança un peu plus, toisant le meunier toujours assis.

— Miss Carew est sous ma protection, maintenant.

— Qui êtes-vous donc ?

— Quelqu'un qui tient à elle, répondit Roger. Si qui que ce soit apprend ce qui s'est passé ici, aujourd'hui, vous en répondrez. Je n'hésiterai pas à raconter ce que vous avez fait à tout le village. Qu'en penseront les autres hommes, selon vous ?

— Vous croyez qu'ils ne le savent pas ? Vous croyez que je suis le premier ? Ou le seul ? On ne peut survivre avec seulement du pain, elle a aussi besoin d'acheter d'autres choses… Dites-lui qu'elle revienne si elle ne veut pas que je la poursuive pour insolvabilité !

Roger pivota et son poing s'abattit violemment sur la mâchoire du meunier, abasourdi. L'impact envoya une vague de douleur le long de son bras encore faible, mais le gémissement surpris de Risby qui s'écroula par terre le récompensa largement de ses efforts.

— Combien Lucy vous doit-elle ? Je vais vous payer.

Le meunier lâcha un chiffre. Un second coup de poing, et le montant fut divisé par deux. Roger tira alors une pièce de sa bourse et la plaqua dans la paume de Risby. Il referma les gros doigts de l'homme dessus, serrant jusqu'à ce que le métal s'enfonce dans sa chair, faisant gémir le meunier de plus belle.

— Maintenant, dehors, gronda Roger.

Risby quitta la pièce — sa propre maison — en boitillant, sans demander son reste.

Roger s'affala sur la chaise, à présent vide. Il tenta vainement de ne pas penser au nombre de fois où le meunier s'était installé là pour recevoir les faveurs de Lucy. La tête appuyée contre le mur derrière lui, il ferma les yeux.

Le soleil descendait déjà sur l'horizon et l'intérieur du moulin devenait de plus en plus sombre. Dans le silence de la fin de journée, Roger Danby regarda en lui et fut dégoûté par ce qu'il vit. Il avait l'impression qu'on l'avait battu… Il avait le souffle court et les muscles crispés. Oui, Lucy l'avait frappé en plein cœur, non pas avec ses poings mais avec des vérités qui lui avaient fait beaucoup plus mal… L'écœurement qu'il avait éprouvé quand il l'avait vue devant le meunier n'était rien comparé à celui qu'il ressentait à présent, en songeant à son passé mouvementé.

Il méritait largement chaque mot qu'elle avait prononcé,

et plus encore ! Lucy lui avait demandé s'il était lâche et il avait violemment protesté. À présent, il n'était plus sûr de rien. Aurait-il la force et le courage de devenir l'homme qu'il aurait toujours dû être ?

Il lui restait de l'argent, assez pour acheter de beaux vêtements et être reçu par le Lord de Legh. Il pourrait même louer une mule afin de ne pas trop se fatiguer. Mais il savait très bien qu'il ne ferait rien de tout cela. Son cœur le poussait vers l'auberge. Il n'avait pas rencontré Lucy par hasard : elle était destinée à jouer un rôle dans sa vie, et lui dans la sienne. Il la voulait pour lui. Pour lui tout seul. Elle lui avait demandé s'il voulait partager son lit. Oh oui, il le voulait. Cependant, il voulait encore plus la tenir dans ses bras et la protéger des hommes comme Risby… ou comme lui.

Même s'il avait peur de la manière dont elle l'accueillerait, il décida donc de rapporter son chariot à Lucy et de faire pour la première fois de sa vie une chose qu'il aurait déjà dû faire de nombreuses fois déjà. Il la supplierait de le pardonner.

Lucy courut. Sans s'arrêter. Sans réfléchir. Cette fois, aucune voix ne l'appela. Aucune main ne vint se poser sur sa taille. Roger ne la suivait pas. Elle eut envie de regarder en arrière mais se retint, bouleversée par son regard froid, révulsé. Quand elle fut proche de la maison de Mary Barton, elle quitta la route et s'agenouilla près de la rivière pour laver son visage et ses mains, et se débarrasser ainsi de l'odeur et du souvenir de la peau de Risby sur la sienne. Elle n'avait pas eu le temps de commencer ce qu'il lui fallait faire, mais se sentait tout de même sale. Elle parvint à rester étonnamment calme en allant chercher Robbie et en écoutant Mary Barton lui parler des événements de la journée — surtout de l'étranger qui avait accompagné Lucy le matin et qui avait réussi à attraper les cinq anneaux dans la lice. Les dents serrées, Lucy sourit poliment. Oui, Roger avait gagné l'argent après lequel il soupirait depuis son réveil. À présent que plus rien ne le retenait, il partirait sans un regard en arrière.

Les paroles immondes qu'ils s'étaient tous les deux jetées au visage revinrent la hanter. Regrettait-elle ce qu'elle lui avait dit ? Pas le moins du monde ! Roger avait été bien trop hypocrite en la condamnant, vu ce qu'elle savait de son passé. Quoi qu'il en soit, elle aurait préféré qu'il ne découvre pas son honteux secret. Voir ses yeux s'emplir d'une telle déception avait été bien pire qu'avouer à son père pourquoi Lord Harpur l'avait chassée de ses terres.

Lucy reprit le chemin de l'auberge le cœur lourd. La route était remplie de groupes de voyageurs de retour de la foire, mais elle ne vit pas la silhouette qu'elle aurait tant voulu apercevoir parmi eux. Trop perdue dans ses pensées pour se rendre compte de ce qui se passait autour d'elle, elle ne remarqua pas l'homme encapuchonné qui vint marcher à côté d'elle. Quand une main se posa sur son bras, elle fit volte-face, le cœur battant. Hélas, ce n'était pas Roger.

— Continue à marcher, ma sœur.

Abasourdie, elle étouffa un cri.

— Chut, reprit son frère. N'attire pas l'attention sur nous : on pourrait nous surveiller en ce moment même…

— Thomas ? Où étais-tu ?

S'il était rentré ne serait-ce qu'un jour plus tôt, les choses auraient pu être très différentes. Il aurait emmené Roger et personne n'aurait été témoin de son humiliation. Thomas aurait peut-être même pu rapporter assez d'argent pour permettre à Lucy de rembourser sa dette en femme honnête.

Thomas jeta de rapides regards autour de lui.

— Est-ce que quelqu'un est venu poser des questions à mon sujet ?

— Tu veux parler des hommes qui te suivaient à ton arrivée à l'auberge ? Non. Roger n'a reconnu personne parmi mes clients.

— Est-ce que tu es entrée dans la brasserie ?

Lucy fronça les sourcils, surprise par ce changement de sujet.

— Bien sûr, j'y vais tous les jours. Pourquoi ?

Thomas regarda une fois de plus autour de lui.

— Aucune importance. Sir Roger pourra m'aider quand je lui aurai parlé.

Inquiète, Lucy lui attrapa le bras.

— Tu as des problèmes, n'est-ce pas ? Et que veux-tu qu'il fasse pour toi ?

Elle baissa la tête. Le simple fait de prononcer le nom du chevalier lui brisait le cœur.

— Roger n'est pas à l'auberge…

L'air soudain terrifié, Thomas s'agrippa à sa jupe comme un enfant.

— Est-ce qu'il a survécu à sa blessure ? Je dois à tout prix lui parler, c'est urgent ! Où est-il ?

— Il a survécu. Je l'ai aidé. Je ne sais pas où il est maintenant. Il pourrait revenir à l'auberge, répondit-elle en ravalant un sanglot, mais je n'en suis pas sûre. Tu pourrais attendre que…

— Non ! Pas à l'auberge ! coupa Thomas. On me recherche toujours, je le sais à présent.

Il réfléchit un instant puis murmura :

— Tu te souviens du vieux puits près duquel on avait l'habitude de jouer ? Je me cacherai là-bas. Dis à Sir Roger de me rejoindre dès que possible.

— Et s'il ne revient pas ?

L'idée de ne plus jamais revoir Roger lui était insupportable. Hélas, elle allait devoir enfouir sa douleur au fond d'elle et vivre avec, tout comme elle vivait déjà avec le poids de son passé.

— Alors je suis perdu, grommela Thomas.

Ils marchaient vite. Quand ils furent tout près du groupe qui cheminait devant eux, Thomas lâcha le bras de Lucy.

— Je dois y aller.

Il s'écarta et quitta la route pour s'enfoncer dans les collines. Lucy le regarda s'éloigner un instant, puis songea que rester immobile comme cela, à regarder la forêt, était le meilleur moyen d'attirer l'attention sur Thomas. Elle se dit aussi que si son frère craignait pour sa vie, c'était encore bien peu de chose par rapport à ce qu'elle-même ressentait. Elle remonta Robbie sur sa hanche et rentra chez elle.

L'auberge était sombre et froide. Lucy alluma une seule bougie pour que Robbie puisse y voir un peu. Le froid ne la dérangeait pas et, puisqu'elle était assise seule près de la cheminée éteinte, elle ne voyait pas de raison de gâcher d'autres bougies. Lors de sa première dispute avec Roger, elle l'avait jeté dehors et en avait été profondément soulagée. Mais, cette fois, son absence rendait la pièce étouffante.

Elle trempa du pain dans du lait pour Robbie. Il mangea lentement son repas, déjà à moitié endormi, laissant plus de pain dans son assiette que ce que Lucy pouvait se permettre de jeter. Elle se sentait bien trop bouleversée pour avoir de l'appétit mais se força à finir le souper de son fils. Elle se souvint alors de la manière dont Roger avait insisté pour qu'elle mange pendant qu'il partageait son assiette avec Robbie et sourit, même si ses yeux se remplissaient de nouveau de larmes. C'était idiot de tomber amoureuse pour si peu, mais cette attention et toutes les petites bontés qu'il avait eues pour elle avaient empli son cœur plus encore que tous les poèmes qu'on aurait pu lui réciter.

Une fois qu'elle eut terminé son repas, Lucy alla coucher Robbie et redescendit dans la salle pour s'asseoir de nouveau près de la cheminée. Combien de soirées avait-elle déjà passées seule ici ? Combien en passerait-elle encore ? Avant l'arrivée de Roger dans sa vie, elle n'avait pas pensé qu'un peu de compagnie pourrait lui apporter autant de plaisir. Elle s'adossa au mur, la tête en arrière, et s'abandonna enfin à ses larmes.

Un coup discret frappé à la porte la tira de ses sanglots. Elle redressa la tête, tendue, incapable de bouger. On frappa une deuxième fois et Lucy courut à la porte pour la déverrouiller d'une main tremblante.

Roger était là, sur le seuil. Une ombre sur le ciel nocturne. Le cœur de Lucy s'emballa et elle faillit se jeter dans ses bras. Soudain, elle se souvint de son regard froid de dégoût, de ses membres crispés sous ses mains.

— Que voulez-vous ? demanda-t-elle.

— Nous avons encore beaucoup de choses à nous dire. Je peux entrer ?

Lucy recula d'un pas. Roger ne bougea pas immédiatement. Au bout d'un instant, il baissa la tête et passa la porte basse. Dans le peu de lumière projetée par l'unique bougie, son visage restait neutre, sans expression.

— Pourquoi restes-tu assise dans le noir ? Tu n'as même pas allumé le feu, dit-il d'une voix un peu désapprobatrice.

Lucy haussa les épaules. Cette critique n'était pas bien cruelle après tout ce qu'il lui avait dit. Roger traversa la salle, s'agenouilla devant l'âtre et frotta le silex pour enflammer la paille. Il alluma ensuite deux autres bougies avant de s'approcher de Lucy et de lever une flamme à la hauteur de son visage pour mieux la voir. Elle sentit ses yeux gonflés, fatigués. Il allait comprendre qu'elle avait pleuré…

— Je n'étais pas sûre de vous revoir, maintenant que vous avez votre argent.

— Je n'étais pas sûr de revenir non plus, répondit-il.

— Vous auriez pu quitter Mattonfield.

— J'y ai pensé.

Son grand corps tendu la dominait d'une bonne tête.

— Avant ou après avoir découvert ce que je suis vraiment ?

— Après. Mais, comme tu peux le voir, je suis ici.

Il effleura sa joue du pouce.

— Tu as pleuré ?

Lucy croisa les bras, bien décidée à ne pas céder à ses sentiments.

— Oui, mais c'est fini. Je ne pleure plus. Si vous êtes

revenu pour me juger encore une fois, vous feriez mieux de partir immédiatement.

— Ce n'est pas pour cela que je suis là, murmura Roger d'une voix neutre. Le meunier a dit qu'il n'était pas le premier. C'est la vérité ?

Elle aurait pu mentir, se parer d'une vertu qu'elle n'avait pas, mais elle en avait assez de tromper le monde autour d'elle.

— Le premier, c'était le médecin. Mon père avait besoin de potions et je ne pouvais pas les payer. Qu'aurais-je pu faire d'autre ?

Roger eut un petit sourire triste.

— J'ai rapporté ton chariot.

Ce n'était pas une réponse, mais Lucy ne s'était même pas rendu compte qu'elle l'avait oublié au moulin. Ce nouveau geste de gentillesse l'émut et, en dépit de sa colère, elle ne put réprimer un sourire à son tour. Elle fit néanmoins de son mieux pour le cacher.

— Merci, mais ce n'était pas nécessaire. Je l'aurais récupéré demain.

— Je ne veux pas que tu retournes au moulin, dit Roger d'un air sombre. Pour quelque raison que ce soit.

— Je n'en ai pas envie non plus, admit Lucy.

Elle voulut s'expliquer puis, comprenant que c'était inutile, s'éloigna de Roger. Le feu commençait à prendre et elle s'abîma dans la contemplation des premières flammes.

— Je vous l'ai déjà dit, reprit-elle. J'ai fait mes choix et vécu avec mes erreurs. Je refuse de me justifier face à vous.

— Tu n'as pas besoin de te justifier. Vraiment. Je n'aime pas savoir que tu fais ce genre de choses, mais je comprends ce qui t'y a poussé…

Roger s'approcha et s'arrêta derrière elle, assez près pour qu'elle sente le moindre de ses mouvements. Elle refusa pourtant de se retourner, craignant ce qui allait se passer ensuite. Elle s'était attendue à une nouvelle litanie de critiques morales ou à un accès de colère, mais Roger paraissait étonnamment nerveux.

— Je ne suis pas venu me disputer avec toi, dit-il d'une voix sincère.

— Alors pourquoi vous donner la peine de faire tout ce chemin en pleine nuit ?

— Je n'ai pas eu le temps de te dire pourquoi je te cherchais, tout à l'heure.

— Vous vouliez m'annoncer votre victoire ?

— Pas uniquement, répondit-il. Je voulais te remercier de m'avoir poussé à réessayer. C'est grâce à toi que j'ai gagné, petite colombe.

Il s'approcha un peu plus et Lucy se retourna, levant la tête pour le voir. Son sang se mit à battre plus fort contre sa tempe. Il lui prit la main, puis caressa lentement son bras pour enfermer finalement son visage entre ses paumes et enfouir les doigts dans ses cheveux. C'était un geste si intime que Lucy sentit sa gorge se nouer.

Roger la couvait d'un regard doux, tendre, les lèvres entrouvertes. Sans un mot, il lui caressa la joue du pouce et ses doigts se glissèrent jusqu'à la nuque de Lucy pour l'attirer à lui. Il allait l'embrasser. Et elle le laisserait faire.

Il se pencha sur elle et leurs bouches se rencontrèrent, passionnées, impatientes. Lucy se pencha en arrière pour mieux l'embrasser. Son baiser était brûlant, gourmand. Son parfum enveloppa Lucy et le goût de ses lèvres avait quelque chose de vertigineux. Elle s'abandonna à ce plaisir nouveau, laissant Roger la guider, lui apprendre l'art du baiser.

Ce fut lui qui s'écarta le premier. Il la regarda un long moment, sans un mot, et le monde parut se refermer sur eux comme un cocon.

— Après ma victoire, j'ai commencé à penser à mon avenir et au tien, chuchota-t-il enfin. Tu n'es pas obligée de continuer à vivre comme cela : il y a une autre solution.

Il repoussa une mèche des cheveux de Lucy derrière son oreille d'un geste à la fois tendre et dominateur, puis sourit.

Chapitre 16

— Oh !

Lucy lâcha les mains de Roger. Elle se sentait soudain si stupide. Leur baiser avait été comme un rêve sensuel duquel elle n'avait pas voulu se réveiller. Un rêve qui avait effacé pour un temps toutes ses inquiétudes et tous ses soucis. Pendant quelques secondes, elle avait cru que Roger allait la demander en mariage, mais sa proposition brisa tous ses espoirs en mille morceaux.

— Quelque chose ne va pas ? demanda-t-il d'un air perplexe.

Lucy sentit sa gorge se nouer, et de nouvelles larmes brûlantes lui monter aux yeux. Il ne comprenait pas en quoi il avait pu la blesser, évidemment !

— Vous m'avez méprisée parce que je me suis prostituée pour du grain, et voilà que vous me demandez de faire la même chose pour vous ! Au fond, vous êtes comme Risby.

Roger la dévisagea, manifestement abasourdi par sa réaction.

— Je ne te demande pas de t'agenouiller devant moi pour t'acquitter d'une dette, voyons ! Je te demande de devenir mon amante. N'est-ce pas mieux d'appartenir à un seul homme plutôt qu'à tous ceux qui seraient prêts à payer ?

Lucy se redressa, dédaigneuse.

— Je n'ai pas l'intention d'*appartenir* à qui que ce soit.

Je m'apprêtais à faire ce qu'il fallait pour rembourser une dette, c'est tout — et d'ailleurs, grâce à vous, je ne l'ai toujours pas payée.

— Inutile, lança Roger avec solennité. J'ai payé le meunier pour toi et lui ai aussi laissé quelques bleus pour lui rappeler de mieux se conduire à l'avenir. Il ne reviendra plus te tourmenter, et, s'il ose le faire, je m'occuperai de lui.

Il avait vraiment fait cela pour elle ? Lucy étouffa un nouveau sanglot.

— Vous pensez donc m'avoir achetée. C'était à moi de me débarrasser de cette dette. Risby n'avait pas le droit de vous la vendre.

— Il ne m'a rien vendu. Ce n'est pas pour cela que je te demande de me suivre.

— Et vous avez toujours envie de moi, maintenant que vous savez que je suis prête à m'offrir à n'importe qui contre de l'argent ?

Lucy dut ravaler la douleur qui l'étranglait.

— Ou peut-être *à cause* de cela ?

— Tu es injuste, répliqua Roger d'une voix sombre. J'étais en route pour te faire cette proposition quand je t'ai découverte avec le meunier. Je te veux parce que tu me rends fou de désir. Quand je rentrerai dans le Yorkshire, je veux que tu viennes avec moi — avec Robbie. Nous pourrions rester ensemble et vivre côte à côte. Tu ne peux pas nier que nous soyons attirés l'un par l'autre.

Il passa une main autour de la taille de Lucy pour la serrer une nouvelle fois contre lui et enfouit son visage dans ses cheveux.

— Quand je t'ai surprise avec la main sur la ceinture de Risby, tout à l'heure, cela m'a fait plus de mal que n'importe quelle blessure de guerre ; et savoir pourquoi tu t'apprêtais à le satisfaire de la sorte m'a achevé. Je veux que tu n'aies plus jamais à accepter ce genre de choses. Je te promets de te protéger, de prendre soin de toi. Ose me dire que ce baiser ne t'a pas émue… Je sais que tu ressens la même chose que moi.

Les muscles de Roger étaient fermes et leur force troublait Lucy, l'affaiblissait. Il aurait été si facile d'accéder aux souhaits du chevalier. Tout son corps hurlait qu'il en avait envie, plus qu'elle ne l'aurait cru. Lucy ferma un instant les yeux et imagina cet avenir paisible, dans lequel elle n'aurait plus à affronter le mépris des gens qui ne la voyaient que comme une catin. Un avenir dans lequel Roger serait à ses côtés et où elle pourrait se laisser aller au plaisir de sa compagnie. Du moins, jusqu'à ce qu'il se lasse d'elle ou qu'elle tombe enceinte et qu'il fuie ses responsabilités une nouvelle fois.

— Et quelle différence cela fera-t-il, que je ressente quelque chose maintenant ou pas ? demanda-t-elle froidement en se libérant de son étreinte. Vous resterez avec moi jusqu'à ce que je vous ennuie et vous repartirez !

— Absolument pas !

Roger se pencha, comme s'il voulait l'embrasser encore, mais Lucy ne le laissa pas faire.

— Je ne m'ennuierai jamais avec toi, Lucy. Tu ne ressembles à aucune des femmes que j'ai pu connaître.

Lucy recula, pour rester hors de portée.

— Et vous avez eu beaucoup de maîtresses, milord ?

— Un certain nombre, admit-il.

— Où sont-elles, maintenant ? Est-ce que vous pensez encore à elles ?

— De temps en temps, oui.

— Mais vous ne les aimiez pas assez pour rester avec elles.

Lucy alla se rasseoir sur son tabouret, près du feu qui crépitait maintenant joyeusement dans la cheminée. Roger vint s'agenouiller devant elle. Dans cette position, il était l'incarnation même de l'affection sincère et loyale…

— Je n'ai jamais eu de maîtresse pour qui je ne ressentais rien, dit-il. Mais, avec toutes les autres femmes, je savais que les choses changeraient tôt ou tard, que mes aventures auraient une fin. Aujourd'hui, je ne peux pas imaginer passer un seul jour sans toi. Je suis… très attaché à toi, ma colombe.

Le cœur de Lucy s'envola. Si Roger lui avait déclaré son amour, elle aurait quitté la pièce sans le moindre remords. Cependant, son hésitation, sa timidité face à cet aveu étaient étonnamment plus convaincants.

Elle effleura sa joue du bout des doigts.

— Aussi étrange que cela puisse paraître, je me suis aussi attachée à vous — contre ma volonté. Vous savez que j'ai envie de vous. Je vous ai désiré dès le premier instant. Seulement, bien que mon cœur se mette à battre dès que vous me regardez comme cela, je refuse de devenir l'une de ces femmes. Tous les hommes partent. Ce n'est qu'une question de temps.

— Si tu en es convaincue, pourquoi ne pas en profiter tant que cela dure ?

Roger prit de nouveau sa main et la caressa si tendrement que Lucy sentit son corps fondre de désir.

— Nous pourrions partager tous les plaisirs de l'amour, tu sais.

— Non. Je ne veux pas donner naissance à un autre bâtard sans père. Il est trop facile pour un homme d'engendrer tous les enfants qu'il veut et de refuser de les reconnaître.

— Tous les hommes n'agissent pas ainsi. Je te promets de ne jamais te faire subir une telle chose.

— Comment puis-je vous croire, alors que vous avez admis avoir abandonné Kitty ? demanda Lucy tristement. J'ai déjà servi de distraction à un noble et il est hors de question que je reproduise cette erreur.

Roger redressa brusquement la tête.

— Tu fais bien des mystères. De quel noble est-ce que tu parles ?

Lucy lui lâcha la main. Emportée par sa colère, elle en avait dit beaucoup trop… Mais il était un peu tard pour reculer, à présent.

— Je vous ai dit que j'avais rencontré le père de Robbie pendant que je travaillais sur les terres de Lord Harpur…

Eh bien, c'est *lui*, le père de Robbie ; et quand je lui ai annoncé que j'étais enceinte, il m'a chassée. Vous ne vous êtes jamais demandé pourquoi je vous avais accueilli chez moi et pourquoi j'avais menti pour vous ? C'est parce que Thomas m'a expliqué que vous étiez poursuivis par les hommes de Lord Harpur : je hais cet homme plus que toute autre personne dans ce pays !

— John Harpur ?

Roger paraissait déconcerté.

— J'avoue que j'ai cru que tu m'avais recueilli parce que tu éprouvais de la compassion pour moi… Es-tu sûre que ce soit lui, le père ?

Lucy le dévisagea, furieuse.

— Je vous l'ai déjà dit : j'étais vierge quand Lord Harpur m'a prise !

— Quand il t'a *prise* ? répéta Roger, une main crispée sur le bras de Lucy. Il t'a violée ?

Lucy ferma les yeux, assaillie par le souvenir de cette première fois, contre les briques froides de la brasserie. Elle avait frissonné en voyant ce noble dénouer sa ceinture avant même qu'elle puisse prononcer le moindre mot.

— Il a été brutal, mais j'étais consentante… Il m'a flattée et j'avais envie de lui. J'ai compris trop tard qu'il n'avait jamais eu l'intention de tenir la moindre de ses promesses. Je refuse de me laisser aveugler une seconde fois par de belles paroles.

— Je suis navré de t'avoir proposé cela, murmura Roger. Je suis désolé pour tout…

— Maintenant, vous comprenez pourquoi je n'ai pas insisté pour que Lord Harpur reconnaisse son fils. Je n'avais pas envie d'être humiliée alors que je savais très bien que cela ne servirait à rien. Malheureusement, je n'ai pas eu la même chance que Kitty. Personne n'était là pour prendre soin de mon enfant. Je vis donc comme je le peux en sachant que mon fils sera toujours souillé par mon passé et mon déshonneur.

Lucy dut ravaler ses larmes avant de continuer.

— Dites-moi, mon seigneur, reprit-elle, si je vous suivais, que se passerait-il quand vous vous marieriez ? Accepteriez-vous que nos enfants vivent avec vous ? Continueriez-vous à vous occuper de votre maîtresse alors qu'une épouse partagerait votre lit ? Combien de mois de bonheur pourrais-je espérer connaître avant cela ?

— Je ne veux pas d'une épouse, répliqua Roger sèchement. Je te veux, toi.

— Et je ne veux être la maîtresse de personne. Je vous remercie pour le grand honneur que vous me faites, mon seigneur, mais je me vois contrainte de refuser votre offre.

Lucy resta froide mais parvint à esquisser un petit sourire. Même après cette effroyable journée, elle supportait mal de blesser les sentiments de Roger.

Le visage du chevalier s'assombrit et son regard trahit sa douleur. Il serra nerveusement la main de Lucy d'un air profondément malheureux.

— Tu préfères t'agenouiller devant d'autres hommes pour les satisfaire plutôt qu'être ma maîtresse ?

Lucy le jaugea un instant, silencieuse, et il baissa la tête d'un air honteux.

— Je préfère choisir ma propre destinée plutôt qu'obéir à un homme qui pourrait partir à tout moment. Quand je m'offre à d'autres pour payer mes dettes, au moins, c'est moi seule qui le décide.

— Je comprends…

Roger se releva et sortit de l'auberge, très raide, refermant doucement la porte derrière lui.

Lucy s'effondra sur son tabouret en se tenant les côtes dans une tentative désespérée pour contenir la tristesse qui l'envahissait. Roger était parti juste à temps… Elle avait dû rassembler tout son courage pour décliner son offre. Était-ce là une idée aussi stupide que ce qu'elle craignait ? Heureusement, Roger quitterait bientôt la région et elle ne serait alors plus tentée de le suivre chez lui.

Soudain, Lucy se redressa, le cœur battant. Elle ne lui avait pas parlé du retour de Thomas ! Elle allait devoir attendre le lendemain, à présent. Dès qu'elle aurait annoncé la nouvelle à Roger, il sortirait de sa vie pour toujours et emporterait son cœur. Lucy retrouverait son existence morose et, peu à peu, elle apprendrait à enfouir en elle ces sentiments qu'elle ne pourrait jamais satisfaire. Peut-être avait-elle eu tort de refuser : la proposition de Roger ne concernait pas qu'elle. Elle leva les yeux vers le plafond. Robbie dormait paisiblement dans la chambre, sans se douter du drame qui venait de se dérouler.

Roger descendit à grands pas jusqu'à la berge du ruisseau. Il retira ses bottes et son pantalon pour se baigner en chemise. L'eau était terriblement froide, presque autant que celle du cours d'eau de Wharram où il se baignait autrefois, après s'être entraîné à l'épée. Ce jour-là, vu tout ce qu'il venait de vivre, il avait besoin de cette fraîcheur pour remettre ses idées en place.

Tout en se frottant la peau et les cheveux, il rumina les paroles de Lucy. Il était retourné à l'auberge, persuadé qu'elle accepterait sa proposition sans la moindre hésitation — et encore plus après leur baiser si brûlant, si passionné... Mais maintenant, il commençait à comprendre ce qu'elle voyait en lui : un homme coupable des mêmes crimes qui la forçaient à présent à vivre dans la misère.

Il avait même envisagé un instant de reproduire les erreurs de son père et de faire souffrir sa future épouse, qu'il serait obligé de choisir tôt ou tard, simplement parce qu'il ne pouvait pas imaginer que son amour pour Lucy puisse se tarir un jour.

Depuis leur rencontre, il n'avait cependant rien fait pour gagner sa confiance ; et c'était certainement pour cela qu'elle refusait à présent de prendre le moindre risque avec lui... Ce qu'il lui fallait, c'était un époux capable de la choyer, de la protéger. Un époux digne d'elle.

Une fois propre, Roger s'assit au bord de l'eau et regarda l'auberge, si solitaire. Lucy devait être toujours assise au coin du feu, sans personne à qui parler. Il l'aimait… bien plus que toutes les autres femmes qui avaient croisé sa route. Il n'avait pas seulement besoin de la posséder, mais d'être possédé par elle en retour. Il voulait qu'elle apprenne à le connaître, qu'elle le jauge et qu'elle le trouve digne d'elle. Il réalisa soudain qu'il avait eu tort de ne pas attendre le lendemain pour lui proposer de le suivre dans le Yorkshire. Il s'y était pris trop tôt, après les paroles ignobles qu'ils avaient échangées. Peut-être même avait-il eu tort de suggérer une telle chose tout court. Hélas, il ne voyait aucun autre moyen de partager la vie de Lucy.

Méritait-il seulement un tel honneur ?

Pour la première fois de sa vie, Roger comprit que toute la méchanceté dont il avait fait preuve envers les autres, ainsi que son égoïsme tranquille finissaient par lui retomber dessus et le punir. Pire encore : il avait mérité ce qui lui arrivait. Frustré, il frappa le sol de son poing, réveillant des épines douloureuses tout le long de son bras.

Finalement, il remonta ses genoux sous son menton et se prit la tête dans les mains, comme un enfant, envahi par un mélange de tristesse, de honte et de désespoir incontrôlable. Il vit à peine le soleil descendre sur l'horizon et ne remarqua pas la fraîcheur qui l'enveloppait lentement, réveillant sa blessure.

Quand le froid devint trop insupportable, il se rhabilla. S'il voulait convaincre Lucy qu'il n'était pas guidé que par son seul désir, il valait mieux qu'il ne rentre pas dans l'auberge à demi nu. Il rejoignit la maison et passa la porte sans bruit. Lucy était toujours assise là où il l'avait laissée, dos à lui. D'après le frisson qui traversa le corps de la jeune femme à son arrivée, Roger comprit qu'elle était tout aussi consciente de sa présence que lui de la sienne.

— J'ai quelque chose à vous dire, murmura-t-elle sans se retourner. J'aurais dû vous en parler dès que vous êtes entré ici tout à l'heure.

Roger serra les dents, prêt à de nouvelles révélations bouleversantes.

Lucy pivota sur son tabouret, les yeux toujours baissés.

— Thomas est revenu.

Instinctivement, Roger jeta un coup d'œil autour de lui, les cheveux dressés sur la nuque.

— Il n'est pas ici, reprit Lucy. Il m'a abordée quand je rentrais de Mattonfield. Il m'a dit qu'il savait qui le poursuivait et que vous pourriez l'aider.

Roger sentit son sang battre plus fort. Enfin, il allait pouvoir percer le mystère qui lui pesait tant et se venger des hommes qui l'avaient attaqué ! Il se laissa emporter quelques instants par ses pensées puis se rendit finalement compte que Lucy était debout devant lui, attendant qu'il revienne au présent.

— Dis-moi tout.

À mi-voix, elle lui répéta les paroles de son frère et lui expliqua comment rejoindre le puits près duquel il se cachait.

— Il est trop tard, maintenant, murmura Roger quand elle eut fini. Je partirai à l'aube.

— Et vous quitterez la région pour toujours, ajouta Lucy d'une voix résignée.

— On dirait bien…

Cette pensée rendit Roger plus triste qu'il ne l'aurait cru possible. Le temps était passé vite et ces quelques journées délicieuses en compagnie de Lucy arrivaient bel et bien à leur fin. Une fois sa mission accomplie, parviendrait-il à prendre le temps de lui prouver qu'il était digne d'elle ? Pour le moment, en tout cas, son devoir l'appelait.

Il baissa la tête et entreprit de ranger les quelques objets abandonnés sur le comptoir. Le flacon d'huile. Le couteau de Lucy. S'il la regardait en face, il risquait de lui montrer à quel point ses émotions menaçaient de déborder — et ce n'était pas le moment.

— Quand vous repartirez pour le Yorkshire, est-ce que vous pensez pouvoir prendre Robbie avec vous ?

— Quoi ?

Abasourdi, Roger leva la tête. Lucy paraissait songeuse, distante, dans la faible lumière du feu.

— Vous pourriez lui offrir une meilleure vie. Une vie qu'il ne connaîtra jamais avec moi. Je sais qu'il est encore très jeune pour quitter la maison, mais je me disais que vous pourriez lui trouver une place chez votre père.

— Et toi ?

— Je serai heureuse de savoir qu'on prend soin de lui.

En cet instant, elle paraissait si petite, si solitaire et si vulnérable que Roger sentit son cœur se briser. Elle mentait et il le savait très bien.

— Non, tu ne seras pas heureuse, répondit-il en l'attirant à lui. Tu veux vraiment que je t'enlève ton enfant et que je te laisse seule ici ?

Lucy acquiesça, pelotonnée contre lui.

— Si vous tenez vraiment à moi, faites pour Robbie ce qu'un autre a fait pour votre fille. Il n'est pas plus coupable que votre propre enfant, vous savez. Faites-vous pardonner vos erreurs passées en aidant mon fils, je vous en supplie.

Elle parlait bas, la voix étouffée par la chemise de Roger et il dut tendre l'oreille pour l'entendre. Quand il sentit son vêtement devenir humide contre son torse, il comprit que Lucy pleurait et ses propres yeux se remplirent de larmes. Comment pourrait-il lui arracher son fils, qu'elle aimait plus que tout, et la laisser seule ? Jamais il ne pourrait se résoudre à acheter sa rédemption à un tel prix.

— Je tiens à toi, Lucy. Beaucoup plus que ce que je croyais possible, lui glissa-t-il à l'oreille.

Il déposa un baiser sur ses cheveux et elle se crispa dans ses bras. Elle poussa un profond soupir, pressant sa poitrine contre lui. Roger l'embrassa de nouveau, sur la tempe cette fois, puis près de son œil humide de larmes salées.

Lucy soupira de nouveau. Ses paupières battirent contre la bouche de Roger. Il risqua un autre baiser, sur sa joue. Lucy passa les bras autour de sa taille pour le serrer plus fort. Le souffle tremblant de la jeune femme lui chatouillait le cou, juste sous l'oreille, et il sentit son sexe se dresser contre sa cuisse. Lucy tourna doucement la tête et leurs lèvres se rencontrèrent pour la seconde fois ce jour-là.

Le premier réflexe de Roger fut de saisir cette chance et de laisser libre cours à sa passion, comme il l'avait fait peu de temps auparavant, mais il se retint. Il avait tellement envie de Lucy... Cependant, en cet instant, ce qu'il désirait plus que tout, c'était prolonger cette intimité si précieuse. Il renonça donc à glisser la langue entre ses lèvres pour la faire céder, la pousser à s'abandonner. Au lieu de cela, il se contenta d'effleurer sa bouche si douce, encore et encore.

Les yeux fermés, Roger se laissa emporter par le flot d'émotions qui montait en lui. Leurs lèvres bougeaient à l'unisson, lentement, tendrement, avouant sans un mot ces sentiments qu'ils éprouvaient l'un pour l'autre.

— Reste avec moi, ce soir, murmura Roger dès qu'il put reprendre son souffle. La journée a été éprouvante. J'ai passé beaucoup trop de temps seul, dans ma vie, et toi aussi... Ne laissons pas cette nuit être aussi triste que les précédentes.

— Je ne coucherai pas avec vous, je vous l'ai déjà dit, répondit Lucy en s'écartant un peu de lui.

— Ce n'est pas ce que je te demande. Nous avons tous les deux besoin de réconfort et, quoi qu'il arrive après cette nuit, je veux pouvoir chérir le souvenir d'une soirée passée dans tes bras. Acceptes-tu de me faire cet honneur ? Je t'en prie.

Un changement subtil dans le regard de Lucy fit comprendre à Roger qu'elle était sur le point d'accepter. Elle posa la tête doucement contre son épaule valide et s'approcha de nouveau de lui jusqu'à être collée à son corps. Elle cherchait déjà un moyen d'accepter en gardant la conscience tranquille. Tout ce dont elle avait besoin, c'était un petit encouragement...

— J'ai peur. J'ai tellement envie de vous que cela me

terrifie… Mais je ne veux pas porter un autre bâtard — ni le vôtre ni celui de personne.

— Je te promets de ne pas te demander cela, répéta Roger dans un murmure.

— Si j'accepte, est-ce que vous emmènerez Robbie avec vous ?

La jeune femme le scrutait, les yeux encore brillants de larmes.

— Est-ce le prix à payer pour lui offrir une meilleure vie ? ajouta-t-elle.

— Il n'y a pas de prix. Ce soir, je refuse de te faire des promesses ou d'énoncer des conditions, répondit Roger en caressant sa joue pour essuyer les sillons humides qui s'y dessinaient encore. Fais cela pour nous, et rien que pour nous. Parce que nous en avons envie tous les deux. Il est trop tard pour faire semblant d'être indifférents l'un à l'autre.

Lucy commença alors à défaire sa tresse et Roger la conduisit à l'étage.

Chapitre 17

Le lendemain, Roger émergea du sommeil changé, transformé. Il s'était déjà souvent réveillé avec une femme dans son lit, mais toujours après de joyeuses galipettes qui l'avaient satisfait et lui avaient permis de montrer ses nombreux talents. Mais, cette fois, il avait tenu parole et n'avait pas essayé de séduire Lucy. Ils n'avaient rien fait d'autre que se câliner et s'embrasser. Encore et encore. Chacun de leurs baisers avait éveillé une telle passion en eux que Roger en tremblait encore.

Lucy avait longuement pleuré dans ses bras et il avait eu du mal à retenir ses propres larmes. Il l'avait réconfortée, heureux de se sentir utile, désiré, pour une fois. Autrefois, il aurait sans doute méprisé ce genre de choses ou considéré cela comme du temps perdu. Cependant, ce matin-là, il eut l'impression d'avoir passé la meilleure nuit de sa vie.

Bien sûr, il n'avait pas réussi à découvrir quel genre d'amante était Lucy — et il la désirait tellement qu'il avait l'impression que son corps exploserait si jamais elle le caressait — mais il n'avait jamais eu autant hâte de voir le soir venir, pour pouvoir se coucher de nouveau contre cette femme. Il ne pourrait plus se satisfaire de passer une nouvelle nuit dans les bras d'une maîtresse qu'il n'aimait pas. Seule Lucy saurait le rendre heureux…

Il aurait dû partir pour le puits, retrouver Thomas. Seulement, Lucy dormait encore, la tête nichée dans le creux de son épaule et une jambe passée sur les siennes. Comment Roger pourrait-il se résoudre à bouger ? À briser la magie de cette nuit ?

Il admira son visage. Elle paraissait paisible, libérée du fardeau de ses soucis, de toute la douleur qui l'avait tant fait pleurer. Elle était restée tout habillée, comme lui ; ce qui n'empêchait pas Roger de sentir chaque courbe délicate de son corps contre le sien. Il remonta la couverture sur eux pour rester bien au chaud, dans ce cocon de tendresse. Les yeux fermés, il savoura la douceur du petit matin jusqu'à ce que Lucy bouge contre lui. Il la vit se réveiller, lentement, en battant des paupières. Immédiatement, elle palpa ses vêtements pour s'assurer qu'ils étaient toujours en place.

— Tu es toujours habillée et ta vertu est intacte, murmura Roger en essayant d'ignorer son amertume à l'idée qu'elle ne lui faisait toujours pas confiance. Crois-tu vraiment que tu ne te serais pas réveillée, si j'avais fait quelque chose ? Je t'ai donné ma parole et je l'ai tenue.

Lucy parut immédiatement plus détendue. Roger l'enlaça et roula sur le côté pour mieux la regarder. Il l'embrassa, une main posée dans le creux de son dos ; mais, au lieu de réveiller la passion brûlante dont Lucy avait fait preuve la veille, son geste fut accueilli par une étrange résistance. Lucy se tortilla pour fuir ses lèvres et s'écarter de lui.

— Ne t'en va pas, supplia-t-il, blessé par une réaction aussi violente.

— Je vous ai promis hier que je resterais avec vous jusqu'au matin. *C'est* le matin.

Roger l'attira à lui pour qu'elle repose de nouveau la tête contre son torse.

— Je le sais bien, dit-il. Mais je pensais que… Nous sommes bien, nous avons chaud, Robbie dort encore et, quand tu auras quitté cette chambre, tu ne reviendras pas. Peux-tu vraiment me regarder dans les yeux et me dire que cette nuit n'a eu aucune importance pour toi ?

— Pourquoi vous soucier de l'importance que cela a

eue ? Nous ne pouvons pas recommencer : je ne veux pas prendre le risque d'avoir un bébé.

Roger rit doucement dans la chambre silencieuse.

— Oh ! ma colombe, il existe bien d'autres moyens de nous faire plaisir mutuellement — des choses que deux amants peuvent faire sans pour autant engendrer un enfant.

— Que voulez-vous dire ?

— Combien d'hommes t'ont déjà fait l'amour ?

— Vous le savez très bien !

Elle parut agacée par sa question mais Roger la fit taire en posant tendrement un doigt sur ses lèvres.

— Je t'ai demandé combien d'hommes t'ont *fait l'amour*, pas avec combien tu as couché, précisa-t-il. Est-ce que le rustre qui a engendré Robbie a pris le temps de s'occuper de toi ou est-ce qu'il s'est contenté de quelques coups de reins pressés contre un mur ?

L'image ignoble d'Harpur, le pantalon sur les chevilles, vint le hanter et il fit de son mieux pour la chasser.

Lucy eut l'air perplexe — et c'était la seule réponse dont Roger avait besoin.

— Je m'en doutais, reprit-il. Tout ton corps peut apprendre le plaisir, tu sais, et j'ai différents moyens de te satisfaire. Avec mes mains, mes lèvres…

Il s'interrompit et glissa une main jusqu'à la taille de Lucy. Elle le dévisagea avec une soudaine curiosité qui enflamma les sens de Roger.

— Ce que tu t'apprêtais à faire hier, par exemple. Est-ce que quelqu'un a déjà fait cela pour toi ?

Lucy secoua la tête d'un air abasourdi et ses joues rosirent.

— Est-ce… Est-ce possible ? demanda-t-elle dans un souffle.

Roger lui prit la main et embrassa la douce bosse, à la base de son pouce, avant de la mordiller en douceur. Il dessina de petits cercles du bout de sa langue à l'intérieur de son poignet, là où le sang battait sous la peau, et Lucy gémit à mi-voix. Une vague de désir envahit Roger, si brûlante qu'elle en était presque douloureuse et lui coupait le souffle.

— Ton cœur bat très fort, chuchota-t-il en déposant une série de baisers le long de son bras.

Il retroussait la manche de sa robe au fur et à mesure pour dénuder sa peau fraîche et si douce. Puis, il guida la main de Lucy jusqu'à son propre cœur et la plaqua sur son torse.

— Le mien aussi bat fort, tu vois ?

Lucy glissa les doigts sous la chemise entrouverte de Roger et les appuya contre la cicatrice qu'elle lui avait faite avec son tisonnier. Les ongles de la jeune femme le griffèrent doucement et il crut perdre tout contrôle de ses émotions.

— Tu m'as fait tien quand tu m'as marqué, murmura-t-il.

Pourquoi avait-il mis autant de temps à comprendre que Lucy et lui étaient faits l'un pour l'autre ? Il avait gâché son énergie à essayer de la séduire, de lui arracher un court instant de plaisir charnel, au lieu de tenter de gagner son cœur. Il aurait pu passer ces instants précieux à lui montrer qu'il était digne de son amour, qu'il voulait plus que quelques galipettes sous les draps ! Au fond de son cœur, il commençait à saisir que Lucy serait la seule femme qu'il aimerait jamais…

— Toutes ces choses dont vous m'avez parlé, vous les avez déjà faites avec d'autres amantes ? demanda-t-elle soudain.

Sa voix trahissait une profonde curiosité, mais aussi une pointe de jalousie. Le simple fait d'entendre mentionner ses conquêtes passées suffit à tirer Roger de sa rêverie.

— Avec la plupart, oui, admit-il. Mais cette nuit, quand je t'ai prise dans mes bras, cela a eu plus de sens pour moi que toutes les autres fois combinées.

Il serra la main de Lucy toujours plaquée contre son cœur.

— Si seulement tu avais pu voir l'homme que j'étais avant notre rencontre…

— Je ne suis pas certaine que je vous aurais apprécié, répondit Lucy d'une voix perplexe.

Roger serra les mâchoires.

— Tu m'aurais haï, c'est sûr. Mais tu comprendrais mieux à quel point tu m'as transformé. À quel point tu m'as rendu meilleur. J'ai même grondé ton frère parce qu'il…

Soudain, il s'interrompit : pour Lucy, c'était lui qui avait séduit Katherine Harpur, et non Thomas.

— Épouse-moi, dit-il brusquement, sans doute aussi surpris que Lucy par cette injonction.

La jeune femme le dévisagea d'un air dur.

— Ne jouez pas avec moi, Roger.

Elle repoussa les draps et se leva, puis commença à démêler ses cheveux avec ses doigts, si violemment qu'elle dut en arracher quelques-uns.

— Comment une femme telle que moi pourrait-elle devenir l'épouse d'un chevalier ?

Ce fut alors qu'une idée folle germa dans l'esprit de Roger : il pourrait rester ici avec elle et l'épouser réellement plutôt que faire semblant. Serait-il capable d'abandonner son nom et son rang pour devenir l'époux d'une tavernière ? S'il proposait cela à Lucy, elle serait peut-être enfin convaincue que son amour était sincère.

Il s'assit au bord du lit.

— Si je pouvais rester ici, avec toi…

— Vous ne pouvez pas et vous ne le ferez pas, répondit Lucy avec un petit sourire triste. Vous ne renoncerez jamais à votre famille et à vos responsabilités — pas même pour moi.

Roger s'affala de nouveau sur le matelas. Autrefois, il aurait sans doute pu prendre une décision aussi radicale et irresponsable, mais il n'était plus cet homme-là. Il chassa cette idée à regret. Bien sûr, il rêvait de laisser à Hal le titre et les terres de son père, mais c'était impossible. Il était hors de question qu'il déçoive et attriste encore son père. Il en avait assez fait comme cela dans sa jeunesse !

C'était un dilemme inextricable mais, à présent que l'idée

lui était venue, il *devait* trouver une réponse. Pouvait-il se permettre, sans perdre toute respectabilité, d'épouser Lucy au lieu d'en faire simplement sa maîtresse ?

— Allez voir Thomas et accomplissez la mission qu'on vous a confiée, ordonna Lucy. Je vais habiller Robbie pour qu'il joue dehors, puis vider mon chariot. J'aimerais avoir le temps d'enduire la toile des fenêtres d'huile tant qu'il fait beau.

Sur ce, elle quitta la chambre sans se retourner. Roger enfila ses bottes, le cœur lourd, puis jeta sa cape sur ses épaules et descendit l'escalier. Lucy était déjà dans la salle, occupée à enlever la cendre de la cheminée. Elle s'interrompit un instant quand elle entendit le pas de Roger sur le seuil.

— Soyez prudent. Je ne veux pas que vous soyez blessés — ni vous, ni Thomas.

— Donc, tu serais triste si je mourais ? C'est déjà cela, répondit Roger amèrement.

Il s'agenouilla près d'elle pour allumer le feu et sentir encore une fois la chaleur si douce de son corps.

— Mais tu ne tiens pas assez à moi pour devenir ma maîtresse ?

— Vous connaissez déjà ma réponse.

Après avoir enflammé la paille, Roger lui rendit le silex et quitta l'auberge. Pourquoi avait-il fallu qu'il tombe amoureux d'une femme si sensée, si sûre d'elle ?

Une pluie fine se mit soudainement à tomber sur la campagne. Roger suivit les indications de Lucy, longeant lentement les méandres du ruisseau. Il se sentait vaguement coupable d'avoir passé une bonne nuit au chaud alors que Thomas était resté dehors, sur l'herbe humide.

À chaque pas, l'humeur de Roger devenait plus grave, plus sérieuse. Si la chance était de son côté — un pari risqué compte tenu des épreuves qu'il venait de traverser —, Thomas lui rendrait son cheval et ses biens. Sa sacoche de selle contenait ses vêtements et sa part des butins qu'il avait récoltés avec la Compagnie du Nord. Avec cela, il pourrait payer tout ce qu'il devait à Lucy, voire lui laisser assez d'argent pour qu'elle n'ait plus jamais à s'inquiéter pour sa survie.

Quand il arriva dans la clairière, Roger la trouva déserte. Cependant, un petit tas de vêtements et les restes d'un feu, près du puits en ruines, indiquaient que quelqu'un était passé par là. Roger s'approcha prudemment, tous ses sens en alerte. Soudain, il comprit que ce qu'il avait pris pour un tas de vêtements était en fait un corps allongé. Le corps de Thomas !

Il gisait face au sol, un bras sous la tête et l'autre étalé dans l'herbe haute. Une lourde branche ensanglantée avait été abandonnée près de lui — sans doute l'arme avec laquelle on l'avait frappé…

Désespéré, Roger s'agenouilla près du garçon. Lucy serait bouleversée, quand elle apprendrait la nouvelle. Roger jeta un coup d'œil autour de lui, examinant le décor désolé dans lequel Thomas avait péri, seul. Trop absorbé par sa tristesse, par le choc de voir son compagnon mort si jeune, il n'entendit pas les pas qui s'approchaient. Soudain, il sentit quelqu'un souffler dans son cou et un couteau fut plaqué sur sa gorge.

— Je savais bien que vous n'étiez pas loin, Sir Danby.

L'homme parlait bas, avec un très fort accent du Nord — bien plus au nord que le Yorkshire. Impossible d'oublier la voix grave et rauque de Gilbert Seaton. Si cela avait été lui sur la route, le jour où il avait quitté l'auberge, Roger aurait pu, sans le voir, résoudre le mystère qui l'avait hanté en un clin d'œil.

Il tourna la tête autant qu'il l'osait avec la lame froide qui mordait sa chair, sous son oreille, et regarda le géant northumbrien qu'il n'avait pas revu depuis son départ de la Compagnie du Nord, juste après le partage du butin. C'était donc à cause de cela qu'on l'avait pourchassé jusqu'en Angleterre…

— Vous êtes bien loin de la compagnie, Gilbert. Je suppose que c'est vous qui avez tué Thomas.

Roger sentit le couteau appuyer un peu plus fort dans son cou et entailler le lobe de son oreille. Ce n'était qu'une égratignure, mais cela suffit à le convaincre de se taire.

— Il n'est pas encore mort. Où est-ce ?

— Où est quoi ?

Nouvelle entaille, plus douloureuse. Sur la joue, cette fois.

— N'essayez pas de me mentir ! Le gamin a essayé de nous cacher la vérité, gronda Gilbert. Il se réveillera bientôt et je lui poserai de nouveau la question.

— Je ne comprends pas ce que vous voulez dire, répliqua Roger.

Le fait que le géant ait dit « nous » l'inquiétait, mais il n'avait pas le temps d'établir une stratégie.

— Quoi que vous pensiez que j'aie — ou Thomas… Vous vous trompez, Gilbert.

— Votre ami nous a volés, reprit l'autre avec impatience. Le contrat a toujours été simple : le butin est partagé à parts égales entre tous ceux qui ont combattu. Nous voulons récupérer notre bien.

Roger leva lentement les mains pour lui montrer qu'il n'était pas armé. À force de rester accroupi, il commençait à avoir mal aux jambes et, s'il ne bougeait pas très vite, il serait bientôt incapable de réagir rapidement quand l'occasion se présenterait. Il voulut écarter la tête mais le couteau suivit, fermement appuyé contre sa gorge nue.

— Est-ce caché dans l'auberge ? Peut-être que la femme saura nous le dire.

Lucy ! Roger sentit son estomac se nouer et une vague de terreur le parcourut.

— Quelle femme ? Quelle auberge ?

Pathétique duperie, songea-t-il tout en parlant. Gilbert eut un petit rire hautain. Il tourna le poignet et, pour la troisième fois, Roger sentit la morsure de la lame de son agresseur : une autre éraflure sur sa joue. Un filet de sang chaud coula le long de son menton. Il plia les doigts, sentant la cruelle faiblesse de sa main droite. S'il avait eu une arme, il aurait pu combattre Gilbert d'égal à égal. Il aurait peut-être même pu gagner. Hélas, il n'avait porté aucune arme — pas même une dague — depuis son arrivée à l'auberge. Il n'avait aucune chance de battre son adversaire à mains nues.

Gilbert indiqua Thomas d'un geste du pouce, sans pour autant écarter son couteau du visage de Roger.

— Sa sœur, dit-il. Wilmott lui tient compagnie. Croyez-vous qu'on devrait les laisser seuls plus longtemps ?

Le nom de Wilmott terrifia Roger, mais il fit tout son possible pour rester de marbre. Gilbert voyageait rarement sans son compagnon, un homme qui pensait que battre une femme à coups de poing était un bon moyen de la séduire et que coucher avec elle contre sa volonté était particulièrement excitant… Sans doute était-ce Wilmott qui avait interrogé le meunier sur la route. Le simple fait d'imaginer Lucy seule avec cette brute rendit Roger malade. Et Robbie ? L'enfant était-il aussi à la merci de Wilmott ? Roger ferma les yeux et pria pour Lucy.

— Je vais me relever, dit-il aussi calmement qu'il le put, puis nous allons aller à l'auberge. Je ne sais sincèrement pas ce que Thomas a volé, mais nous allons le découvrir ensemble.

Il était prêt à tout pour protéger Lucy.

— Très bien. Tu vas le porter, répondit Gilbert en indiquant Thomas d'un signe de tête.

Roger se redressa et chargea le corps du jeune homme sur son épaule valide. Thomas soupira et s'affala sur Roger qui avait du mal à tenir debout. Porter un tel poids jusqu'à l'auberge risquait d'épuiser ses dernières forces — des forces dont il aurait bien eu besoin pour défendre Lucy contre les deux mercenaires. Il traversa la forêt d'un pas mal assuré, l'épée de Gilbert pointée vers le bas de son dos, en espérant qu'il ne soit pas déjà trop tard.

*
* *

Lucy posa son pot d'huile de lin sur la table et étala ses bandes de toile à côté. Elle appliqua méthodiquement l'huile au parfum trop marqué sur les panneaux de la fenêtre, heureuse de pouvoir, pendant ce long travail monotone, penser librement à Roger et imaginer les plaisirs dont il lui avait parlé. Heureusement, il n'avait pas mentionné ces *choses* la veille ; elle n'aurait jamais osé passer la nuit avec lui… Prise de vertige à force de respirer les vapeurs de l'huile, Lucy reposa un instant son pinceau sur le pot et prit une profonde inspiration. En tout cas, elle voulait croire que ses vertiges étaient dus à l'huile… mais une part d'elle savait très bien que c'était le souvenir des bras de Roger autour de sa taille qui la troublait ainsi.

Pour la première fois de sa vie, elle s'était sentie aimée, désirée et protégée. Elle s'accrocherait à ces courts instants de bonheur pendant longtemps, bien après le départ de Roger, même si cela ne suffirait jamais à la rendre heureuse. Elle avait presque envie de s'offrir à lui, d'apprendre à goûter le plaisir physique dans les bras de cet homme qui la fascinait tant et de profiter du temps qu'ils pourraient passer ensemble sans se soucier des conséquences.

Serait-il vraiment capable de lui rester fidèle ? Non. Tôt ou tard, il serait contraint de se marier et, même s'il en plaisantait, jamais il n'épouserait une femme sans le sou qui se vendait pour payer ses dettes.

Elle se remit furieusement à enduire ses bandes de lin, faisant tomber de précieuses gouttes d'huile sur la table. Elle les essuya d'un geste vif. L'huile de lin prenait facilement feu et elle ne voulait pas risquer d'incendier son auberge à cause d'une simple étincelle.

Soudain, Lucy entendit un grand bruit à l'étage. Robbie n'avait pas voulu jouer dehors à cause de la pluie et elle avait monté ses quelques jouets dans la chambre pour qu'il puisse s'installer au sec. Peut-être aurait-elle dû le faire descendre et le laisser jouer près du feu, mais elle préférait ne pas prendre de risques tant qu'elle manipulait de l'huile de lin…

Elle se laissa aller à imaginer l'avenir de son fils. Si Roger acceptait de l'emmener, Robbie pourrait devenir écuyer — voire mieux. Elle doutait peut-être de beaucoup de choses, mais pas de l'affection du chevalier pour elle. Il trouverait certainement une bonne place à son fils.

Elle venait de tremper son pinceau dans le pot quand on frappa à la porte. Le cœur battant en dépit de sa volonté, Lucy attendit quelques secondes avant d'ouvrir, s'attendant à découvrir Roger sur le seuil.

— Bonjour.

L'homme basané qui lui faisait face était l'un des deux soudards venus chercher Roger, la nuit de son arrivée. Lucy lâcha instinctivement un cri terrifié. Elle tenta de refermer la porter, mais l'homme fut trop rapide et entra en force dans la salle.

— Je ne me suis pas présenté lors de notre dernière rencontre, dit-il avec un sourire inquiétant. Je m'appelle Wilmott.

Il la poussa violemment devant lui, l'envoyant s'étaler par terre au milieu de la salle, et referma la porte tranquillement, sans se soucier d'elle. Lucy voulut crier mais se ravisa. Personne ne l'entendrait. Personne ne viendrait l'aider et il valait mieux qu'elle n'effraie pas Robbie. Tant qu'il restait silencieux, dans la chambre, il ne risquait rien.

— Je sais que tu es seule. J'ai vu ton compagnon partir ce matin.

Il attrapa Lucy et la releva sans ménagement. Il la tint face à lui, si près que sa puanteur l'écœura.

— Était-ce Roger Danby, dans ton lit, l'autre soir ?

— Oui ! répondit Lucy, farouche. Et vous n'y avez vu que du feu, je le sais bien !

L'homme la gifla si fort qu'elle lâcha un gémissement de douleur.

— Sale garce menteuse ! Nous avons traversé la moitié du pays pour retrouver Danby et le gamin.

— Roger est reparti. Il ne reviendra pas.

Cette idée lui faisait plus mal encore que la gifle qu'elle venait de recevoir.

Wilmott sourit à pleines dents.

— Oh ! Il reviendra. Mon ami Gilbert s'en occupe. Tu te souviens de lui ?

Il leva la main au-dessus de sa tête pour indiquer la taille de l'autre. Le géant ! Une main glacée se referma sur Lucy. Elle ne répondit pas mais vit Wilmott tirer un couteau de sa ceinture. Il le pointa contre sa poitrine et la fit reculer jusqu'au mur, près de la cheminée. Elle sentit la pointe à travers sa robe et gémit de plus belle. Elle ne put s'empêcher de jeter un coup d'œil à son tisonnier posé près de l'âtre. Il était presque à sa portée.

— N'y pense même pas, lança Wilmott, toujours aussi souriant, avant d'envoyer le tisonnier dans les flammes d'un coup de pied. Je vais commencer à chercher et toi, tu ne vas pas bouger de là. À chaque mouvement que tu feras, je te couperai. D'abord sur les bras, puis sur le visage. Après… je te couperai ailleurs, je ne sais pas encore où. Tu n'as pas envie de cela, n'est-ce pas ?

Lucy fit non de la tête. Elle n'avait jamais eu aussi peur de sa vie. Elle s'assit, obéissante, les mains posées sur la table comme l'homme le lui ordonna, et elle le regarda, furieuse et impuissante, mettre sa maison à sac. Il jetait pots et bouteilles par terre, étalait ses boîtes de stockage dans toute la pièce, et alla même jusqu'à enlever les joncs frais du sol. La précieuse huile de lin de Lucy fut renversée sur les joncs. Ses quelques meubles furent retournés et sa vaisselle jetée dans tous les coins. Plusieurs bols se brisèrent et l'homme balança sa marmite sur les dalles de la cheminée.

Lucy regarda ce désastre les larmes aux yeux, mais elle retint ses sanglots, le souffle court et la tête basse, de peur que le soudard ne décide de la torturer si elle faisait le moindre bruit. Une part d'elle priait pour que

Roger vienne la sauver, mais elle avait aussi peur de ce qui pourrait se passer.

Au bout d'un moment, un sifflement bas résonna dans la cour. Wilmott interrompit ses recherches et lança un sourire mauvais à Lucy.

— Je t'avais bien dit qu'il reviendrait.

Chapitre 18

La porte s'ouvrit et Roger entra, soutenant tant bien que mal Thomas. Lucy eut l'impression atroce de revivre la nuit de leur arrivée. Cette fois, cependant, ils étaient suivis par l'immense silhouette de Gilbert. Lucy dut se faire violence pour ne pas se jeter dans les bras de Roger.

— Thomas ! s'écria-t-elle. Est-ce qu'il est blessé ?

— Il survivra, répondit Roger.

Lui-même ne paraissait pas en très grande forme. Des filets de sang coulaient d'entailles faites sur ses joues et sous son oreille.

— Bonjour, Sir Danby, monsieur Carew, lança Wilmott. Vous nous avez causé bien du souci, tous les deux…

Roger assit son compagnon sur un tabouret, près de la table. Thomas gémit. À présent que Roger était là, Lucy ne craignait plus les menaces de Wilmott. Elle se précipita vers son frère et s'agenouilla à côté de lui pour examiner sa tempe, le cœur battant.

— Wilmott, cela fait bien longtemps, dit Roger. Votre ami me dit que vous cherchez quelque chose.

— Nous nous sommes déjà présentés ici et cette catin nous a dit que tu n'étais pas là, gronda Wilmott.

— Je n'y étais peut-être pas quand vous êtes venus.

— Il y avait un homme dans son lit et elle nous a juré que c'était son mari.

Wilmott vint se camper devant Roger et poursuivit :

— Il m'a fallu l'aider un peu, mais elle vient d'admettre que c'était vous.

Une fureur froide et contenue illumina les yeux de Roger.

— Il t'a fait mal, ma colombe ?

— Pas encore, répondit Wilmott sans laisser à Lucy le temps de prononcer un mot.

— Eh bien, vous n'avez plus besoin de l'interroger, maintenant que vous savez qu'elle a menti. Que voulez-vous que je vous dise ? Elle m'a accueilli chez elle avec joie. Moi aussi, je sais être persuasif, vous savez — mais d'une manière un peu plus raffinée.

Roger lança à Lucy un regard sensuel si inattendu qu'elle sentit son cœur bondir dans sa poitrine.

— Comment nous avez-vous trouvés ? demanda-t-il ensuite aux deux mercenaires. Est-ce que ce jeune idiot a laissé une trace de son passage dans tout le Cheshire ?

— Non, nous l'avions perdu, admit Gilbert. Mais, heureusement, nous avons entendu dire que Lord Harpur était hors de lui parce qu'un fils de tavernier avait essayé de coucher avec sa fille. Il ne s'est pas fait prier pour nous donner le nom de Carew… Apparemment, ce n'est pas un nom apprécié, chez lui.

— Thomas, tu m'as dit que c'était Roger qui avait séduit Katherine Harpur ! s'écria Lucy, choquée.

— Oui, je n'ai pas osé te l'avouer, murmura Thomas d'un air penaud. J'avais peur.

— Et vous, pourquoi m'avez-vous laissée penser une telle chose de vous ? reprit Lucy en levant les yeux vers Roger.

Le chevalier haussa les épaules, comme s'il était aussi honteux que s'il avait réellement charmé la fille de Lord Harpur.

— Je ne sais pas. Il me paraissait plus facile de mentir pour protéger la réputation de ton frère. De toute manière, tu avais déjà une mauvaise opinion de moi. Y avait-il en effet autre chose à attendre d'un homme tel que moi ?

Roger s'accouda au comptoir, redressa une coupe renversée et se servit un verre de bière qu'il but d'une traite.

— À présent, ma réputation est sauve et celle du gamin est entachée. Nous n'avons plus rien à faire ici. Buvons un coup et mettons-nous en route, dit-il en remplissant deux verres de plus.

— Vous venez avec nous ? lâcha Gilbert d'un air surpris.

Roger gratifia Lucy d'un grand sourire, le genre de sourire qu'il avait dû adresser à tant d'autres femmes avant elle. Sa tranquillité paraissait feinte, surfaite. C'était la première fois depuis des jours qu'il ne semblait pas sincère.

— Je ne sais pas ce que vous cherchez, tous les deux, mais quoi que Thomas vous ait volé, il me l'a volé aussi. Je veux ma part.

Il examina la salle et s'approcha de la cheminée.

— Vous avez déjà mis cet endroit sens dessus dessous. Manifestement, ce que vous cherchez n'est pas là. Autant aller prospecter ailleurs. Nous n'avons qu'à emmener le gamin pour qu'il nous dise exactement ce qu'il a caché et où le trouver.

Wilmott jeta un petit coup d'œil à Lucy.

— Et elle ?

Les yeux de Lucy s'emplirent de larmes. Elle fixa Roger, à présent flou devant elle. Il soutint son regard. Ses yeux avaient un éclat aussi intense que lorsqu'il lui avait promis une affection éternelle.

— Vous croyez vraiment que j'ai envie de rester dans un endroit pareil ? demanda-t-il à Wilmott. Il n'y a même pas un feu correct pour se réchauffer, ici !

S'approchant plus encore du feu, il récupéra le tisonnier et fouilla les braises avec.

— Vous pensiez que j'avais un faible pour elle parce qu'elle m'a ouvert son lit ? Ne connaissez-vous donc pas ma réputation ? reprit-il avec un regard sur la pièce saccagée, avant de lisser ses cheveux d'une main. Je suis Sir Roger Danby, l'homme qui a séduit la moitié des femmes de France et d'Angleterre. Je brise des cœurs et je détruis des réputations. Et vous avez cru que j'étais tombé amoureux ?

Il se tourna vers Lucy et soutint intensément son regard.

— Vous me voyez allongé, incapable de dormir, impatient de me retrouver dans les bras d'une femme pareille ? Mes pensées tournées vers elle ? Espérant, souhaitant, priant pour qu'elle finisse par m'aimer en retour mais sachant très bien que je ne mérite pas un tel joyau ?

Sa voix était moqueuse, mais ses yeux ne quittèrent pas Lucy un seul instant. Lucy acquiesça gravement, répondant en silence à une question que Roger n'avait pas posée. Il parut instantanément soulagé.

— Réfléchissez un instant, poursuivit-il, et demandez-vous ce que je serais capable de faire pour la femme que j'aime — si je trouve un jour une telle femme… Si je trouve une femme pour laquelle je serais prêt à mourir.

Roger s'arracha à sa contemplation et se tourna brusquement vers Wilmott, les dents serrées.

— Demandez-vous aussi ce que je ferais à l'homme qui la violenterait.

En un éclair, il reprit le tisonnier et le fit tournoyer. Avant même que Lucy puisse comprendre ce qui se passait, Roger se jeta sur Wilmott, envoyant dans son mouvement des braises rouler en dehors de l'âtre. Les joncs étaient encore gras, là où Robbie avait renversé l'huile de lampe. En quelques secondes à peine, de petites flammes se mirent à lécher les tiges sèches étalées par terre. Wilmott se précipita vers la table comme s'il voulait s'attaquer à Lucy. Au même moment, le tisonnier s'abattit juste à côté de lui, envoyant des étincelles dans l'air. L'huile de lin prit feu instantanément, dessinant une rivière de flammes sur le plateau de la table. La manche de Wilmott s'embrasa, lui arrachant un cri de douleur.

Après cela, l'auberge sombra dans le chaos. Roger se jeta sur Wilmott, attrapant le couteau que l'autre avait lâché. Une fumée nauséabonde emplit la salle, brûlant les yeux et les poumons. Lucy courut vers l'escalier, mais Gilbert l'attrapa par-derrière et immobilisa ses bras. Elle hurla comme une folle, désespérée. Il fallait qu'elle sauve Robbie ! Les flammes qui s'étendaient sur les joncs séchés s'élevaient de plus en plus haut et leurs doigts mortels vinrent lécher la jupe et les chevilles de Lucy qui se débattait comme elle le pouvait. Elle cria de plus belle.

— Thomas, sors de là ! ordonna Roger.

Le frère de Lucy se leva, très pâle et encore faible. Il attrapa l'un des pieds de son tabouret et attaqua Gilbert. La brute lâcha alors Lucy pour se précipiter vers la porte, les bras levés. Lucy battit sa jupe pour étouffer les flammes, sans se soucier de se brûler les mains. Les larmes aux yeux, elle vit Roger et Wilmott toujours en plein combat, se frappant aveuglément à mains nues.

La table fut renversée dans un affreux vacarme. Lucy, horrifiée, vit les deux hommes plonger au sol pour attraper le couteau qui était tombé au milieu de la pièce. Ils écartèrent les joncs, mettant le feu à toutes les bandes de lin dispersées par terre. L'une d'entre elles s'enroula autour de la main de Roger qui s'en débarrassa dans un cri. Lucy crut le voir attraper le couteau, mais elle ne put en être certaine : au même instant, Thomas l'attrapa par la taille et l'entraîna hors de l'auberge. Il la laissa s'écrouler sur l'herbe humide et se jeta sur Gilbert, qui toussait et vomissait plus loin, pour le rouer de coups.

Lucy se releva immédiatement pour courir à l'intérieur. Arrivée à la porte, elle percuta Roger de plein fouet. Du sang coulait le long de sa joue et il avait un œil gonflé, bleui par un coup de poing. Lucy reprit son équilibre, ignorant le vertige qui la faisait tituber après le choc, et se précipita vers la porte.

— Il y a trop de flammes, l'air est brûlant, cria Roger en l'attrapant par le bras pour l'écarter de la porte. Il faut aller chercher de l'eau, si on veut essayer de sauver quelque chose !

— Robbie est en haut, hurla Lucy, qui essayait désespérément de se libérer.

Sans un mot, Roger fit immédiatement volte-face et disparut dans l'auberge. La porte claqua derrière lui.

— Viens m'aider ! appela Thomas.

Lucy se détourna de sa maison, le cœur lourd, et vit son frère toujours occupé à frapper Gilbert dans l'estomac.

— Laisse-le partir ! Aide plutôt Roger. Il est rentré pour aller chercher mon fils ! Nous devons éteindre le feu !

Thomas regarda la maison qui crachait de la fumée par le moindre interstice.

— Pourquoi prendre le risque de mourir, nous aussi ?

Lucy s'effondra, à genoux, sans force. D'épais nuages de fumée noire s'élevaient dans le ciel, surtout depuis la fenêtre où elle avait enlevé les toiles de lin. Thomas avait raison : suivre Roger à l'intérieur ne servirait à rien. Mais elle ne pouvait pas les perdre — ni l'un ni l'autre…

— Je m'en moque, lâcha-t-elle sans même regarder son frère. Va chercher de l'eau ou, crois-moi, tu le regretteras.

Roger se fraya un chemin jusqu'à l'escalier. Ses yeux brûlaient tellement qu'il avait du mal à les garder ouverts. Il dut enjamber les joncs qui flambaient en petits tas, de plus en plus chauds. Si seulement il avait su que Robbie était en haut et que son arme improvisée causerait une telle catastrophe… Cet incendie était entièrement dû à son idiote tentative de lutte face à Wilmott ! Mais qu'aurait-il pu faire d'autre, sachant que Lucy était en danger ?

Il s'appuya d'une main contre le mur, plaquant l'autre contre ses côtes douloureuses. Chaque bouffée de fumée épaisse et poisseuse rendait l'inspiration suivante plus difficile. Rassemblant ses dernières forces, Roger gravit l'escalier quatre à quatre.

Robbie était toujours dans la chambre, absorbé par son jeu. Il poussa un cri effrayé quand Roger entra. Le chat bondit entre les jambes de Roger qui lâcha un juron, surpris. L'air terrifié, Robbie courut se cacher dans un coin.

— Robbie, ta maman veut que tu viennes avec moi, dit Roger en faisant de son mieux pour le rassurer.

Robbie bafouilla et une bulle se forma au coin de sa

bouche. Il ramassa son jouet et le tendit, retrouvant le sourire.

— *Seval !*

— Je sais, c'est un beau cheval, répondit Roger avant de tendre une main vers le garçon. Allez, viens, on va jouer dehors. Tu aurais envie que je t'apprenne à monter un vrai cheval, un jour ?

Robbie fit une petite moue obstinée et Roger sentit un nouveau flot de panique l'envahir. La fumée commençait à monter jusqu'à la chambre. Si jamais il n'arrivait pas à sauver le fils de Lucy, la culpabilité le tuerait… Il était prêt à attraper l'enfant de force si nécessaire, mais ce fut heureusement inutile. Serrant toujours son précieux jouet contre lui, Robbie clopina vers Roger qui s'agenouilla pour le prendre dans ses bras. Faisant preuve d'une confiance aveugle et très émouvante, Robbie grimpa sur ses genoux et passa ses petits bras autour de son cou.

— Il fait très chaud, en bas, murmura Roger à l'oreille du petit. Prends une profonde inspiration.

Craignant que les flammes n'aient encore grandi, Roger attrapa la couverture sur le lit, enveloppa Robbie dedans et descendit dans la fumée noire. La chaleur faillit le faire tomber et il chancela, pris de vertige. Robbie commença à pleurer de peur et s'agrippa de plus belle à Roger. Il plaqua la tête de l'enfant contre son torse. Il était inutile de perdre plus de temps, cela n'arrangerait rien. Le chat était déjà à la porte et la griffait désespérément en miaulant. Il fallait y aller. Lucy était dehors, de l'autre côté. Elle attendait Roger. Elle attendait de revoir son fils sain et sauf.

Ignorant les flammes qui lui léchaient les jambes, Roger traversa la salle en courant et se jeta contre la porte. Elle refusa de bouger et Roger eut besoin de quelques secondes pour se souvenir qu'elle s'ouvrait vers l'intérieur. Il tira le battant d'une main. Sans demander son reste, le chat se précipita dehors et Roger, lui, se retrouva nez à nez avec Thomas et Gilbert, portant tous les deux des seaux d'eau qu'ils s'apprêtaient à déverser dans la maison.

Roger les poussa et se jeta dehors, pressé de pouvoir enfin respirer un peu d'air frais. Ses poumons lui faisaient mal et il tendit Robbie à Lucy presque à l'aveuglette, les yeux noyés par des larmes qui le piquaient. Soulagé quand elle l'eut pris, il se laissa enfin tomber à genoux dans l'herbe. Il s'allongea, visage contre terre, et s'abandonna, sans plus se soucier de sa propre survie. Il avait sauvé Robbie, songea-t-il vaguement avant de perdre connaissance.

Quand Roger reprit conscience, il remarqua qu'il n'était plus étendu sur le ventre. Il ouvrit les yeux mais ne vit que du gris. L'espace d'un instant, il eut peur d'avoir perdu la vue et sentit son cœur s'emballer. Il voulut parler, mais sa gorge était trop sèche et l'unique son qui passa ses lèvres fut un soupir rauque. Des mains fraîches se posèrent alors sur ses joues et relevèrent sa tête. Il cligna des paupières et comprit finalement que le gris uniforme qui emplissait son champ de vision était la robe de Lucy. Il était allongé, la tête sur ses genoux. Il sentit alors qu'on le redressait et fut plaqué contre une poitrine chaude et douce. Toujours un peu perdu, il prit Lucy dans ses bras, incapable de maîtriser ses émotions. Il entendit un sanglot et quelque chose de mouillé atterrit sur sa joue. Sa coupure se remit alors à piquer.

— C'est à cause de moi que tu pleures, ma colombe ? demanda-t-il d'une voix faible.

Son champ de vision commençait enfin à devenir plus net. Il découvrit le visage de Lucy, blafard, les yeux gonflés de larmes.

— Bien sûr que oui ! Je croyais que tu étais mort !

Roger sentit son cœur battre plus fort. Pour la première fois, Lucy l'avait tutoyé…

— Et cela te bouleversait à ce point ?

Elle était assise à côté de lui et se tassa un peu pour approcher sa tête de la sienne. Les cheveux détachés de la jeune femme caressèrent la joue de Roger. Elle tenait

Robbie d'une main comme si elle n'allait plus jamais le lâcher. Son autre bras parvint néanmoins à attirer Roger contre elle.

— Comment oses-tu poser une question pareille ? Si tu étais mort, je n'aurais plus eu aucune raison de vivre, murmura-t-elle.

Malgré les souffrances que lui causaient les entailles sur son visage, son épaule à peine remise et sa main brûlée, Roger parvint à sourire. Il mourait de soif et s'humecta les lèvres. Il avait désespérément besoin d'eau. Cependant, au lieu d'un gobelet, ce fut la bouche de Lucy qui se plaqua contre la sienne. Elle l'embrassa avec une telle passion que Roger en eut le souffle coupé.

Il eut vaguement conscience des allers-retours de Thomas et Gilbert qui cherchaient toujours à étouffer l'incendie, mais n'avait de toute façon pas la force de les aider. Il serra Lucy et Robbie contre lui et tous trois s'allongèrent dans l'herbe. Si seulement ce bonheur pouvait durer jusqu'à la fin de leurs jours…

Quelque temps plus tard, une voix s'éleva près d'eux, exigeant que Lucy explique ce qu'elle faisait là. Roger fut tiré de sa rêverie paradisiaque et ouvrit les yeux pour découvrir Thomas penché au-dessus d'eux, rouge de colère.

— Tu as d'abord toi-même des choses à expliquer, mon garçon, grommela Roger. Je pense avoir deviné ce qui s'est passé, mais je veux l'entendre de ta bouche. Allons, dépêche-toi avant que je ne te rosse !

Thomas fit une moue contrariée mais un seul mot de sa sœur suffit à le pousser aux aveux. Il confessa avoir volé une partie du butin de la Compagnie du Nord.

— Tu as toujours été un voleur ! s'écria Lucy. Qu'as-tu fait de ce trésor ?

— Je l'ai caché dans le cabanon, sur les poutres…

— Tu as gâché ma cuvée ! Elle était pleine de poussière !

Roger ne put réprimer un petit rire en la voyant s'indigner d'une chose aussi insignifiante. Lui-même avait vu qu'une partie de la poutre, au-dessus de la cuve, avait été époussetée mais cela ne l'avait pas alerté.

— Tu ferais mieux de nous montrer ce que tu as volé.

Thomas partit en courant vers la brasserie. Roger profita de son absence pour enlacer Lucy.

— Épouse-moi, chuchota-t-il. Je te l'ai déjà demandé et j'en ai toujours envie. Je ne te laisserai pas refuser une seconde fois.

— Je ne suis pas assez riche pour devenir ta femme…

— Je me moque des richesses. Je te prendrais même si tu ne possédais rien d'autre que les vêtements que tu portes. C'est toi que je veux, Lucy. Viens avec moi dans le Yorkshire, en tant que mon épouse et non pas ma maîtresse.

Lucy parut sceptique.

— Nous nous connaissons à peine, Roger. Crois-tu que ce soit suffisant pour décider que nous sommes faits l'un pour l'autre ?

Roger lui prit la main et caressa doucement sa paume. Quoi qu'elle en dise, il la connaissait assez pour identifier son petit frisson et deviner qu'ils éprouvaient le même désir.

— Nous avons toute la vie pour apprendre à nous connaître, répliqua-t-il. J'ai compris une chose, pendant ces derniers jours : ma vie est bien plus belle depuis que tu y es entrée. *Je* suis devenu meilleur.

Lucy serra sa main entre les siennes. Roger n'eut pas le temps de savoir si elle allait accepter sa proposition car Thomas revint au même moment avec un petit coffre entre les mains. Il s'agenouilla et déposa son butin près de Roger. Gilbert les rejoignit et regarda le jeune homme ouvrir le coffret. Lucy poussa un cri de surprise qui couvrit les jurons de Roger et Gilbert.

— Qu'est-ce que c'est ? demanda-t-elle.

Roger prit le contenu de l'écrin et l'examina de près. Trois anneaux d'or et un lourd bracelet cassé scintillaient dans sa main, tous ornés de pierres bleues assorties.

— Ce sont des saphirs… Je crois.

— Ils sont à moi, s'écria Gilbert. Ils appartenaient

à la compagnie et auraient dû être partagés, comme le reste du butin.

Roger serra le poing. Qui avaient été les premiers propriétaires de ces bijoux, tués par la compagnie ? Il aurait préféré jeter les joyaux au fond de l'océan plutôt que de devoir penser à ceux qui étaient morts pour eux, mais cela ne rendrait pas la vie à ces pauvres gens.

— Votre ami est mort et votre autre compagnon, qui m'a attaqué sur la route, a dû mourir lui aussi, rétorqua-t-il. Voici votre compensation.

Il lança la plus petite des bagues à Gilbert qui l'attrapa au vol.

— Prenez ceci et ne revenez jamais si vous ne voulez pas connaître le même sort.

Gilbert partit, non sans lâcher un nouveau juron à l'attention de Thomas.

— Et ma part ? demanda celui-ci, les yeux fixés sur les bijoux.

— Tu as la vie sauve ! répliqua Roger. Et tu vas hériter de l'auberge de Lucy.

Prenant la main de la jeune femme, il lui donna les deux anneaux restants et le bracelet.

— C'est pour toi. Je suppose que cela paiera largement ce que je te dois, mais jamais je ne pourrai te remercier assez de m'avoir sauvé la vie — ou de m'avoir permis de devenir un homme neuf.

Lucy regardait les bijoux, l'air ébahie.

— Je ne peux pas accepter !

— Bien sûr que si. Ce trésor n'appartient à personne d'autre.

Thomas tenta de protester, mais Roger l'interrompit :

— Après tous les problèmes que tu as causés, tu as de la chance que je ne te fasse pas marcher d'ici à Londres à coups de fouet !

— Roger, il t'a aussi sauvé la vie. Ne mérite-t-il donc rien pour cela ? intervint Lucy.

— Et j'ai toujours le message pour Hugh Calveley ! ajouta Thomas triomphalement. Je l'ai gardé en sécurité.

Hors de lui, Roger explosa :

— Tu n'as même pas réussi à le lui porter ? Après tout ce que j'ai enduré, il va encore falloir que je traverse tout le Cheshire ! Dis-moi, pourquoi devrais-je te récompenser ?

Lucy posa doucement la main sur son bras et lui lança un regard de reproche. Ses yeux clairs avaient décidément le don d'attendrir Roger, même dans les pires moments. Elle lui tendit les mains avec douceur. Si cela n'avait tenu qu'à lui, Roger aurait abandonné Thomas sans rien, mais elle était si convaincante…

Il soupira. Lucy serait-elle toujours là pour réveiller sa conscience d'un seul regard ? Il prit un morceau du bracelet cassé et tendit la gemme qu'il portait à Thomas.

— Voilà. C'est ta part. Tu peux décider de retourner te battre avec la Compagnie du Nord ou rester ici et apprendre à brasser la bière. Ta sœur pourra peut-être te donner quelques conseils, si tu lui demandes gentiment.

Lucy examinait toujours les autres bijoux.

— Cela devrait suffire pour t'offrir la vie que tu désires : il est facile de devenir respectable quand on est riche, murmura Roger.

Il la regarda alors plonger dans des pensées floues, des projets d'avenir auxquels il préférait ne pas songer de peur de ne pas en faire partie. Quand elle se redressa et regarda son auberge, Roger n'y tint plus. Ce n'était plus le moment d'être prudent ou de prendre des gants…

— Ce serait une belle dot, tu sais. Aucun époux ne pourrait espérer plus.

— Un époux ? *Toi*, tu veux dire ! répliqua Lucy d'une voix indignée en lui jetant un regard noir. Quelle galanterie : tu me fais ce cadeau juste pour demander à le récupérer !

Roger la regarda un instant, fasciné. Aucune autre femme n'aurait réagi de cette manière en recevant un cadeau… Comme il aimait cette Lucy, si franche et si belliqueuse ! Une vie avec elle ne lui apporterait sans doute aucune sérénité, mais ce n'était pas la sérénité qu'il recherchait. Il ne put réprimer un sourire, avant de retrouver son sérieux.

— Non, tu peux bien choisir l'époux que tu désires, répondit-il. Ou aucun, si tu le préfères. Tu peux même t'en aller maintenant et je te promets de ne pas essayer de t'en empêcher.

— Vraiment ? Tu ne me retiendrais pas ?

La jeune femme caressa les saphirs du bout du doigt, le regard de nouveau perdu dans le lointain. Roger se mordit la lèvre, le cœur battant. C'était à elle — et à elle seule — de faire ce choix. Aussi douloureuse que soit l'attente pour lui, il ne pouvait rien dire de plus.

Au bout de quelques instants, cependant, il lui devint impossible de supporter cette incertitude. Il prit Lucy dans ses bras et caressa sa joue.

— Je n'ai pas l'intention de t'empêcher de partir, dit-il, mais si tu me quittes, sache que le soleil ne me réchauffera plus jamais. Mon cœur battra sans raison. Je passerai toutes mes journées et toutes mes nuits à penser à toi... Seulement à toi. Et, jusqu'à ma mort, je regretterai de ne pas avoir su te dire à quel point je t'aime. Tu es bien plus riche que moi, à présent. Je n'ai rien dont tu puisses avoir besoin et j'espère seulement posséder quelque chose que tu désires...

Lucy leva la tête et Roger retrouva dans son regard la flamme du désir qu'elle avait tant cherché à cacher. À présent, elle ne le réprimait plus. Elle n'en avait plus honte. Roger se pencha à son oreille.

— Ces bijoux seraient un bon héritage, murmura-t-il assez bas pour que Thomas ne l'entende pas, à transmettre à nos futurs enfants — en plus de Robbie, je veux dire.

Lucy regarda son fils, qui jouait, insouciant, avec son cheval de bois.

— Je te promets de traiter ton fils comme s'il était le mien, reprit Roger. Il ne manquera jamais de rien et pourra devenir écuyer, chevalier, ou ce qu'il voudra.

— Et moi ? demanda Lucy. Comment puis-je être

sûre que tu me resteras fidèle ? Que je ne suis pas qu'une passade ou que tu ne me feras pas subir ce que tu as fait à d'autres, ce que John Harpur m'a fait ?

Roger n'avait aucune réponse à lui donner, aucune garantie. Tout ce qu'il savait, c'était que son cœur battait plus fort à chaque fois qu'il voyait Lucy et que son amour pour elle le réchauffait plus qu'un soleil d'été.

— Je n'ai rien à voir avec les hommes qui t'ont fait du mal ! Ou du moins, je ne veux plus être comme eux, répondit-il en lui prenant les mains. Tu as eu des paroles dures envers moi hier. En fait, maintenant que j'y pense, tu as eu des paroles dures envers moi depuis notre rencontre — et chacune était méritée.

— Oui, je suis bien d'accord !

Roger ne put retenir un petit rire amusé.

— C'est bien pour cela que j'ai besoin de toi, Lucy. Je ne suis pas un homme bon. Je ne suis pas bienfaisant. Et j'ai fait des choses dont j'ai honte aujourd'hui. Mais je suis devenu meilleur depuis que je te connais et je peux encore m'améliorer. Je te veux dans ma vie.

— Tu as besoin de moi, tu veux dire ! Tu veux que je t'épouse pour te rendre meilleur ?

Roger porta les mains de Lucy à ses lèvres et les embrassa sans la quitter des yeux.

— Non, je veux t'épouser parce que je t'aime, chuchota-t-il. Je t'ai dit que je ne regrettais pas ce qui s'est passé entre Joanna et moi, mais ce n'est pas tout à fait vrai. À l'époque, je n'ai pas compris à quel point je tenais à elle. Je n'ai pas su mesurer la valeur de ce que j'avais avant qu'il ne soit trop tard et c'est une erreur que j'ai regrettée chaque jour depuis.

Lucy le dévisagea gravement, comme si elle était sur le point de fondre en larmes.

— Pourquoi me dis-tu tout cela ?

— Parce que quand j'ai enfin réalisé ce qu'elle représentait pour moi, je l'avais déjà perdue. À présent, quand je pense à elle, son visage disparaît derrière le tien. Je ne veux pas commettre cette erreur une seconde fois. Je tiens à toi, Lucy… Je t'aime plus profondément, plus passionnément que toutes les femmes que j'ai connues ou désirées. Je veux t'avoir avec moi et te garder. Chaque jour passé avec toi dépassera mes espoirs les plus fous et sera en même temps trop court. Je sais que mon plus grand regret, quand je serai sur mon lit de mort, sera de devoir te quitter.

Lucy leva les yeux au ciel, mais ne cacha pas un petit sourire.

— On dirait de la poésie ! lança-t-elle. Je ne m'attendais pas à cela de ta part.

— Tu es déçue ? Très bien : plus de poésie. Laisse-moi plutôt te poser une question… Est-ce que tu es venue dans mon lit, hier soir, juste pour que j'accepte d'aider Robbie ou parce que tu avais envie d'être avec moi ?

— Un peu des deux, répondit-elle. J'ai peur des sentiments qui m'habitent quand je suis avec toi. J'ai peur de ce que tu as réveillé en moi. Si je me laisse aller à te faire confiance et que tu me trahis, la douleur risque de me tuer. Si je reste ici, en revanche, je sais que mon cœur ne risquera rien.

— Parce que tu as l'impression de courir des risques avec moi ? demanda Roger.

Lucy se mordit la lèvre et détourna le regard. Le cœur de Roger s'envola. Oui, elle tenait à lui autant qu'il tenait à elle… C'était certain, à présent.

— Dans ce cas, reprit-il, nous sommes égaux parce que la simple idée de te voir partir un jour me terrifie plus que n'importe quelle armée contre laquelle j'ai combattu, ou n'importe quelle flèche à laquelle j'ai échappé. Je t'en prie, viens avec moi.

— Tu as brûlé ma maison. Je n'ai pas vraiment le choix ! s'écria Lucy d'une voix à moitié moqueuse.

— La maison est saine. Tu pourrais réparer les dégâts du feu et y travailler avec Thomas si tu le souhaites, répondit Roger.

Il prit une profonde inspiration, ignorant sa peur. Allait-elle choisir ce destin ? Allait-elle se détourner de lui ?

— Si tu ne veux pas de moi, dis-le et je partirai. Je retournerai auprès de la Compagnie du Nord et tu ne me reverras plus jamais.

Il voulut s'agenouiller devant elle mais Lucy se jeta à son cou dans un cri, manquant de le renverser, et enfouit son visage dans le creux de son épaule valide.

— Ne pars pas !

Roger reprit son équilibre, la serra contre lui et recula la tête pour mieux la voir.

— C'est un oui ?

— C'est un oui ! dit-elle avant de l'embrasser.

Leur baiser dura longtemps, si longtemps que Roger se laissa emporter par cet amour, farouche et tendre en même temps, qui brûlait en lui.

Quand Lucy s'écarta enfin, il retrouva rapidement la parole.

— Dans ce cas, je reste en Angleterre pour de bon. Dès que j'aurai transmis le message du roi à Hugh Calveley, je rentrerai dans le Yorkshire. Je ne peux pas te promettre que nous y serons bien accueillis. Mon père pourrait très bien me jeter dehors, mais j'ai l'intention de commencer une nouvelle vie et j'aimerais que tu sois à mes côtés pour cela.

— Nous avons tous les deux des regrets et de lourds passés, répondit Lucy, mais nous pouvons prendre un nouveau départ ensemble. Construisons un avenir digne d'être vécu.

Roger ne pouvait pas encore être certain de son avenir. Peut-être était-il trop tard pour réparer les torts qu'il avait causés à sa famille. Peut-être pas. Seulement, pour la première fois, il n'avait pas peur de ce que le lendemain lui apporterait. Alors qu'il se penchait pour embrasser Lucy, il se dit qu'une seule chose était sûre : quoi qu'il arrive, il ne ferait pas face à sa destinée seul. Quoi qu'il arrive, il serait soutenu par cette femme qui lui rendait ses baisers avec une passion enflammée.

Il rentrerait chez lui avec la femme qu'il aimait.

Épilogue

Ils mirent un mois à rejoindre Wharram.

Roger se rendit chez Lord Calveley, accompagné par Lucy, Robbie et Thomas qui n'avaient pas envie de rester à l'auberge tant qu'elle n'était pas réparée. Le message du roi fut transmis et des troupes partirent pour la France. Calveley promit qu'il s'assurerait lui-même que les deux messagers soient payés pour leur peine. Thomas recevrait assez d'or pour réparer son auberge et Roger pourrait sans peine nourrir sa nouvelle famille.

Ils se séparèrent ensuite au moment de quitter la demeure de Calveley. Thomas repartit pour Mattonfield tandis que Roger, Lucy et Robbie prenaient la route du Yorkshire.

Quand il se présenta à la porte de la maison de son frère, Roger fut accueilli froidement par Hal, qui portait sa petite fille dans les bras.

— Cela fait longtemps, dit-il. Nous pensions que tu étais mort.

— Vous le pensiez, ou vous l'espériez ?

— Je n'y ai jamais cru, répondit Hal avec plus d'affection que ce à quoi Roger s'attendait.

Finalement, ce fut Robbie qui se montra le plus diplomate. Il s'approcha immédiatement du fils de Hal et Joanna, qui jouait près du feu avec de nombreux animaux de bois, et les deux enfants se mirent immédiatement à rire ensemble.

Leurs mères les rejoignirent bien vite.

— C'est ton garçon ? demanda Hal à Roger.

— Pas de naissance, mais je compte l'élever comme tel, répondit Roger avec un petit sourire. Je crois qu'il y a près d'ici une fillette à qui je dois aussi rendre visite, non ?

Hal parut surpris, mais il acquiesça en silence d'un air approbateur.

La première bataille était gagnée.

En dépit de la proposition de Roger, Lucy refusa de l'épouser sans la bénédiction de Lord Danby. Les deux familles se rendirent donc à Wharram. Roger parcourut le chemin perdu dans ses pensées. Pourquoi donc était-il tombé amoureux d'une femme aussi caractérielle ?

— C'est frustrant, n'est-ce pas, d'aimer quelqu'un qui ne se soumet pas à tes moindres désirs ? lui demanda froidement Joanna à un moment.

Roger sourit et elle le dévisagea un instant d'un air songeur. Évidemment, elle ne lui avait pas pardonné aussi facilement que Hal — mais Roger s'y attendait.

— Tu as failli briser notre couple, tu sais, mais Hal m'a aussi dit que c'était toi qui l'avais incité à me pardonner. Je ne te fais pas confiance et tu le sais. Maintenant, c'est à toi de me prouver que j'ai tort.

Sur un petit sourire, elle retourna s'installer dans la voiture avec Lucy et leurs enfants. Pourvu qu'elles ne parlent que des petits et du ventre rond de Joanna, songea Roger… Pas de choses qui décourageraient Lucy et lui feraient changer d'avis avant d'avoir atteint Wharram !

Ils arrivèrent au manoir en brique de Lord Danby en milieu d'après-midi. Roger, à la fois impatient et un peu inquiet, hésita devant la porte. Il sentit la main de Lucy se glisser dans la sienne et serrer ses doigts pour l'encourager. Hal s'approcha aussi et posa la main sur son épaule. Roger leur sourit à tous deux avant d'entrer seul.

Lord Danby était assis près du feu avec son épouse.

Dès qu'elle aperçut Roger, Lady Danby poussa un cri de surprise et se leva d'un bond.

— Est-ce Hal ? demanda Lord Danby.

Roger s'agenouilla devant son père, plus vieux et plus maigre que dans son souvenir. Heureusement, il n'avait rien perdu de sa vitalité.

— Non, c'est moi. Roger.

— Mon fils !

Les yeux vides de son père s'emplirent de larmes et ceux de Roger aussi. Lord Danby tâtonna dans l'air jusqu'à toucher la joue de Roger du bout des doigts. Sans un mot, il le releva. Si Roger avait encore eu peur d'être mal accueilli chez lui, il fut rassuré par l'étreinte tremblante de son père.

Lucy fut présentée à Lord Danby qui l'adopta immédiatement et donna sa bénédiction aux futurs mariés. Ce soir-là, toute la famille se rassembla pour le repas, dans une atmosphère paisible. On parla de certains soucis, on en mentionna d'autres, le tout sans colère ni rancune. Roger raconta brièvement certaines de ses aventures en France, préférant insister sur le message du roi qu'il avait porté en Angleterre et la récompense qu'il avait reçue pour cela.

— Ainsi, tu as trouvé le trésor que tu cherchais, mon fils, remarqua Lord Danby tandis que les trois hommes s'étaient rassemblés pour partager une bonne bouteille de vin.

Roger jeta un petit coup d'œil à Lucy, assise près du feu, qui berçait Robbie dans ses bras. Son cœur s'emplit d'amour pour elle et il se laissa aller à rêver de leur avenir ensemble.

Lord Danby ne pouvait pas le voir, mais Hal, oui. Les deux frères échangèrent un regard entendu et Roger sut soudain que tout se passerait bien.

— Oui, père, répondit-il. Oui, je l'ai trouvé…

Retrouvez en octobre 2018,
dans votre collection

LES HISTORIQUES

Entre les bras d'un rival, de Michelle Willingham - N°806

CŒUR DE GUERRIER - TOME 2

Écosse, 1171

Lianna n'appartiendra pas à Rhys de Laurent, le fils de comte normand à qui elle est promise depuis l'enfance. Elle tient beaucoup trop à son honneur pour se sacrifier à l'alliance entre clans qui la forcerait à céder à l'ennemi. Une alliance qui protégerait pourtant son peuple de la famine et des Anglais et lui éviterait surtout la confrontation imminente avec un père, qu'elle craint plus que tout de décevoir. Quelle n'est pas sa stupeur de découvrir alors aux côtés de son père le bel inconnu de la lande à qui elle a livré son cœur quelques jours plus tôt, un sourire amusé aux lèvres. Se pourrait-il que le mystérieux Highlander qu'elle tenait comme seul espoir de sa fuite soit aussi le seul homme qu'elle s'est fait la promesse de détester ?

Le triomphe d'une orpheline, d'Helen Dickson - N°807

Cornouailles, 1780

Depuis qu'Izzy, la mère adoptive qu'elle aimait tant a disparu, Lowena est à la merci de son fils, le cruel Edward Carberry. Non content d'avoir hérité du domaine familial et de faire d'elle une servante du château, le scélérat n'a aucun scrupule à abuser de son pouvoir pour la rendre complice de sa contrebande. Mais pire que tout, Edward n'a de cesse de la poursuivre de ses assiduités. Aussi, lorsque Marcus, frère et ennemi d'Edward récemment revenu de l'armée, lui propose une main secourable, Lowena est-elle tentée d'accepter. Edward n'est-il pas le seul pour qui elle ne peut réprimer un amour sincère depuis l'enfance, même si elle a bien conscience de ne pas appartenir à la bonne société où il trouvera une épouse digne de son rang ?

L'héritière et le marchand, de Juliet Landon - N°808

Angleterre, 1560

Héritière du prieuré de Sandrock que lui a légué son oncle, Aphra n'a qu'un seul désir : jouir de l'isolement du lieu pour faire la lumière sur la disparition brutale de ce dernier. Le trépas de l'éminent pharmacien serait-il lié à la fuite précipitée de son disciple Léon Datini, avec lequel Aphra entretenait une liaison passionnée ? La bonne fortune semble soudain l'accompagner, lorsque Santo Dantini, séduisant palladien aux yeux de grés mais surtout frère de Léon, se présente à la porte du monastère avec une requête des plus suspectes : être hébergé pour quelques nuits avant de gagner une nouvelle ville de Vénétie pour son commerce. Une demande à laquelle Aphra, d'abord troublée par le charme de Santo, finit par consentir, persuadée de résoudre le mystère qui la tourmente.

LES HISTORIQUES

HARLEQUIN

Mariée à un Highlander, de Michelle Willingham - N°809

LE CLAN DES MAXKINLOCH - TOME 1

Écosse, XIVe siècle

Sept ans. Sept longues années que Nairna n'avait pas revu ces yeux brun fauve qu'elle pensait clos à tout jamais. Et autant de saisons où elle a porté le deuil de Bram MacKinloch, l'époux d'une nuit qui a disparu au soir de leurs noces, pour défendre leur forteresse assaillie par les Anglais. Cet homme qui l'a abandonné sans même avoir effloré son corps et qu'elle a tenté d'effacer de son âme avec un nouveau mariage, est à présent face à elle. Mais si elle peut lire le même désir qu'autrefois dans son regard, Nairna y découvre aussi une violence nouvelle, qui lui fait redouter le pire.

Le silence d'une gouvernante, de Janice Preston - N°810

LA SAISON DES GOUVERNANTES - TOME 4

Angleterre, 1811

Pour connaître sa petite Clara, qu'elle n'a pas revu depuis qu'elle lui a donné le jour, Grace était prête à tout. Y compris à devenir sa gouvernante et à taire à jamais le terrible secret qui les lie. Même si cela lui demande depuis plusieurs semaines de vivre sur le domaine retiré de Shiverstone Hall, au service de Nathaniel Pembroke, Marquis de Ravenwell, un homme aussi sombre que taciturne. Et si la noirceur d'âme de cet homme lui fait redouter le pire, pour elle et pour sa fille, Grace ne peut cependant chasser le trouble qu'il fait naître dans son esprit, bien malgré elle.

Le serment trahi, de Denise Lynn - N°811

Angleterre, 1171

Elizabeth est sous le choc. Guy de Hartford, son époux qu'elle croyait mort depuis sept ans, vient de réapparaître dans sa vie. Certes, il n'est plus le même - son regard est plus dur et son corps porte le témoignage des épreuves qu'il a endurées -, mais c'est bel et bien lui. Comme Elizabeth voudrait pouvoir se réjouir de son retour ! Or, seule l'appréhension habite son cœur car elle va devoir avouer à Guy qu'elle vient de mettre au monde un enfant, l'enfant d'un autre. Un petit être innocent qu'Elizabeth a conçu par pur devoir, sans imaginer une seconde qu'elle trahissait ainsi son serment d'épouse...

Captive du Viking, de Michelle Styles - N°812

Scandinavie, 793

Plutôt mourir que se soumettre à l'emprise de Haakon Haroldson, le chef arrogant des barbares qui ont saccagé son existence ! Si Annis a dû renoncer à sa liberté lorsque Haakon a fait d'elle sa prisonnière, elle n'ira pas jusqu'à lui abandonner sa dignité : jamais elle ne sera son esclave ! Mais alors que, dans un élan de désespoir, elle envisage une impossible tentative d'évasion, le ténébreux Viking lui propose un marché qu'elle n'attendait pas : si elle accepte de devenir sa maîtresse, il l'affranchira de sa condition de captive pour l'élever au rang de concubine. Une offre scandaleuse... qui laisse Annis face à son destin.

Composé et édité par HarperCollins France.

Achevé d'imprimer en juillet 2018.

CPI
BLACK PRINT

Barcelone

Dépôt légal : août 2018.

Pour limiter l'empreinte environnementale de ses livres, HarperCollins France s'engage à n'utiliser que du papier fabriqué à partir de bois provenant de forêts gérées durablement et de manière responsable.

Imprimé en Espagne.